西方文艺理论研究

林永伟 ◎ 著

图书在版编目（CIP）数据

西方文艺理论研究 / 林永伟著 . -- 北京 : 中国书籍出版社 , 2024.6.

ISBN 978-7-5068-9925-3

Ⅰ.I0

中国国家版本馆 CIP 数据核字第 2024MW1569 号

西方文艺理论研究

林永伟　著

图书策划	成晓春	
责任编辑	成晓春	
封面设计	守正文化	
责任印制	孙马飞　马　芝	
出版发行	中国书籍出版社	
地　　址	北京市丰台区三路居路 97 号（邮编：100073）	
电　　话	（010）52257143（总编室）（010）52257140（发行部）	
电子邮箱	eo@chinabp.com.cn	
经　　销	全国新华书店	
印　　刷	天津和萱印刷有限公司	
开　　本	710 毫米 ×1000 毫米　1/16	
字　　数	206 千字	
印　　张	12	
版　　次	2025 年 5 月第 1 版	
印　　次	2025 年 5 月第 1 次印刷	
书　　号	ISBN 978-7-5068-9925-3	
定　　价	78.00 元	

版权所有　翻印必究

前　言

西方文艺理论的发展，以西方哲学和西方美学的演变为基础，以西方文学艺术的发展为根据，同时与整个西方社会的经济、政治、文化等各方面的变化密切相关。这就决定了西方文艺理论的发展，既不可能远离西方社会的历史变迁，也不可能脱离西方哲学、美学和文学艺术的具体演化嬗变。

实际上，我们很难用简短的篇幅概述西方文艺理论，因为西方文艺理论有着悠久的历史和丰硕的成果。然而，一些研究者长期受到机械唯物论和教条主义的影响，致使西方文艺理论的具体发展变化的规律未能得到如实的、细致的揭示，相关研究往往成了社会历史一般发展规律的概念化图解，就如同西方一位古代哲人提到过的愚人那样，想用一块砖做样品兜售房屋，要别人由这一块砖联想楼台庭院的全貌。

本书共分五章，第一章为古希腊、古罗马奴隶制时代的文艺理论，主要就古希腊文艺理论概说、柏拉图和他的文艺对话、亚里士多德和他的《诗学》、古罗马的文艺理论概说、贺拉斯的《诗艺》这五个方面展开论述；第二章为中世纪、文艺复兴和古典主义的文艺理论，主要围绕中世纪文化的概述、文艺复兴时期的文艺理论、古典主义的文艺理论展开论述；第三章为启蒙运动的文艺理论，依次介绍了法国启蒙运动文艺理论概说、狄德罗的文艺理论、德国启蒙运动文艺理论概说、莱辛和他的《拉奥孔》、英国启蒙文艺理论、意大利维柯共六个方面的内容；第四章为德国古典美学的文艺理论，分别介绍了康德的《判断力批评》、席勒的《朴素的诗和感伤的诗》、黑格尔的艺术哲学、歌德的艺术经验总结等四个方面的内容；第五章为浪漫主义的文艺理论，分为四部分内容，依次是浪漫主义概说、德国浪漫主义、英国浪漫主义、法国浪漫主义。

在撰写本书的过程中，作者参考了大量的学术文献，得到了许多专家学者的帮助，在此表示真诚感谢。由于作者水平有限，书中难免有疏漏之处，希望广大同行指正。

林永伟

2024 年 1 月

目　录

第一章　古希腊、古罗马奴隶制时代的文艺理论 ……………………1
  第一节　古希腊文艺理论概说 …………………………………………1
  第二节　柏拉图和他的文艺对话 ………………………………………12
  第三节　亚里士多德和他的《诗学》 …………………………………22
  第四节　古罗马的文艺理论概说 ………………………………………26
  第五节　贺拉斯的《诗艺》 ……………………………………………31

第二章　中世纪、文艺复兴和古典主义的文艺理论 …………………37
  第一节　中世纪文化的概述 ……………………………………………37
  第二节　文艺复兴时期的文艺理论 ……………………………………42
  第三节　古典主义的文艺理论 …………………………………………57

第三章　启蒙运动的文艺理论 …………………………………………76
  第一节　法国启蒙运动文艺理论概说 …………………………………76
  第二节　狄德罗的文艺理论 ……………………………………………85
  第三节　德国启蒙运动文艺理论概说 …………………………………91
  第四节　莱辛和他的《拉奥孔》 ………………………………………107
  第五节　英国启蒙文艺理论 ……………………………………………111
  第六节　意大利维柯 ……………………………………………………116

1

第四章　德国古典美学的文艺理论　120
　　第一节　康德的《判断力批评》　121
　　第二节　席勒的《朴素的诗和感伤的诗》　134
　　第三节　黑格尔的艺术哲学　139
　　第四节　歌德的艺术经验总结　149

第五章　浪漫主义的文艺理论　160
　　第一节　浪漫主义概说　160
　　第二节　德国浪漫主义　166
　　第三节　英国浪漫主义　172
　　第四节　法国浪漫主义　177

参考文献 184

第一章　古希腊、古罗马奴隶制时代的文艺理论

古希腊文论是整个西方文艺理论的源头，为后来西方文艺理论的发展奠定了基础。古罗马文艺理论主要继承了古希腊文艺理论的基本思想，强调学习古希腊的传统，并在某些方面有所推进。古罗马时期的文艺思想受古希腊的影响主要表现为古典主义。本章节内容为古希腊、古罗马奴隶制时代的文艺理论，主要就古希腊文艺理论概说、柏拉图和他的文艺对话、亚里士多德和他的《诗学》、古罗马的文艺理论概说、贺拉斯的《诗艺》这五个方面展开论述。

第一节　古希腊文艺理论概说

文艺理论是文艺实践的总结，丰富的文艺实践能为文艺理论的发展奠定基础。古希腊文艺理论是灿烂的古希腊文化的组成部分，是西方文艺理论发展的源头。然而，古希腊文学的衰落和其理论同样有密切的关系，甚至古罗马文学及其理论也受到了负面影响。

一、古希腊文艺理论形成背景

古希腊的文艺理论，是在古希腊经济发展的基础上诞生的，是在工商业奴隶民主派与反动贵族奴隶主的激烈斗争中诞生的，是在史诗和戏剧的辉煌发展中孕育出来的。古希腊的文艺理论，是古希腊社会政治和经济的发展在文艺思想上的映射，是文艺发展中的矛盾提高到理论高度的产物。可以说，没有古希腊的经济和政治的发展，就没有古希腊文化的发展；没有古希腊社会的矛盾，就没有古希腊文艺创作的繁荣；没有古希腊文化的发展和创作的繁荣，就没有古希腊的文艺理论。

(一) 古希腊社会文明的孕育

古代希腊文明是从希腊大陆雅典南端的克里特岛上开始的。历史上习惯以传说中的国王米诺斯对它进行命名,称为米诺斯文明。克里特岛位于地中海中部,交通发达,与古埃及邻近。小亚细亚或叙利亚的移民把外域的文明带进了克里特岛。其中,美索不达米亚和埃及的影响尤其明显。荷马史诗《伊里亚特》和《奥德赛》所叙述的英雄和诸神的故事,从地理位置到许多故事情节,都有相当的现实基础,美丽的岛屿环境给诗意的文化提供了独特的土壤。现存的克里特岛建筑反映了岛上几个世纪的文明程度。克里特人早就有了城市及其街道、里巷,建立了商业和政府机构,并且还有机械和手工业。古希腊宗教中的奥林匹斯山上的众神形象及其神话,是在克里特岛宗教及其神话的基础上形成的。从剧院的遗址和壁画中,人们可以看出他们很早就有了戏剧和舞蹈,并且有了七弦琴、笛子和强化节奏的打击乐式的金属器具。另外,陶器等手工业也有了相当的成就。

克里特岛人曾以强大的船队占领了爱琴海和希腊大陆的一部分,加上后来移入古希腊的阿哈伊亚人和入侵的多里安人的相互影响,逐渐形成了古希腊文明。他们占高筑城,形成了一个个既相互独立,又在文化和商业上相互影响的城邦。后因人口密集,又到海外谋求殖民地,古希腊与各地的贸易从此不断繁荣。后来,雅典在众城邦中异军突起。雅典人本来是阿提卡的土著居民,并以自己不是侵略者自豪。雅典城邦最初实行君主政治,后来让位于贵族的九个执政官主持的寡头政治,随着经济的发展,由贸易产生的中产阶级与失去产业的农民联合,要求政治自由化。

公元前594年,各派别公推梭伦为首席执政官,实行改革。梭伦改革禁止债务奴隶制,准许平民参加公民大会,但平民参加的公民大会权力有限;还设立陪审法庭代替贵族最高法院,为著名的雅典民主奠定了基础。公元前506年克利斯梯尼掌握政权,削弱了贵族的政治权力,以年满30岁的男性公民作为公民代表资格,建立500人的公民议事会,准备议案并掌握最高的执政权和行政权。这就是为后人所称道的雅典民主政治。公元前500—前336年是雅典的古典时代,特别是伯里克利(约前495—前429年)时代,雅典在文明上成了希腊的"学校"。经过艰难曲折的抗击波斯人侵略的斗争,雅典人最终击溃了波斯人的进攻,建立了公民大会,并建立了由陪审团自己决定的民众法庭,由此逐步形成了古希腊民主政治。

雅典在古希腊人与波斯人的战争中起了重大作用，这也是其霸主地位形成的原因。雅典联合爱琴海各岛及小亚细亚各古希腊城邦组成了一个同盟，总部原先设在提洛岛上，故称为"提洛同盟"，主要防备波斯人的进攻。名义上各城邦都有一票表决权，但实际上同盟是由雅典操纵的。同盟成了雅典称霸的工具，雅典掌握着领导权并逐步控制金融等领域。到公元前450年，同盟最终变成了一个帝国。

雅典由于不断向外扩张，引起了斯巴达人的恐惧，进而导致了公元前431年的伯罗奔尼撒战争。因严重的瘟疫等原因，雅典最终遭到了惨败。战争使希腊人贫困交加。底比斯人和希腊人为求生存而联盟反抗斯巴达人，在公元前371年大败斯巴达人。此后10年，底比斯人称霸希腊本土，使得各城邦频繁不断地血腥混战。外来的强国马其顿乘机攻入，公元前338年马其顿国王腓力普二世在喀罗尼亚大败底比斯和雅典联军，并占领了古希腊的大部分城邦。公元前336年腓力普遇刺后，他的儿子亚历山大继承了他的事业，不断向外扩张，一直征服到波斯等地。亚历山大的东征，客观上把古希腊文化传播到了整个中东，这一时期被称为希腊化时代。亚历山大病逝后，古希腊在欧、非、亚地区形成了三个王国。欧洲是原有疆域的马其顿王国，但对其南面的古希腊诸城邦依然可以控制。非洲是由托勒密王朝统治下的埃及王国，亚洲是塞琉西王朝统治下的王国。到公元前1世纪，罗马征服了地中海沿岸，征服了马其顿和埃及，结束了古希腊时代，进入了古罗马时代。

（二）古希腊文化的繁荣兴盛

频繁的战乱给人民带来了灾难，但客观上也推动了不同地区的文明的融合。加之地中海沿岸的交通发达、手工业和商业的繁荣，古希腊文化获得了发展。古希腊的文化不仅出自希腊本土，还结合了埃及等中东文化以及邻近其他地区的文化。古希腊人常到国外作旅行考察，对外界的文化尤其注重批判地吸取。古希腊人灿烂的宗教、哲学、文学、艺术等，都是在此基础上发展起来的。而且不同文化形式之间还相互影响，例如古希腊的史诗和悲剧之中包含着当时的宗教观念及其礼仪，城邦的神庙建筑和雕刻也体现着宗教的内容。古希腊人的文学、艺术理想，正是在此基础上形成的。甚至当时的数学观念对古希腊文学、艺术的和谐原则也产生了重要影响。

古希腊人的哲学观念脱胎于宗教观念，而对文学艺术的自觉意识又受着哲学思想的影响。例如，公元前5世纪的普罗泰戈拉的"人是万物的尺度"的名言，对古希腊的摹仿理论产生了重要影响。德谟克利特的经验论方法，对于后世重视感性经验，特别是后来的经验主义学说产生了重要影响。柏拉图的先验方法不仅有助于他本人的文艺思想的形成，而且影响了后世的文艺理论。亚里士多德的理性主义思想也同样如此。古希腊哲学思想的演变历程，正反映了文论的演变历程，它们各自在后来的不同历史时期都得到了继承和发展。

在古希腊的全盛时期，民主政体对希腊的文化产生了深刻的影响。在古希腊，没有君临一切的专制皇帝，而宗教方面也没有作为宇宙唯一主宰的上帝。奥林匹斯山上的诸神是大致平等的，宙斯不过是他们的首领，他们与凡人一样有喜怒哀乐的感情，宙斯甚至常常钟情于人间的美女。与此相呼应，古希腊的祭神庆典和戏剧活动，都有广泛的自由公民参与，民主气氛很浓，追求自由的精神既体现在生活环境中，也体现在文学艺术作品中。人们的文化观念之中，更是体现着民主和自由的精神。

（三）古希腊文学的推波助澜

古希腊文学是在继承了上古神话的基础上形成发展起来的。古希腊的神话主要包括神的故事和英雄传说两个部分。在后来的古希腊文学中，这两个部分是相互渗透的。

1. 神话故事

古希腊神话故事主要反映了被虚构生活在奥林匹斯山上的神的谱系。从混沌之神卡俄斯、地母该亚、冥王塔洛斯、爱神厄洛斯开始，该亚又从自己身上生下天神乌拉诺斯，乌拉诺斯又以母亲该亚为妻生下六男六女，总名提坦。乌拉诺斯仇视子女，把他们关入地下，其中有一子克洛诺斯反抗父亲，救出兄弟姐妹，做了天神，又以妹妹瑞亚为妻，生儿育女。父母告诉他，他将会被儿子推翻，于是克洛诺斯吞掉所有刚降生的子女，只有最小的儿子宙斯被母亲藏了起来。宙斯长大后设法让父亲克洛诺斯吐出所有子女。然后宙斯兄弟姐妹共同与父亲交战10年，称为"提坦之战"，终于推翻了父亲，建立了以宙斯为中心的神的宗族。这个神的宗族位于奥林匹斯山上，在奥林匹斯山上的神的谱系中，有以宙斯为中心的12主神。包括神后赫拉、智慧女神雅典娜、太阳神阿波罗、月神阿尔忒弥斯、战神阿瑞斯、幽冥神哈台斯、海洋神波塞冬、爱情女神阿佛洛狄忒、农神得墨忒耳、匠神狄奥尼奈斯、恩神普罗米修斯、9个文艺女神缪斯、3个命运女神摩伊拉、3个复仇女神厄尼厄斯等。这些神的起源和神谱的故事，不是一朝一夕形成的。它反映了原始人处于群婚和血缘婚时代的生活，故有母子或兄妹婚，也反映了当时吃人的余风。并且明显地体现出从母权社会向父权社会的过渡。后来的悲剧作品，有许多都反映了神的故事，或人神混杂的故事。古罗马也有功能相近的神，只不过名称有所变化。可见古罗马神话对古希腊文化的继承。

古希腊神话的另一部分内容是英雄传说。这是古代希腊人对于遥远的古代社会的祖先和部落中的杰出人物的歌颂性内容。其中不乏半神半人的英雄。如为民除害的赫拉克勒斯（他是宙斯与凡女所生的儿子）、为民造福的俄狄浦斯、取金羊毛的伊阿宋等。这些英雄传说逐渐形成了相对完整的故事系统。

古希腊文学中的瑰宝还有两部著名的史诗《伊利亚特》和《奥德赛》。这两部史诗相传是公元前9世纪—前8世纪的盲诗人荷马加工整理而成的。这两部史诗以民间流传多年的特洛伊战争为基础编成，反映了民众的集体智慧。其中人神相杂，神助人作战，体现了当时的社会生活形态，也细腻地刻画了具体的人物性格。其场面宏大、结构完整，语言也凝练、精巧，具有高超的艺术水平，对后世的文学产生了重要的影响。

2. 悲剧

古希腊文学更为成熟的形态是悲剧。悲剧在古希腊起源于酒神狄俄尼索斯的祭祀表演和民间歌舞（酒神同时是酒的酿造和葡萄、树木以及农事的保护神，故这种仪式同时用以庆祝丰收）。悲剧一词在希腊文里是"山羊之歌"的意思，因为祭祀仪式中既有山羊又有歌舞，祭祀通常由50人的队伍举行，参与者为了模仿酒神的随从身披羊皮绕神坛合唱，因为外形兼具羊和人的特征，也叫作"羊人剧"。最初的表演形式只是歌舞，后来才有领队和其他人的对话。通过歌舞和对话的方式传颂酒神在人间遭受的伤痛，庆祝他的重生。埃斯库罗斯为悲剧作品又增加了一个演员，使对话成为可能。两个演员有了冲突，才真正构成了"戏"。同时，埃斯库罗斯把歌队由50人减少到12人。他在戏剧的剧本创作和道具改进上作出巨大贡献，为歌舞发展为戏剧打下基础，故被称为"悲剧之父"。索福克勒斯在创作时又将演员增加到3个，表现形式也不断改进和完善。悲剧的题材则逐渐由单一的酒神故事拓展到各类神的故事。

公元前5世纪前后，古希腊悲剧最为兴盛，三大悲剧家就生活在这个时期。当时贵族民主派执政官为了反对专制制度、推行和宣传民主制度，大兴露天剧场，发放观剧津贴，举行剧目表演比赛，推动悲剧事业的繁荣（一批演说家和政治家也是在这种露天剧场里培养起来的）。

三大悲剧家中，埃斯库罗斯的《普罗米修斯》三部曲（今存《被缚的普罗米修斯》）通过表现普罗米修斯与宙斯抗争的悲剧，反映出现实中民主派与独裁君主的斗争。

索福克勒斯的《俄狄浦斯王》取材于古老的神话故事，主要写了人与命运的冲突，塑造了一个品德高尚、忧国忧民的英雄形象。当然故事中也说明天意不可违，残留着群婚制向一夫一妻制过渡的痕迹，反映了人类文明对恋母情结的超越。《俄狄浦斯王》的倒叙结构，对"突转"和"悬念"的巧妙运用，以"谜"为中心展开故事，为亚里士多德所推崇。亚里士多德的《诗学》，特别是其中的悲剧理论，正是以《俄狄浦斯王》为范本立论的，故亚里士多德称《俄狄浦斯王》为戏剧艺术的典范。而索福克勒斯的另一部著名悲剧《安提戈涅》则是黑格尔悲剧理论立论的重要依据。

欧里庇得斯的悲剧观则反映了他对古希腊晚期民主制弊端的体会，他对神持批判态度，而对许多现实问题如内战、民主制、婚姻、妇女等问题则给予关注。如代表作《美狄亚》就是一部反映妇女问题的悲剧。这些作品对后世剧作家易卜生、萧伯纳等人的"问题剧"影响较大。欧里庇得斯的悲剧标明理想的英雄主义悲剧的结束，现实的平民意识悲剧的兴起。

在古希腊悲剧之后，雅典城邦发生危机之际，出现了古希腊喜剧。流传下来的主要有阿里斯托芬的喜剧。喜剧主要取材于现实生活，对重大的政治问题发表意见，主要有政治讽刺剧和社会问题剧。但经常通过动物加以表现，具有寓言的特征。现存的主要有反战喜剧《阿卡奈人》、讽刺剧《妇女专政》和《蛙》等。《蛙》中还表现了作者对文艺教化功能的看法。阿里斯托芬的喜剧在艺术上为欧洲喜剧奠定了基础。

二、古希腊文艺理论的代表人物

如果把古希腊的文艺理论分为唯心主义和唯物主义两大营垒的话，那么我们可以认为：唯心主义的文艺理论基本上反映了反动的奴隶主贵族的意识和要求，唯物主义的文艺理论基本上反映了工商业奴隶主民主派的思想意识。双方各有自己的代表人物。现按他们出现的先后和文艺思想情况分别概述如下。

（一）毕达哥拉斯

毕达哥拉斯（约前580—前500年）生活在公元前6世纪，是毕达哥拉斯定理的创造者。毕达哥拉斯是一位数学家，他与当时其他一些同观点的数学家、天文学家、物理学家一起，被称为毕达哥拉斯学派。

毕达哥拉斯学派由于大都是数学家，所以便认为万物最基本的原素是数。他们主张世间万物都遵循数的法则。对艺术的研究也是从数的观点出发的。他们认为，数的和谐形成了艺术之美。以音乐为例，音乐之美在于节奏，节奏之美在于声音和谐，而声音和谐在于发音体包含不同的数：琴弦越长，振动越慢，声音越低；反之则振动越快，声音越高。音乐艺术之美在于包含不同的数的发音体发出的声音和谐，而声音和谐在于数的比例合理，这是毕达哥拉斯学派数学家总结得出的结论。毕达哥拉斯的门徒波里克勒特在《论法规》中说："毕达哥拉斯学派说，音乐是对立因素的和谐的统一，把杂多导致统一，把不协调导致协调。"[1]这就是所谓"寓整齐于变化之中"的理论。

毕达哥拉斯学派还把这种从音乐艺术中得出的理论，推广到建筑、雕刻等其他艺术领域中。他们表示无论是哪种艺术形式，只要数的比例合理，就能产生美感。正是从这种观点出发，毕达哥拉斯学派得出了黄金分割的规律，即将黄金分成长宽具有一定比例的块块从而获得形式美的规律。毕达哥拉斯学派认为，数的和谐不仅存在于艺术中，同时也存在于宇宙的一切事物中；宇宙的一切事物都存在着数和数的和谐，所以也都存在着美。

毕达哥拉斯学派把宇宙看成美的对象，是有道理的；他们从数的比例和谐中探讨艺术美的本质，也是符合唯物主义思想的。但是，他们把宇宙看成一种先于一切的独立的数，就走到客观唯心主义方面去了。单纯地从数的和谐上去探寻艺术美的规律和本质，自然容易走上形式主义的道路。

---

[1] 朱光潜.西方美学史（上卷）[M].北京：人民文学出版社，1963：77-78.

(二) 赫拉克利特

赫拉克利特（前530—前470年左右）是古希腊朴素唯物主义和辩证法的代表，也是古希腊朴素唯物主义文艺思想的代表。他的主要著作有《论自然》等，但是都已失传。所以，我们只能从仅存的残篇断简中窥见他的哲学思想和文艺观点了。

赫拉克利特认为世界是永恒变化的，并认为"火"是万物的本源。他否定了神创造世界的神话，表现出古希腊唯物主义的科学思想。在朴素唯物主义思想的指导下，他提出了艺术是对自然的摹仿的思想，否定了古希腊传说中女神创造文艺的思想。

赫拉克利特的艺术是"摹仿自然"的文艺观，是文艺起源于摹仿说的先河。在希腊神话中，记忆、语言、文字女神谟涅摩叙涅和天神宙斯结合生下文艺九女神缪斯。她们居住奥林匹斯山麓的皮埃里亚斜坡，最初是山泉神女，后来成为司文学、艺术和科学的女神，并把音乐与诗歌之神阿波罗当作她们的领袖。当文学艺术家受到缪斯的启发时，他们就能创作出优秀的文艺作品。这也就是说，是她们这些神创造了文艺，文艺起源于神的启示。这种"借助想象"所创造出来的关于文艺起源的神话，显然是不科学的。赫拉克利特的"摹仿自然"说，第一次把文艺起源的理论建立在唯物主义思想的基础上，在理论上是有奠基意义的。

赫拉克利特早年也曾受到毕达哥拉斯学派的影响，如他认为"自然也追求对立的东西，它是用对立的东西制造出和谐，而不是用相同的东西"[1]。这种观点近于毕达哥拉斯学派从形式上观察美的思想。但是毕达哥拉斯把数量关系加以绝对化、固定化，这是赫拉克利特所不同意的。赫拉克利特认为，世界一切事物都是在不断变化更新的，如"人不能两次进入同一条河流中去"，就是这种"变化"观念的反映。因为当人第二次走进曾经走进过的河流时，河流已经发生了变化，不再是曾经走进过的河流了。

赫拉克利特用这种事物随时都在变化的思想来理解文学艺术的美，自然就得出一个结论：美是相对的，不是绝对的。赫拉克利特提出的"最美的猴子同人比起来也是丑的"的名言，说的就是美的相对性。因为美的猴子，只是在与其他的

---

[1] 北京大学哲学系外国哲学史教研室.西方哲学原著选读（上卷）[M].北京：商务印书馆，1985：23.

猴子相比时才是美的；如果和人比起来，最美的猴子也是丑的。赫拉克利特还认为：海水对鱼是舒服的有益的，而对人却是不舒服的、有害的；猪爱在脏水里洗澡，驴子爱稻草不爱黄金。这都是极富辩证法思想的一些观点。

（三）德谟克利特

德谟克利特（约前460—前370年）是古希腊唯物主义哲学家、奴隶主民主派的代表。马克思、恩格斯称他是"经验的自然科学家和希腊人中第一个百科全书式的学者"。他的著作有《节奏与和谐》《论音乐》《论诗的美》等五十多种，可惜都已失传，现在只能看到一些残篇断简。

德谟克利特认为万物都是由不可分割的原子构成的，原子流射出来就构成了事物的影像，事物的影像作用于人的感观和心灵，就产生了感觉和思想。这是一种朴素的唯物论观点。德谟克利特从这种朴素的唯物论观点出发，认为文学艺术是对于自然的模仿。

在谈到文艺创作的时候，赫拉克利特是强调灵感的。他认为，"荷马，赋有神圣的天才，曾作成了惊人的一大堆各色各样的诗""一位诗人以热情并在神圣的灵感之下所作的一切诗句，当然是美的""只有天赋很好的人能够认识并热心追求美的事物"。[①] 从他的灵感论看，似乎与他的唯物主义思想是矛盾的，所以有人怀疑流传的残篇并非出自他的创造。实际上，承认灵感并不就是唯心主义思想，这要看对灵感作何样的解释。如果从心理学的角度出发，把灵感理解为艺术家认识世界、反映世界的意识活动，恐怕是不能说成唯心主义的。

古希腊音乐理论家斐罗德谟（约前110—前40年）在《论音乐》一书中引述了德谟克利特一段话，因而透露出德谟克利特关于文艺起源的又一种思想。这段话是："德谟克利特……说音乐是一种相对地说较年青的艺术，其原因是在于使音乐产生的并不是必需，而是奢侈。"这里所提出的音乐产生于"奢侈"（有人译为"余力"）的观点，是后来席勒、斯宾塞等人关于文艺产生于过剩精力的发泄的观点的萌芽。把文艺活动视为过剩精力的发泄，认为人只有在满足了生活需要而又有了余力时才去从事艺术活动的观点，是艺术超功利的较早的观点，是"为艺术而艺术"的唯美主义的美学思想。

[①] （希）德谟克利特.著作残篇——西方文论选（上）[M].上海：上海文艺出版社，1963：4.

（四）苏格拉底

苏格拉底（前469—前399年）是古希腊的历史家、哲学家，是奴隶主贵族派思想的代言人。虽然他的著作已经失传了。但他的弟子色诺芬和柏拉图的著作传承了他的部分思想。

苏格拉底的文艺思想，较之毕达哥拉斯学派的文艺思想前进了一步。毕达哥拉斯学派从"数"、从自然科学的观点去看文学艺术，苏格拉底则开始从社会科学的观点去看待文学艺术。尽管苏格拉底站在奴隶主贵族的立场，尽管他的思想没有像德谟克利特、赫拉克利特等人那样接近唯物主义的特点，但是他仍然提出了一些很重要的观点。

苏格拉底对文学艺术的创作活动有切身的体会。他早年继承父亲石匠的职业学习过雕刻。他发展了当时普遍流行的"艺术摹仿自然"的观点，即艺术是对自然的外在形态和内在心灵两方面进行模仿的，"通过形式表现心理活动"。例如画家画像、雕刻家雕像，都不应只雕绘外貌细节，而应该通过形象的创造"表现出心灵状态"，使人看了之后就"像是活的"才行。他还认为，艺术的"摹仿"不是抄袭，不应该奴隶似地临摹自然，而应该在自然形体中选出一些要素构成一个美的整体，使自己所刻画出来的人物比原来的真人更美。这已经有了后来的典型概括的思想因素。

苏格拉底认为，事物的美丑是与"有用"相关联的，有用的就美，无用的就丑。粪筐是美的，因为粪筐有用，金盾却是丑的，因为"金盾不适用""凡是我们用的东西如果被认为是美的和善的，那就都是从同一个观点（即它们的功用）去看的""任何一件东西如果它能实现它在功用方面的目的，它就同时是善的又是美的，否则它就同时是恶的又是丑的"。[①] 苏格拉底沿着美在于功用的思想研究文艺，自然把艺术的美与功用联系起来。但苏格拉底在与希庇阿斯的争论中，又否定了"有用"的就是美的观点，因为他发现：并非所有"有用的"东西都是美的。

苏格拉底的学生色诺芬（约前430—前355年）是古希腊的历史家，主要著作有《希腊史》《苏格拉底回忆录》等，这些著作保存了苏格拉底的许多思想，为今天研究苏格拉底的文艺观提供了较为原始的材料。

---

① 北京大学哲学系美学教研室.西方美学家论美和美感[M].北京：商务印书馆，1980：19.

（五）品达和西摩尼德斯

研究古希腊的文艺理论，还有两个所见材料较少容易被忽视的人物，那就是品达和西摩尼德斯。尽管介绍他们的材料较少，但是这仅有的少量材料中反映出来的文艺观点却是很重要的。

品达（约前522—前442年）是古希腊著名的诗人。他生于一个贵族的家庭，曾以为权贵写颂歌著称。他的诗流传下来的有50多首，充满着宗教气息。他的文艺思想，见于他的《奥林匹克颂》等诗歌中。品达认为，文学艺术中的生活是超过生活中的事实的，是具有"极大的魅力的"，因为文学艺术作品中的"谎言"（即虚构）和技巧是对生活的改造，能够给人们以慰藉。他在《尼美颂》中说，"俄底修斯其实并没有经历那么多的苦难，我相信他的声名是靠荷马的诗来的。荷马的想象和技巧有无限魅力；诗人的艺术迷惑了我们，使我们把虚假的事当真了。"[①] 他看到了想象和虚构在艺术创作中的作用。品达认为诗人是靠天才进行创造的。他在《奥林匹克颂》中说，"如果没有上天的禀赋，一切努力也是徒然，还不如默不作声的好""诗人的才能是天赋的；没有天才而强行作诗，喋喋不休，好比乌鸦呱呱地叫，叫不出什么名堂来。"[②] 这是一种彻底的天才说，它否定了后天艺术实践的作用，对后来的天才、灵感说影响是很大的。

西摩尼德斯（前556—前469年），是古希腊的抒情诗人。因为他善于说些隽语，由于他的思想比较深刻，所以被后人称为"古希腊的伏尔泰"。据18世纪德国的美学家莱辛的《拉奥孔》前言介绍，西摩尼德斯的一个非常重要的艺术思想是"画是一种无声的诗，而诗则是一种有声的画"。这是一个非常重要的见解，莱辛写作《拉奥孔》不能不说是受了这种思想的启发的。西摩尼德斯说的是诗与画的联系，莱辛说的是作为时间艺术的诗与作为空间艺术的画的区别，两个人的思想路向虽然是相反的，但相反的事物给人的启发在生活中是非常常见的。

（六）柏拉图和亚里士多德

古希腊文艺理论的集大成者，一个是柏拉图，一个是亚里士多德。

柏拉图的文艺思想集中地反映在他的"对话"体的著作中。柏拉图文艺思想

---

① 中国社会科学出版社. 欧美古典作家论现实主义与浪漫主义（一）[M]. 北京：中国社会科学出版社，1980：8.
② 同①.

的核心是唯心主义的摹仿说。他认为，在现实世界之外还存在着一个理式世界，现实世界是对理式世界的摹仿，是理式世界的影子。根据这一思想，他认为文艺是现实世界的摹仿，是现实世界的影子。这样一来，在他的理论里，文艺就成为摹仿的摹仿、影子的影子。在这种唯心主义的核心思想指引下，他所得出的关于文艺的其他思想，有许多是不科学的。他否定了文艺的真实性，否定了文艺作品的认识价值；他发展了文艺创作的天才说、灵感论，提出了文艺实践的所谓"下意识"活动问题。他的观点虽然受到了亚里士多德的批判，但是对后来的影响仍是不可忽视的。

亚里士多德是古希腊唯物主义文艺理论的集大成者，是古希腊成就最大的艺术美学家。马克思称他是"古代最伟大的思想家"。他批判了柏拉图的唯心主义摹仿说，得出文艺摹仿现实反映现实本质的唯物主义结论。亚里士多德认为，文艺反映现实是带有普遍性的，因此文艺比历史"更富于哲学意味"。亚里士多德从文艺摹仿现实使用媒介的不同、对象的不同和方式的不同出发，对文艺进行了分类，并在分类的基础上着重探讨了悲剧的性质和写作规律。亚里士多德开创的文艺摹仿现实理论为之后的浪漫主义和现实主义创作创造了前提。亚里士多德的《诗学》是他的文艺理论和美学思想的代表作。可以说，西方文艺理论中长期讨论的许多重大问题，大多是溯源于此的。

第二节　柏拉图和他的文艺对话

柏拉图出身贵族，自幼就接受了高质量的教育。20岁的柏拉图成为苏格拉底的学生。由于他勤奋好学，才思敏捷，很得苏格拉底的赏识，尤其是他与老师反对民主派的政治立场一致，师生的友谊非同一般。在柏拉图的心目中，苏格拉底是智慧超人的哲学家的典范和楷模。公元前399年，苏格拉底被民主派处死之后，柏拉图怀着悲愤心情离开雅典，到各国漫游。

一、生平及著作

柏拉图游历过墨伽拉、施勒尼、埃及、意大利、西西里等城邦国家。他一方面研究地中海沿岸的各国文化，一方面寻找政治上的支持者，以实现他重建奴隶主贵族执政的理想和愿望。在学术上，他确实得到了充实和丰富，但他的政治理想却无法实现。据说在西西里，他曾被卖为奴，是一个朋友出钱为他赎身才回到雅典。回雅典后，朋友们捐款集资，在阿卡德摩斯体育场附近买了房子和花园，为他建立了学院供他讲学。柏拉图在这里开始写作《对话》，规模较大的几篇对话大都是在这里完成的。到他门下就学的不只有雅典人，还有外邦人，亚里士多德就是其中之一。柏拉图从事讲学和对话写作时并没有忘记他的政治理想，直到晚年他又两次出游，寻找实践他的理论的机会，但都失望而归。这一时期他撰写了《斐立布斯》和《法律篇》等著作，构想了另一个理想国的蓝图。他长于思辨，追求执著，终生未娶，为实现奴隶主贵族的政治理想而奔波劳神。但这种政治理想实际上是已经没落了的政体的幻影，因此他当然不可能得志。

柏拉图的著作涉及的领域很广，主要是政治、伦理、教育及当时人们关注的哲学问题。文艺理论和美学是他哲学体系中的有机组成部分。柏拉图的文艺思想和美学思想散见于许多对话中。一般说来，讨论美学、伦理问题的有《太希庇阿斯》《会饮》《墨诺》《莱西斯》等篇；讨论文艺问题的有《伊安》《斐德若》《理想国》（卷十）等篇；讨论语言、修辞问题的有《克拉梯卢斯》《欧梯得墨斯》《高吉阿斯》《墨涅克塞卢斯》等篇；讨论政治、哲学和文艺政策问题的有《政治家》《法律》《理想国》（卷二和卷三）等篇。上面这种划分是相对的，不少文艺和美学问题在其他对话中仍然存在。

柏拉图的大多数作品都以对话为主要形式，他创新地将对话应用于文学创作和学术探讨。在探讨过程中，对话者都聚焦于问题相互提问和回答，通过辩论揭示存在的矛盾，循序渐进，最终概括总结。无论观点是否站得住脚，或者结论是否准确无误，内在的矛盾都被清晰而深刻地揭示出来。然而，研读柏拉图的著作绝非易事，朱光潜先生指出柏拉图以苏格拉底的视角进行对话，文风诙谐，频繁地运用反讽、比喻和引用等修辞，这常常让读者难以领会对话的深层含义。因此，我们要想理解柏拉图著作的内容，必须仔细琢磨。

二、摹仿说

柏拉图的文艺思想与他的哲学思想密切相关。他是从一个假设的先验本体出发来建立他的哲学体系的,也是从这个先验本体出发来阐释他自己的摹仿论的。在柏拉图心目中,万事万物都有一个本源,这个本源就是理式,理式是一种类似于中国的"道"的东西,它体现着万物之为万物的本质。但是处于"理性方滋,神性未退"时代的柏拉图,依然继承了他前人的神性观。理式最初是起源于神的,这与中国的道就有所不同。

在古希腊,人们普遍信仰神灵,亵渎神灵的行为是社会不允许存在的。在那个时代,人们对哲学家的主要指控便是亵渎神灵。苏格拉底面临的两大指控中,其中一个就是他宣扬无神论亵渎了神灵,即使他坚决否认并为自己进行辩护也依旧被判死刑,基于这一时代背景,柏拉图把万物的终极本原的"理式"归结为神,虽然在今天看来是错误的,但是可以理解。更何况柏拉图在"诗人与哲学家之争"中,对于缘起于神赐的灵感的诗人与理性的哲学家两者,更倾向于哲学家。就是说在他的思想历程中,他更强调理性的作用和意义,有时把理性强调到不恰当的地位。

柏拉图的摹仿说正是奠定在理式论的基础上的。他认为神是所有事物的根源,理式是神创造的一切事物的普遍性。在实际生活中,所有事物都仅仅是理式的复制品。比如一张床,床支立于地面适合于睡眠,人的肌肤和骨骼不至于受到风湿的伤害,三个点确定一个面,四条腿把床面平稳地支立地面,供人睡眠。在柏拉图看来床之为床,有一个人们可以共同接受的先验的理式,即床的共相。现实世界工匠所制作的各种个别的床,只不过是先验理式的一种摹本,或叫幻相。而艺术作品又是现实世界的摹本。这样在柏拉图看来有三种床:一是床的理式,这是由神创造的本然的床,就是"床之所以为床"的那个理式,也就是"床的真实体";二是根据理式的床而创造出来的个别的床,它已经不是真实体,"只是近似真实体的东西";三是画家摹仿个别的床描画出来的床的"影像",是摹本的摹本,影子的影子,"和自然隔着三层""和真理也隔着三层"实际上是两层。

柏拉图认为摹仿的对象作为一种影子,可以欺骗小孩子和蠢人。他把摹仿比作"拿一面镜子四方八面地旋转",像镜子照物一样照到对象的外貌。"从荷马起一切诗人都只是摹仿者,无论是摹仿德行,或是摹仿他们所写的一切题材,都只得到影像,并不曾抓住真理。像我们刚才所说的,画家尽管不懂鞋匠的手艺,还是可以画鞋匠,观众也不懂这种手艺,只凭画的颜色和形状来判断,就信以为真。""摹仿只是一种玩艺,并不是什么正经事。"①这里他从功利的角度把摹仿作为游戏,看成是无关紧要的。这与他从政治的观点审查文艺,把它们看成毒害人的洪水猛兽又是矛盾的,为什么会出现这种情形呢?在柏拉图那里,有两种摹仿,一种是简单的临摹,一种是通过灵感所进行的摹仿。

柏拉图在《斐德若》篇中,把人分为九等,第一等人是"爱智慧者,爱美者""诗神和爱神的顶礼者"。这种诗人是大诗人,"诗神的顶礼者",凭神灵凭附得到灵感的人把天国所见到的永恒的理式表现出来。而第六等人是"诗人或是其他摹仿的艺术家",就是那种匠人,对一般的事物的一般摹仿,有技巧,没有灵性。在古代希腊中艺术还包括手工业、农业、烹调等手艺。这些技艺亦步亦趋,是被人看不起的。

柏拉图认为,所谓真正的摹仿,是一种对永恒理式的回忆,光靠技艺的精湛是不能进行艺术创作的。同时,柏拉图对摹仿的歌颂和攻击是不矛盾的,他歌颂的是神灵凭附的灵感,他攻击的是根据技巧对一般对象的临摹。

三、灵感论

柏拉图在关于灵感的观点上沿袭了古希腊的传统思维方式。在古希腊文化中,灵感最初被解释为神的灵性,它描述了一种被神灵附身的状态,而艺术便是这种状态的直接结果。柏拉图借助神所赐予的"迷狂"来阐释灵感。当时的希腊人非常相信"迷狂",这是因为悲剧起源于酒神祭祀,祭奠者饮酒酩酊大醉,他们载歌载舞,即兴唱出诗歌。

柏拉图认为,神所赐予的迷狂是诗人所必需的精神状态,在这种状态的作用下,诗歌才具备了特别的吸引力。他持有这样的观点:艺术创作之所以产生,是因为文艺之神的附身导致诗人陷入迷狂并被激发出创造力。诗人创作诗歌是受到神的力量驱使,实质上是在为神发声。那些才华横溢的诗人,在创作各种类型的诗歌时,并不是依赖于他们的技能才创作出美妙的诗篇,而是受到了灵感的启发,得到了神的支持。在众多的专业技能中,诗人不像医生能够治疗疾病,也不像车夫擅长驾驶。他们创作诗歌来描绘实际场景不依赖于知识,而是受到灵感启发。诗人创作了许多令人陶醉的诗歌,但对其含义却感到困惑。诗歌之神为诗人提供

---

① (希)柏拉图.文艺对话集[M].朱光潜译,北京:人民文学出版社,1980:76.

灵感，诗人通过诗歌将灵感传达给读者和听众。从诗歌之神这块磁石开始，诗人、读者和听众就像是多个铁环，它们环环相扣，形成了一个链条。

柏拉图重视诗歌创作的感性的迷狂状态，认为"神志清醒的诗遇到迷狂的诗就黯然无光了"[①]。他讽刺当时的诡辩家对神话加以理性的解释，结果被"围困在一大群蛇发女、飞马以及其他奇形怪状的东西中间"。他认为逐一检查神话是否近情近理，是一种"庸俗的机警"，浪费了许多时间和精力。柏拉图指出获得灵感会陷入感性的迷狂，目的是强调艺术创作是情感的涌现，和理性思考存在差异。艺术家创作依靠摹仿感性形象，而非知识技能。尽管这种观点在当下可能并不十分正确，但柏拉图对迷狂也没有过度地赞美。

柏拉图的本质是哲学家，因此更倾向于学习哲学和理性思考。他持有这样的观点：与哲学相比，诗歌的地位较低，其创作更多的是和内心进行互动。诗人的作用"在于激励、培育和加强心灵的低贱部分毁坏理性部分"[②]。在哲学方面，他主张从特殊、具体和感性的事物入手来探索普遍、抽象和理性的法则。尽管他坚信灵感是神灵所赐，但他还是从理性的角度对诗人进行了批评。基于目的论，他坚信"美德即知识"。诗人在创作过程中，往往对自己的目的一无所知，因而缺乏对美德的认识。有时候他们的诗歌"颂赞古代英雄的丰功伟绩，垂为后世的教训"[③]。有时候他们又把神和英雄写得像常人一样无节制，"长时间地悲叹或吟唱，搥打自己的胸膛"，意在满足"我们心灵的那个（在我们自己遭到不幸时被强行压抑的）本性渴望痛哭流涕以求发泄的部分"[④]。他们完全不考虑诗歌对城邦的青少年和公民会带来怎样的效果。因此，柏拉图特别强调了理性思考和道德约束在创作过程中发挥的整体作用，并主张作品应对人产生积极影响，这也是柏拉图对古希腊理性思想的继承和弘扬。

柏拉图不仅继承了信仰神灵的古希腊传统，还在前人的基础上提倡理性思考，这对诗人提出了新的要求。他将灵感的迸发看作一种迷狂的状态，虽然这看似与理性存在冲突，但揭示了灵感的真正情况。用现代的表达方式来看，迷狂和理性是对立统一的。

---

① （希）柏拉图. 柏拉图文艺对话集 [M]. 朱光潜译，北京：人民文学出版社，1963：118.
② （希）柏拉图. 理想国 [M]. 郭斌和，张竹明译，北京：商务印书馆，1986：404.
③ （希）柏拉图. 文艺对话集 [M]. 朱光潜译，北京：人民文学出版社，1980：118.
④ （希）柏拉图. 理想国 [M]. 郭斌和，张竹明译，北京：商务印书馆，1986：405.

柏拉图认为灵感是人类灵魂激情四溢的产物，它是永恒的灵魂带给我们的前世回忆，而灵感的根源和基础则是理性。尽管将肉体和灵魂分开的观点有一种独特的氛围，但柏拉图在其理论探索中不仅强调了个体的主观能动性，还将这一观点和他对哲学普遍性的追求相结合。相较于灵感迷狂说，灵感回忆说的目的是深入探索灵感的固有规律。

灵感回忆说是基于灵魂与肉体分开而建立的。这一学说受到了基于原始宗教的奥菲厄斯教派的深刻影响。如今，这种将灵魂与肉体分开的观念，如果用现代科学的视角来看，简直是不合常理。然而，在西方哲学的历史进程中，它的影响力是深远的。只有当灵魂和肉体被分离开来研究时，我们才能真正地认识到精神所拥有的无尽创造性、独特意义、反馈作用以及整体连续性。

不朽的灵魂是柏拉图灵感回忆说的基础。柏拉图持有这样的观点：从根本上说，灵魂是永远自动的，"凡是永远自动的都是不朽的"。灵魂不可能和自身分离，只能不断地运动、变化。灵魂不是被创造出来的，因此也无法被摧毁。他说："对于一切被动的才是动的本源和初始。"完善的灵魂是形而上者，"主宰全宇宙"。然而，柏拉图也持有这样的观点，那就是纯净的灵魂在神的引导下，在天堂中曾见过真实的存在，也就是感性事物的本体。当灵魂犯下错误时就会变得不完整，失去了翅膀，和肉体结合来到人世间。无形且不朽的灵魂正是通过肉体展现出来的。诗歌之神和灵魂有直接互动。诗歌作为人类的一种艺术形式，是灵魂与肉体结合后的产物，因此，诗歌之神所感受到的也就是与肉体结合后的灵魂。在诗歌之神的多次附身下，人持续地创作出优秀作品。当一个人因为受到灵感启发而陷入迷狂，即标志着灵魂降临。

柏拉图的灵感回忆说反映了灵感先于经验的属性。柏拉图将迷狂视为未来预测的有效方法和受到神灵启示的产物。他把回忆的摹本分类为理式，但所涉及的正是康德后来提及的关于先天共性的评判。那些普通人难以理解的理式"本"，是由回忆触发的，它与"末"的情感形态产生了共鸣。这确实是基于对"本"这一先于经验概念的普遍理解而建立的。如果我们将审美境界视为一个理想状态，"迷狂"这一概念具有未来预测性，所谓的审美境界就不是基于经验的，而是先于经验的。柏拉图认为，先于经验的状态是不朽且和灵魂紧密相连的，在回忆中反复出现。而回忆的时机正是在情感高涨时思绪被唤醒的瞬间，柏拉图认为这是神的附身。荣格原型说和皮亚杰图式说实际上是柏拉图回忆说的进一步扩展和深化。

柏拉图回忆说对于理性和主观能动性的重视是不能被忽略的。对艺术家而言，理式就像是他们内心深处的境界，而神灵仅仅是唤起人们对这一境界的回忆，这显然使理式超越了神灵。柏拉图也特别强调了灵魂对个人的绝对地位和能动作用。他持有这样的观点：艺术的高度与灵魂在天堂中的修炼紧密相连。不考虑其中的神秘成分，这两个观点都具有正面影响。一方面突出了艺术家的才华，是深入理解理式的基石；另一方面强调了后天形成的道德品质，也就是日常所说的人品。第一方面重点是才，第二方面重点是德。只有在同时拥有才能和优秀品德的情况下，灵感才会涌现，才具备回忆的能力，从而创作出好的作品。从柏拉图的观点来看，灵感的获取与人的努力是密不可分的。

柏拉图偏向于将灵感看作一种心理活动，这对人们具有很大的启示作用。柏拉图明确区分了仅依赖灵感的创作和仅依赖技巧的创作，他坚信灵感是个体的心理活动。古希腊初期与中国古代初期看法相似，认为技艺是统一的，但柏拉图从灵感的视角对技术和艺术进行了区分。他持有这样的观点：因灵感产生的艺术美和因技巧制作的物品存在明显的差异。他将艺术家划分成两大类：一类是受到神灵附身并以灵感为基础进行创作的人，被称为"诗神和爱神的顶礼者"，是第一等人；另一类则是以技巧为基础进行摹仿创作的人，是第六等人。第一类艺术家创造的才是艺术。就诗歌而言，如果没有诗神的迷狂，"无论谁去敲诗歌的门，他和他的作品都永远站在诗歌的门外，尽管他自己妄想单凭诗的艺术（暗指技术）就可以成为一个诗人。他的神志清醒的诗遇到迷狂的诗就黯然无光了。"[①] 灵感的作用乃在于诗神"凭附到一个温柔贞洁的心灵，感发它，引它到兴高采烈神飞色舞的境界"。尽管这是建立在诗歌之神附身的基础上，但将灵感的状态看作受到情感冲击的心理状态甚至心灵境界，才能打造杰出艺术作品。并不是每位艺术家都能得到灵感或接受神灵附身，这突显了心理活动的正面影响。

尽管柏拉图经常将创作的灵感归因于诗歌之神的附身或爱之神的启示，但在详细描述时，他经常不经意地将其视为非理性的感性驱动力，也就是爱。灵感涉及情感的激发。他认为，"一切诗人之所以成其为诗人，都由于受到爱神的启发。

---

① （希）柏拉图. 柏拉图文艺对话集[M]. 朱光潜译，北京：人民文学出版社，1963，118.

一个人不管对诗多么外行，只要被诗神掌握住了，他就马上成为诗人。"他认为，爱之神具有推动作用，因为人的情感被激发后变得非常兴奋，从而得到灵感。

柏拉图把创作的驱动力描述为个体的心灵生殖能力，这一观点在减少他思维中神的作用方面发挥了正面影响。他将艺术创作的作用和驱动力视为心灵生殖能力，即人类的内在欲望。"一切人都有生殖力""都有身体的生殖力和心理的生殖力。到了一定的年龄，他们本性中就起一种迫不及待的欲望，要生殖"。①"心灵生殖"这一说法，其实更像是一个比喻或者一个连贯的概念。这涉及精神创造力，其中也包含艺术创作力。心灵生殖由"迫不及待的欲望"所触发，而触发这种欲望的不是神灵，而是爱。对美的事物的喜爱，人们感受到"欢欣鼓舞"和"精神焕发"，最终产生了创作的欲望。

简言之，尽管两千多年前的柏拉图受到了时代的束缚，经常利用神和天堂来解答灵感这个未解之谜，但在他的具体描述中，人们经常可以感受到启示作用。他将创作的全过程定义为回忆，并认为灵感是触发回忆的关键因素。尽管忽视了社会生活对人的正面作用，但他还是揭露了灵感先于经验的性质。他关于灵魂和心灵的观点，实际上打破了对神的依赖等传统束缚，更多地将灵感视为人的心理活动来解读。柏拉图之后研究心理现象的学者，特别是那些致力于审美和创作方面研究的艺术心理学家，深受他的思想影响。

四、文艺的社会功用

柏拉图在政治上是有野心的，试图建立一个"理想国"，并且制订了一套治国计划。晚年的《法律篇》则是他的又一个理想的治国计划。但是他的计划如同孔子一样是纸上谈兵，虽然周游列国，却到处碰壁。柏拉图对艺术功能的看法，正是奠定在这种治国方案的基础上的。

作为一个哲学家，柏拉图视哲学家高于诗人，贬低诗人和诗；而作为一个治国方案的制订者，一个想象中的国家统治者，他又对艺术提出了许多限制。因此，有人攻击柏拉图不重视艺术，甚至不懂艺术，也就不奇怪了。

其实柏拉图不仅懂艺术，而且有很高的造诣。作为王室宫廷的后裔，柏拉图出身于雅典贵族家庭，从小受到很好的教育，文学方面是其所受教育的一个重点。

---

① （希）柏拉图.文艺对话集[M].朱光潜译，北京：人民文学出版社，1980：266.

因此，柏拉图在责备荷马的诗歌贻害读者的时候，还向荷马致歉。在《理想国》卷十里，柏拉图说："虽然我从小就对荷马怀有一定的敬爱之心，不愿意说他的不是。因为他看来是所有这些美的悲剧诗人的祖师爷呢。但是，不管怎么说，我们一定不能把对个人的尊敬看得高于真理，我必须（如我所说的）讲出自己的心里话。"他的这种"不能把对个人的尊敬看得高于真理"的话，后来被亚里士多德所继承。亚里士多德在批评老师柏拉图时，著名的箴言是"吾爱吾师，吾更爱真理"。

正因为柏拉图非常了解艺术，认识到艺术的深刻影响，所以在制订理想国的治国方案时，非常注意对人心的影响，并且从政治家的角度，利用艺术的影响，对艺术进行规范、限制，使得艺术为培养他的理想国的合格国民服务。柏拉图正是抱着这种功利的目的，来对艺术的社会功能提出要求和限制的。即，只能服从领导，做一个安分守己的公民，要勇敢地捍卫国家，富于献身精神；要有坚强的意志，真诚勇敢，遇事镇静，成为无私的理想国的保卫者。

柏拉图认为，艺术是摹仿的艺术，不但自身是摹仿的，而且会导致读者的摹仿。文学作品中的神和英雄，应该是公民学习的榜样。柏拉图继承了传统的宗教神学理论，认为神应该是好的事物的创造者，而不是任何事物的创造者，人间的痛苦是咎由自取的，不应该归罪于神。神本身在精神上是统一的，是不会变形捉弄人的。诸如宙斯的妻子变成一头母牛之类，都不是神会做的。而《荷马史诗》，描述了神如何对人类胡作非为、妄自尊大、滥用权力，这些行为都是极其卑鄙的。荷马把他们写得争风吃醋、嫉妒纵酒、大吵大闹，这实际上亵渎了人们对神的信仰和崇敬。他们所崇敬的神是这样的，他们自己还能有好的表现吗？荷马在写英雄的时候，也贬低他们的道德品质，写阿喀琉斯贪婪，接受阿伽门农的贿赂，写他们傲慢自大，非常残酷。这些对青年都产生了消极的影响：连英雄都干过这种坏事，我们干一点半点，算得了什么。这就给了年轻人自我安慰、有自我开脱的借口，实际上是在怂恿青年人干坏事。因此，柏拉图批评荷马等人的作品，他们将神和英雄描绘得和普通人无异，身上充满了各种恶习，如欺诈陷害、贪图享乐、贪财好色、胆小懦弱等。面对灾害时神和英雄不但不去化解，反而作出各种恶行。这样的诗歌艺术，有伤风化，会使青年人误入歧途，不能培养出理想的公民。柏拉图要求对人性进行塑造，反对中国道家式的自然，让人性的弱点顺其自然。摹仿的艺术有时要讨好欣赏者，就会摹仿容易引起人们激动的情感，进行煽情，挑逗起人的激情。有的悲剧创作者经常描写女性的悲惨经历，使年轻人感到悲伤和同情，甚至养成不良癖好。因为这些情欲的最低劣的部分最容易摹仿，对人们的影响很大，因此不能放纵和滋养。而许多诗歌对这些情感却予以灌溉和滋养，这是柏拉图予以否认和反对的。

柏拉图在《理想国》卷十中说："我们亲临灾祸时，心中有一种自然倾向，要尽量哭一场，哀诉一番，可是理智把这种自然倾向镇压下去了。诗人要想餍足的正是这种自然倾向，这种感伤癖。同时我们人性中最好的部分，由于没有让理智或习惯培养好，对于这感伤癖放松了防范，我们于是就拿旁人的痛苦来让自己取乐。"[①]而在读者方面，就是哀怜癖，多少有些幸灾乐祸的成分。柏拉图认为这种癖好一旦养成，在现实中遇到类似的情况时，就不能用理性去克服，而是使类似的感伤情绪油然而生，不利于人们用理性来战胜困难。对于喜剧，它与人类幽默的天性相契合，那些在日常中被视为羞耻而不愿意作出的言行举止，在喜剧表演中不仅不会使人感到粗俗，还会让观众非常愉悦。柏拉图认为这种表演实际上是煽动人们的情欲、愤恨。在理性的层面上，这些情感应该枯萎。这就是说每个人内心都有这种情感，而喜剧却灌溉了它们。

总之，荷马史诗和悲剧喜剧在柏拉图眼中其影响都是坏的，会让人的理智失去控制，破坏人们的信仰，因而实际上就是破坏了正义，这非常不符合理想国公民的要求。这样看来，柏拉图对艺术的攻击和限制，就不是因为不懂艺术，而是从国家统治者的角度制订文艺政策，对文学艺术作品的内容和摹仿方式做出了具体的规定。不过这种狭窄的政治功利观违背了艺术规律。情感中固然有卑劣的一面需要限制；但情感也有高尚的一面，可以感动人们。因此，因为情欲中的卑劣而否定人们的个人情趣、个人的生活空间、个人的感情世界，以及正常的爱与恨等，是一种因噎废食的做法。

柏拉图还对不同的摹仿方式，即不同体裁的艺术进行了检查，看它们对人的性格的影响。按摹仿的方式不同，柏拉图将艺术分为三类。悲剧和喜剧：直接叙述；颂歌：间接叙述；史诗、叙事诗：两种方式的混合。

柏拉图认为颂歌最好。从统治者的角度讲，让大家都来做他的颂歌，没有惟

[①]（希）柏拉图. 柏拉图文艺对话集[M]. 朱光潜译，北京：人民文学出版社，1963：66.

妙惟肖的细节描写，没有不满和愤怒的感情流露，当然很好。他认为悲剧和喜剧最糟糕，会把人教坏。柏拉图反对理想国的保卫者从事戏剧摹仿或扮演。理由是：一个人不能同时做好很多事，精力有限，既要保卫国家，就要专心致志，不能精力分散。如果演员表演时常常扮演恶人和有缺点的人，就会对自身良好的品行不利。

对于当时的四种流行音乐，柏拉图也进行了审查。认为音调哀婉的吕底亚式和音调柔缓文弱的伊俄尼亚式，是靡靡之音，都是要取缔的。慷慨激昂、激发斗志的佛津癸亚式和威严、简洁的多里斯式则是他所提倡的。

柏拉图从他的国家利益观出发，对希腊文艺逐一仔细地加以检查。要求文艺一定要服从于政治。否则无论其艺术性多高，哪怕是他自幼崇敬的荷马也要予以清洗，目的是让文艺为理想国的政治服务。

柏拉图反对反抗，反对不循规蹈矩的人和事。例如，阿喀琉斯是位英雄，他托着赫克托尔的尸体走正表示他对挚友的爱，他接收普里阿摩斯的礼物而交回赫克托尔的尸体，表示了他对老王的仁慈，这是一种复杂的心理。悲剧从正面写问题，有反抗性，如普罗米修斯反抗暴王宙斯，安提戈尼反抗独裁的克瑞翁，美狄亚替希腊妇女鸣冤，这些都是对政治、对社会的直接批判。喜剧则更不必说，阿里斯托芬就不客气地把苏格拉底搬上舞台，还有新喜剧写世态炎凉，写富人愚蠢，军人吹牛，贵族贪财，奴隶聪明，所有这些都不符合柏拉图理想国的文艺政策，所以他坚决反对。

第三节　亚里士多德和他的《诗学》

爱琴海和古希腊文明中绚丽多彩的艺术作品耀射着迷人光彩，从克里特、迈锡尼到雅典，希腊古典艺术鲜花盛开，湿壁画、狮子门、雅典卫城、希腊雕塑……艺术精品层出不穷。悲剧是古希腊时代的顶尖艺术手法，其魅力震撼人心，展现了人们对真诚的、利他的和美好的品行事物的追求。古希腊令人赞叹的艺术成就，吸引了众多顶尖学者对古希腊艺术的前世今生、本质内涵和审美价值等方面进行深入的研究，系统的美学和艺术理论由此诞生。其中，这方面又以哲学家走得最远。在继承和反思前人理论成果的基础上，亚里士多德对美和艺术进行了系统和全面的哲学思考，最终建立起完整的思想体系，从而成为以后西方美学和艺术思想的奠基者，直到今天仍有其独特的价值。

亚里士多德一生著述宏富，专业涉及哲学、政治学、逻辑学、物理学等多个学科，在美学和艺术理论方面，最主要代表著作是《诗学》。

一、《诗学》的创作背景及结构

《诗学》即"论诗的技艺"，希腊语为 Poietike Techne，从词源来看，"诗"的内涵为"创制"。"创制"这个词能从两方面进行解释：一方面是制作，指手工制品等实用工艺品的制作；另一方面是创作，指诗歌等语言艺术的创作。"诗的技艺"无疑属于后者，写诗即艺术创作，诗学就是研究艺术即创制知识的学问。诗人所塑造的艺术形象与实用工艺品有所不同，它仅在语言文字中存在。艺术确实能够创制知识，但它与理论、实践知识有所不同，它通过形象塑造来展现特定的事物，也就是我们常说的形象思维，借助艺术形象揭示普遍的行为、感情、含义。

关于《诗学》的成书年代，目前有两种说法，一种认为写于雅典学院跟随柏拉图治学期间；还有一种说法是写于从马其顿返回雅典后，是亚里士多德的成熟之作。学术领域普遍偏向于后一种说法。目前保存下来的文献主要是亚里士多德的教课讲义或他的学生听讲后做的笔记。这些文献整体上论证严谨、风格简练，但其中一些观点由于过于隐晦，存在多种解读。

《诗学》一书据第欧根尼·拉尔修的描述分为两卷。遗憾的是第二卷遗失，而在第一卷中提及后续要对喜剧进行讨论，很可能是第二卷的内容，学术界对此广泛认同。亚里士多德的《诗学》还有其他作品都拥有相似的命运，它们曾被埋藏在地下超过百年，但在安德罗尼珂的整理和校对后实现广泛传播。这部作品在公元 6 世纪被翻译为叙利亚文，在公元 10 世纪被翻译为阿拉伯文，在公元 11 世纪被拜占庭人抄录，是现存最古老的手稿。在公元 15 世纪末期的文艺复兴运动中，《诗学》对欧洲文学和美学观念产生了深远的影响，尤其在古典主义领域被视为准则。在西方近现代的众多美学理论研究中，我们不能忽视它，要以各种视角和方法从中获得思想启示。

目前保存下来的《诗学》包括 26 个章节，内容主要被划分为 5 个部分：第一到五章是第一部分序论，探讨了各类艺术摹仿的目标、工具、方法以及这些艺术形式所产生的差异性,进一步明确了诗歌的起源,并对悲剧和喜剧的发展历程进行了回顾;第六到二十二章是第二部分,其中详细探讨了悲剧及其定义、组成元素和写作手法等方面;第二十三到二十四章是第三部分,主要探讨了史诗;第二十五章是第四部分,深入探讨了评论家对诗人的批评和回应这些批评的策略手段;第二十六章是第五部分,对比了史诗和悲剧两种艺术形式。

二、《诗学》蕴含的美学思想

《诗学》蕴含着摹仿说、悲剧说和净化说三大美学思想。

(一)摹仿说

在摹仿的议题上,亚里士多德持有这样的观点:艺术的核心在于摹仿。摹仿不仅是区分艺术创作与技艺制作的基石,同时也构成了艺术分类的核心。他坚定地认为,摹仿是人类的天性,通过摹仿,人们不仅可以满足好奇心,还能收获审美体验,艺术的根源在于人类的摹仿本能。在这个基础上,亚里士多德从四个方面详细解释了他的摹仿理论。

首先,当艺术家摹仿实际时,他们既能够真实地展现其原始面貌,又可能展现更美好或更丑恶的一面。

其次,艺术摹仿的目标可以分为三类:过去的或现在的、传说的或信仰的、应有的。艺术摹仿的独特功能是将事物展现得比其原始状态更美好或更丑恶,或呈现出其应有的形态和理想状态。

再次,艺术需要摹仿广义上的代表性事物,也就是说,摹仿应该坚持必然性原则。"诗人的职责不在于描述已发生的事,而在于描写可能发生的事,即根据可然或必然的原则可能发生的事。"[①] 因此,诗歌比历史著作更具有哲学内涵,充分体现了事物的一般性和必然性

最后,为了更好地展现事物的必然性,艺术家摹仿时能够选择理想化或典型化的方式,这样可以更好地突显事物的核心和特性。为了诗的创作,诗人有时会描述那些不合理或异常的事件,只要这些描述能够坚持必然性和可然性原则就是能够相信的。

---

① (古罗马)贺拉斯. 诗学·诗艺 [M]. 罗念生译, 北京: 人民文学出版社, 1988: 28.

摹仿具有广泛的技艺摹仿的内涵。但在《诗学》这本书里，摹仿被定义为一个独特的美学思想，它描述了在"诗"这种艺术创作中如何展现人们的日常。

（二）悲剧论

在《诗学》这本书中，亚里士多德深入探讨了悲剧的艺术属性和组成元素，并阐明其在审美层面的价值。他的观点是：悲剧是对严肃、完整且有一定长度的行为的摹仿，不是通过叙述而是通过动作来表现摹仿目标，通过事件引发害怕和同情，从而净化感情。亚里士多德以此为基础对悲剧的作用、组成部分和价值进行了深入的探讨。他认为，悲剧是一个由情节、性格、思想、台词、扮相和音乐组成的有机整体。在这之中，情节是悲剧的核心，也是最关键的部分。从情节设计来看，艺术创作时应坚持可然性和必然性原则，确保情节的和谐、统一和完整。性格是悲剧第二关键的部分。从性格描述来看，应确保性格的合理、真实和连续。亚里士多德也持有这样的观点：悲剧主角不应是完美无缺或罪大恶极的人。他们应该是善良的，但同时也存在某些缺点，这是他们遭遇不幸的原因。只有这样，悲剧才能引起人们的害怕和同情，从而净化人的情感。显而易见，亚里士多德在讨论悲剧时不仅仅局限于艺术创作的技巧，还深入探讨了悲剧的美学思想。

（三）净化说

关于净化理论，亚里士多德是在与自己老师柏拉图的观点碰撞中展开自己的思考的。柏拉图出于他的哲学观和政治道德理想，对于在民间广受欢迎的各种艺术持有负面的看法，认为这些艺术破坏了道德，对公民的教育和城邦的治理产生阻碍，强调严格约束艺术。亚里士多德基于其哲学道德观和摹仿理论，主张艺术从多种视角展现人的实际生活，同时也是对知识的追求。他认为，艺术所传达的情感是广义上的人性的一部分，在理性引导下，高雅的或通俗的艺术对个人和社会都具有独特的意义。亚里士多德的《诗学》是对柏拉图观点的有力回应，其核心目标是维护所有的"诗"，并认可希腊的艺术成果。他所提出的"净化"理论旨在解读悲剧，以悲剧这种高级艺术形式为起始赞扬所有优秀的艺术成果，在理解人生哲学、培养道德观念、形成审美意趣等方面有着十分积极和正面的意义。

《诗学》被认为是首部最系统的西方艺术美学理论作品，对之后的西方文学艺术理论发展和作品创作具有深远的影响，部分内容甚至被近代新古典主义视为不可动摇的准则。《诗学》在理论体系的建构方面也存在着不足。首先，作者尽管突出了诗的"自我完善"，但没有对悲剧的形成原因、产生背景和发展环境进行讨论。尽管悲剧主角确实需要为个人行为决策承担责任，但在一些作品中，命运的束缚或神的旨意也是悲剧形成的关键因素，《诗学》很少谈及此。当然，这些微瑕不足以损害《诗学》的历史价值。

第四节 古罗马的文艺理论概说

古罗马的政体变迁主要经历了三个阶段：一是马其顿王朝的王政时期（前753—前509年）；二是共和时期（前509—前27年），马其顿王朝的腓立普和他的儿子亚历山大就处在这个时期；三是帝政时期（前27—467年）。虽然君士坦丁堡成为罗马首都后，才是罗马帝国建立的象征，但整个这一时期，罗马实际上已经在逐步地奠定帝国建立的基础了。我们现在通常所说的古罗马时期，主要是从亚历山大征服欧、亚奠定霸业开始的，这时的罗马，正处在大一统之中。我们从文化角度上所讲的古罗马文学和文论，主要是指从共和时期到帝政时期。

一、古罗马时期的文化概况

（一）古罗马文化的"希腊化"

罗马的文化是在继承希腊文化的基础上发展起来的。雅典文化中心在长年的兵荒马乱中日渐衰微，而此时的亚历山大对世界的征服则把雅典文化传播到他所征服的各城邦，后来罗马的四分五裂并没有影响希腊文化的传播。这种情形一直持续到公元前30年，罗马统帅屋大维攻占亚历山大城、把沿革较久和较强大的古埃及征服为止，即从亚历山大十年征战到屋大维征服埃及，历史上称为"希腊化时期"。希腊化时期的主要特征在于希腊文化对其他城邦、其他民族的影响，例如叙利亚、巴比伦仿照希腊政体，成立了元老院，建立了人民议事堂。此时，希腊的语言和文学在埃及和波斯广泛地流传，而且希腊本身也吸取了外来文化，如东方的自然科学连同占星术、巫术等一起涌进希腊人的精神领地。这种文化的交流和融合同中国的魏晋时代相类似，主要是政治上的混乱，使得专制政权不能控制局面，而学术上非常自由，商业上也很自由。

（二）古罗马混战后的文化

公元前323年，亚历山大死后，他的两个遗孤（一个尚在襁褓之中，一个尚未出世）不久便被拥戴者抛弃了。庞大帝国被分为三个部分：一是位于欧洲的希腊——马其顿王国；二是位于非洲的埃及——托勒密王国；三是位于亚洲的叙利亚——塞琉息王国。这正是混战的开始。

混战以后文化上的变化主要是：希腊的雅典等古老城市开始衰落，亚历山大里亚、柏加曼、罗德斯等新型都会兴起。这些都会地处欧、亚、非交通要道，有着优良的港湾，商业发达，而且因统治者的大力经营，兴建了规模宏大的城堡、竞技场、图书馆、议事堂等。无所不包的哲学体系解体，不同门类的专业学科兴起。如阿基米德、亚里士达克、欧几里德等，都是近代意义上的专业学者。希腊传统宗教和道德观念的衰微，对个人的追求及对不幸的恐惧是最主要的论题。犹太人、波斯人、印度人的宗教，巴比伦或迦勒底人的占星术、巫术等已经混入罗马人的文化领域。

在哲学上，这时主要有三大流派。一是伊壁鸠鲁派。伊壁鸠鲁是德谟克利特的再传弟子，瑙昔芬尼的学生，强调身心快乐是幸福生活的开端与归宿，快乐是道德的基础，欲望应该受到节制；主张物质第一，感觉是推理的基础，要求避世、恬静；很少谈神，从来不谈来世。二是怀疑派。该派的创始人是皮浪，宣扬不可知论，认为对事物最好不下判断，不置可否，这样才可以保持心境的平静与安宁，寂然不动。三是斯多葛派。该派的创始人是芝诺，早期受赫拉克利特影响，有唯物辩证倾向，主张世界源于水，复归于火，火是上帝，是灵魂，是支配世界的法则。但他们把人类的基本出发点归结为德性，而德性是人的自然本性，是快乐的基础，美德之外别无真正的快乐。

在科学上，杰出的数学家欧几里德的《几何原本》从公理和公设出发，用演绎法叙述平面几何学，使大部分数学知识系统化。天文学方面，希帕恰斯发明了天文仪器，编制了最早的星座图表。托勒密的天文学著作和"地心说"体系，也在当时有重要影响。医学领域，盖伦通过解剖学对人体有了较为全面的研究，阿基米德则是流体静力学的创立者。古罗马的文学与文论正是在这种背景下发展起来的。

二、古罗马时期的文学概貌

罗马文学是在继承了希腊文学的基础上发展起来的。首位罗马诗人安德罗尼库斯是被俘虏的希腊奴隶，他不仅是首位将荷马史诗《奥德赛》翻译为拉丁文的人，还对希腊的悲剧和喜剧进行了改编。

（一）喜剧

传世的优秀罗马戏剧主要是喜剧。优秀作家有普劳图斯（约前254—前184年），代表作有《一坛金子》和《孪生兄弟》等，对后世影响很大。其中，莫里哀的《悭吝人》即受《一坛金子》的影响，而莎士比亚的《错误的喜剧》则受《孪生兄弟》的影响。泰伦提乌斯（约前190—前159年）则主要有《两兄弟》和《婆母》等。这些罗马喜剧在题材上大都改编了希腊新喜剧，针对当时的习俗进行善意的嘲讽，并在形式上作了改良，扬弃了歌队的合唱，为近代戏剧奠定了基础。

（二）诗歌

罗马时期在诗歌上成就最高。杰出诗人主要有维吉尔、贺拉斯和奥维德等。

维吉尔（前70—前19年）的主要作品是《牧歌》《农事诗》《伊尼特》。《牧歌》受希腊田园诗人俄克里托斯的影响，赞美农村田园情调，同时又流露出感伤的情调。《农事诗》在形式上类似于希腊诗人赫西俄德的《工作与时日》，在思想内容上类似于《牧歌》，表达了诗人对田园景色和农事的热爱。维吉尔的代表作是《伊尼特》，临终前未及改完，嘱咐将诗稿烧毁，但屋大维命令保存原样。最终，《伊尼特》于公元前17年问世。《伊尼特》又译作《埃涅阿斯纪》，是一部史诗，取材于特洛亚王子、爱神维纳斯的儿子伊尼亚斯在特洛亚灭亡后到意大利创业建国的罗马神话传说。歌颂了罗马建国的丰功伟绩，塑造了罗马的爱国英雄形象。全诗共十二卷，一万二千多行。这部作品很大程度上受《荷马史诗》的影响，在情节结构上前六卷摹仿《奥德赛》，后六卷摹仿《伊利亚特》。语言则多用荷马式的比喻。与《荷马史诗》源自民间创作基础上的加工不同，《伊尼特》乃是文人史诗，缺少民间作品清新的活力，语言更加严谨、凝练。

奥维德（前43—18年）是继贺拉斯之后出现的古罗马著名诗人。其主要作品有《恋歌》《女英雄》《爱的艺术》《变形记》等。诗中多情欲和性爱技巧描写，以至于诗人本人在 50 岁时,因《爱的艺术》被奥古斯都视为伤风败俗而被放逐到边塞,历经磨难,直到 61 岁病逝。《变形记》是奥维德的代表作,取材于神话故事,借以讽世,讽刺了统治阶层的荒淫无耻和专横残忍的行径,对受到迫害的小人物寄予无限的同情。

(三)宫廷文学

屋大维死后二年间,罗马文学开始衰微,进入所谓文学史上的"白银时代",宫廷文学占主导地位。这时的主要作家有塞内加(约 4—65 年),主要作品有讽刺剧《变瓜记》,其悲剧作品大都取材于希腊三大悲剧家的作品。另外还有彼特隆纽斯(死于 65 年),他的《萨蒂里卡》是欧洲第一部流浪汉小说,而阿普列尤斯(约 124—约 175 年)的《金驴记》则是罗马文学中最完整的一部小说。

总的说来,罗马文学从希腊化时期开始,在内容和形式上都发生了很大的变化。在希腊时代,诗人们关心着重大的社会和人生等问题,文学作品中体现着爱国主义和英雄主义的情怀,关注严肃的人生问题。而罗马时代,由于集体主义精神的消逝,文学主要描写日常的生活,表现个人的情怀。在反映社会方面,罗马文学已经不像希腊文学那样积极地反映生活的本质,而常常流于消极的摹写。在喜剧方面,也由往日的政治喜剧转为世态喜剧和拟曲等。在诗歌方面,作品中更多地表达诗人在现实生活中的感伤情调,他们往往寄情于田园风光,追求乌托邦式的桃花源,或是表现脆弱的恋情和失恋的忧伤,多矫揉造作的作品。因此,牧歌和恋歌在此时的诗歌作品中占有很大的成分,反映了罗马时代动荡不定的社会生活和城乡的矛盾、理想与现实的差距给人们心灵所造成的痛苦。在散文方面,许多作品都忽视内容的深刻性与真实性,片面地追求形式的浮靡奢华。正因如此,罗马文论家们才针砭时弊,倡导文质统一和崇高的风格。

三、古罗马时期的文艺理论

古罗马文艺理论继承了晚期希腊的一些学术观点。在雄辩术方面,伊索克拉提和忒奥夫拉斯特等人继承亚里士多德的《修辞学》传统,使修辞学得到了长足的进步。而诗学方面,研究者则多为语法修辞学者,更多地侧重于作品的技巧和体裁问题的研究。与古希腊不同的是,古希腊文艺理论主要是哲学家讨论文学与现实的关系和文学的社会宏观问题，而古罗马则更多的是雄辩家和诗人讨论文学问题，更侧重于研究文学的内部规律，诸如内容与形式的关系、天才与技巧的关系、风格问题、寓教于乐问题等。古罗马的文学批评推崇古希腊文学，最终使得古典主义文艺理论得以确立。

在这个时期，虽然亚里士多德《诗学》的影响已逐渐没落，但诞生于同一块土地的古罗马也产生过类似的作品，并对罗马产生了重要影响。但是，古罗马的文艺理论确实与古希腊有着明显的不同，前者更注重文学的自身规律。这一点，从斯多噶派哲学家尼奥托勒密的《诗学》中可以看出。

尼奥托勒密的《诗学》主要包括三部分内容诗意论、诗法论、诗人论。诗意论主要讨论诗的内容等方面的原理。作者认为诗应该写现实的真事和历史的史实，其中既要有独特的见解，又要有现实的内容。只有这样，才能给人以教益。他认为诗的任务是教与乐兼备。教是通过"所刻画的事物"进行的，乐则通过诗的语言和韵律进行。诗法论主要是讨论诗的体裁和技巧的。诗人论把诗人分为两种，一种是靠技巧取胜的诗人，有很高的造诣；一种是靠天赋才情取胜的诗人。尼奥托勒密认为理想的诗人是既有天才又有修养。这种三分法及其内容，对贺拉斯的《诗艺》产生了重要影响。

古罗马末期著名的散文家、演说家西塞罗（前106—前43年），也曾在一些著作，特别是《论演说家》和演说辞《为阿尔基阿斯辩护》中阐明了自己的文艺思想。他认为，文学有三个社会功能。一是弘扬英雄业绩，他在《为阿尔基阿斯辩护》中说，"文学的称颂是对美德的最高奖赏"；二是给人们提供观照自我的范例，他在《为罗斯基乌斯辩护》中说，"诗人塑造形象正是为着让我们能以他人为例，看到我们自己的习性和日常生活的鲜明画面"，这是后人以文学为"镜子"的先声；三是让人愉悦，在《论法律》的专著中，他认为"历史要求一切真实，而诗歌则主要在于给人以快感"。在文学的本质上，他继承柏拉图的摹仿说，认为理式具有高度抽象的典型意义，是美的最高体现，艺术家可以通过想象、凭借心智领悟和表现理式的美，并进而因此推崇灵感的作用。另外，西塞罗还强调作品的"合适"的原则、尺度和分寸，并且重视作品的语言韵律结构，这些看法在后来贺拉斯的思想中得到了体现和发展。

罗马的许多演说家、修辞学家对文艺问题发表了许多自己的看法。昆体良（约

35—95年）就是其中的一位。在《演说术原理》中，他曾就演说谈及才能与技艺的关系。与贺拉斯强调技艺不同，昆体良更强调天性。他认为，"如果把天性与教育分开，有天性没有教育，也能做好许多事；如果有教育而没有天性，则做不好任何事。"他认为，天性更重要，学习则是使天性更完善。他把有天性的人比作良田，而没有天性的人则比作瘠地。他认为良田即使不耕作也能丰产，而瘠地即使最杰出的农夫也无能为力。在内容与形式的关系中，昆体良更强调内容。他关于演说中创构幻觉的思想对文学问题也有启发。

古罗马晚期在文艺理论方面作出贡献的还有琉善（约125—约192年）。他是叙利亚的萨莫萨特人，幼年学雕塑，后又学法律，从事辩护律师和教师职业，有深邃的艺术修养，曾漫游希腊。他从40岁开始攻哲学，流传至今的有80篇文章，其中许多涉及文艺问题。作为罗马向中世纪的过渡人物，琉善被恩格斯称为"古希腊罗马时代的伏尔泰"，是一位唯理论学者。在《画像辩》中，琉善强调肉体美与精神美的统一，艺术作品的美是现实与理想的统一。在《华堂颂》中，他强调自然环境对心灵的感发和对精神的影响，认为它有着无穷的魅力。他对当时罗马盛行的浮靡绮丽的艺术趣尚进行了抨击，反对滥用修饰，而将质朴的作品比作天生丽质的佳人。在歌颂华堂时，他提出了自己的审美理想，要求"金碧的点缀恰到好处，雅致而无虚饰"，仿佛"美人淡妆素裹"。

第五节　贺拉斯的《诗艺》

古罗马的最重要的文艺理论著作，是贺拉斯的《诗艺》和朗吉诺斯的《论崇高》。本节主要对贺拉斯的《诗艺》作具体阐述。

从理论的角度看，贺拉斯的文艺思想不像柏拉图和亚里士多德的文艺思想那样，具有很强的理论性。作为西方文论史上第一部诗人论诗的著作，贺拉斯的《诗艺》主要是对创作实践的总结，他的观点与哲学家们从抽象的哲学观念及其体系出发所推衍出的文艺观有着明显的不同。由于贺拉斯本人是当时杰出的诗人，所以他的来自实践的见解往往非常精辟，如勤学苦练、寓教于乐等，至今都还是文艺学的箴言。不过，他根据当时的创作实际所强调的一些具体规则，则早已随着后世创作实践的变迁而被突破。

一、古典主义原则

贺拉斯在自己的创作和欣赏中，竭力推崇古希腊文学，主张向古希腊文学学习，以古希腊的文学作品作为典范。这种以古希腊文学作品为典范的文学主张，被称为古典主义，而贺拉斯就是罗马古典主义的奠基人。他的诗学理论到17世纪经法国的布瓦洛推崇和继承，并且将它教条化，成为法国古典主义的圭臬。

借鉴希腊经典是由罗马的文艺现实和社会现实决定的。罗马本来是在落后的村落的基础上形成的，加之连年的征战，在文化上尤其是文学上既没有坚实的基础和优秀的遗产，也没有能力和精力凭空促进文学、艺术的繁荣，因此要想使文学有较高的起点，就必须借鉴外来的优秀文学。而源自雅典的优秀的希腊文学长期以来已在罗马产生了一定的影响，罗马诸神对希腊诸神的借鉴以及由此而形成的神话，便反映了希腊影响的痕迹。希腊语在罗马也较为流行，在此基础上借鉴古希腊文学不但是必要的，而且是可行的。

贺拉斯强调要向希腊文学精品学习，主张摹仿古希腊文学精品，而不同于亚里士多德要求摹仿自然，这主要是针对当时的一般罗马诗人基础太差而言的。在缺乏起码的文学基础的背景下，仅仅强调独到是很难产生优秀作品的。人从呱呱坠地开始，一切知识就都来自摹仿，在罗马文学相当落后的背景下，贺拉斯主张摹仿古希腊文学有一定的合理性，我们不能完全脱离当时的社会背景去理解贺拉斯的古典主义主张。贺拉斯强调的独特的创作要求对当时的罗马作家来说有难度，观众及读者在理解上也有难度，与此同时，他也反对摹仿落入俗套。事实证明，在借鉴经典题材方面，历朝历代不乏佳作出现，如莎士比亚的悲剧，高乃依、拉辛的悲剧，乃至歌德的《浮士德》等。

同时，贺拉斯也并非只是强调摹仿而反对创新。他同时还说："我们的诗人对于各种类型都曾尝试过，他们敢于不落希腊人的窠臼，并且（在作品中）歌颂本国的事迹，以本国的题材写成悲剧或喜剧，赢得了很大的荣誉。"[①]明确地强调创新。在《致奥古斯都》的书信中，他还明确反对"非今重古"。他对天才所给予的一定的重视，和在一定的范围内强调想象和虚构，都反映出他并不片面地追求亦步亦趋地摹仿古人。

---

① （古罗马）贺拉斯.诗学·诗艺[M].罗念生，杨周翰译，北京：人民文学出版社，1980：152.

但同时我们也要看到，贺拉斯在对艺术技巧的借鉴中过分滞实地拘泥于古希腊作品的形式，甚至将其程式化，这不仅是刻板的，而且对后来古典主义产生了相当的消极影响。他曾经根据当时的戏剧实际和观众的心理期待，提出："如果你希望你的戏叫座，观众看了还要求再演，那么你的戏最好是分五幕，不多也不少。不要随便把神请下来，除非遇到难解难分的关头非请神来解救不可。也不要企图让第四个演员说话。"[1]这些具体的规定在当时有一定的合理性，但是后人把它作为僵死的教条，不顾作品表达内容的实际，限制作品的创新显然是不当的。其他如"帝王将相的业绩、悲惨的战争，应如何来写，荷马早已作了示范"，这是指一种六步诗行。还有如"先露火光，然后大冒浓烟""尽快地揭示结局，使听众及早听到故事的紧要关头"等等，作为一种表达方法，可能确实是巧妙的，但如果作为原则就束缚了诗人的思想，在表达方式上也显得单一。

二、"合式"原则

贺拉斯崇尚古希腊文学及其"合式"原则。所谓"合式"，是指和谐、恰当，妥帖得体，恰到好处。这主要表现在形象的整体、人物和题材等方面。

在形象的整体方面，贺拉斯将整一、统一、合理、恰切、一致等要求运用于艺术创造的多个环节，力图实现全面的合式。他强调要注意整体的效果。在作品的结构方面，贺拉斯盛赞荷马写特洛亚战争虚实参差毫无破绽，所以作品整体连贯、内容合理。语言表现也是如此，个别的句子要服从形象的整体。

在人物的性格方面，贺拉斯认为人物性格要符合人物的年龄特征的原型和传统的模式，对人物有了定型化、类型化的要求，尤其强调古典题材，认为每个人物所具有的性格都是为大众所熟悉的，无论怎样虚构情节，都要符合人物的性格。例如写阿喀琉斯，"必须把他写得急躁、暴戾、无情、尖刻，写他拒绝受法律的约束，写他处处要诉诸武力。写美狄亚要写得凶狠、剽悍"。这种类型化的要求在当时有一定的意义，但不足之处在于公式化和概念化。这同样表现在作品中人物的语言方面。"如果剧中人物的词句听来和他的遭遇（或身份）不合，罗马的观众不论贵贱都将大声哄笑。神说话，英雄说话，经验丰富的老人说话，青春、热情的少年说话，贵族、妇女说话，好管闲事的乳媪说话，走四方的

---

[1] （希）贺拉斯．诗学·诗艺[M]．罗念生，杨周翰译．北京：人民文学出版社，1980：147．

货郎说话。"① 在字句与表达内容的配合方面，也要追求合式。"忧愁的面容要用悲哀的词句配合，盛怒要配威吓的词句，戏谑配嬉笑，庄重的词句配严肃的表情。"② 同时也不能因避免一种偏颇而导致另一种偏颇："想写得简短，写出来却很晦涩。追求平易，但在筋骨、魄力方面又有欠缺。想要写得宏伟，而结果却变成臃肿。"③

在题材的处理方面，贺拉斯主张要切合于诗人的能力和题材的自身特点。他指出，悲剧的语句不能用来描写喜剧，喜剧的语句同样不适用悲剧。"悲剧是不屑于乱扯一些轻浮的诗句的，就像庄重的主妇在节日被邀请去跳舞一样，她和一些狂荡的'萨堤洛斯'在一起，总觉得有些羞涩。"④

三、理性原则

作为古典主义原则的一个特点，还在于贺拉斯在相当的程度上强调理性。《诗艺》开篇就反对非理性化的诗，包括神话式的内容。诸如，"上面是个美女的头，长在马颈上，四肢是由各种动物的肢体拼凑起来的，四肢上又覆盖着各色羽毛，下面长着一条又黑又丑的鱼尾巴""有的书就像这种画，书中的形象就如病人的梦魇，是胡乱构成的，头和脚可以属于不同的族类"。他还明确反对"在树林里画上海豚，在海浪上画条野猪"式的作品。他虽然有时沿袭时人的说法提到"诗神"，但对迷狂的诗人则予以坚决的反对，并且予以讽刺挖苦："懂道理的人遇上了疯癫的诗人是不敢去沾染的，连忙逃避，就像遇到患痒病的人，或患'富贵病'的人，或患癫痫病或'月神病'的人。只有孩子们才冒冒失失地去逗他，追他。"⑤

四、天才与技巧

贺拉斯虽然要向古希腊经典文学学习，但他并不否认创作的禀赋。天才的概念在古希腊和罗马非常流行，主要指先天的或神明赋予的才能，尤其是指艺术方面的才能，与后天的、靠习得而来的技巧相对。

---

① （希）贺拉斯.诗学·诗艺[M].杨周翰译,北京：人民文学出版社,1962：143.
② （古罗马）贺拉斯.诗学·诗艺[M].罗念生,杨周翰译,北京：人民文学出版社,1980：142.
③ （古罗马）贺拉斯.诗学·诗艺[M].罗念生,杨周翰译,北京：人民文学出版社,1980：138.
④ （古罗马）贺拉斯.诗学·诗艺[M].罗念生,杨周翰译,北京：人民文学出版社,1980：149.
⑤ （古罗马）贺拉斯.诗学·诗艺[M].罗念生,杨周翰译,北京：人民文学出版社,1980：160.

柏拉图把天才的表现视为"神赐的迷狂"。从理论角度，贺拉斯认为天才与技巧需要相互结合，缺一不可。贺拉斯对希腊人写诗的天赋能力和表达的技巧给予很高的评价，认为罗马人则常被"铜锈和贪得的欲望腐蚀了人的心灵"。他首先强调诗人必须要有天才，在一篇讽刺诗中，他曾认为仅仅有音调抑扬顿挫的语言和韵脚还不一定是诗，仅仅有像诗一样的分行的句子也不一定是诗。写诗一定要有"天生的才华、非凡的心灵，高雅的措词"。不过这种天才不仅仅是迷狂，而是包含着一定的理性的。同时，贺拉斯强调艺术家必须经过勤学苦练。他举例说："在竞技场上想要夺得渴望已久的锦标的人，在幼年一定吃过很多苦，经过长期练习，出过汗，受过冻，并且戒酒戒色。"[①]贺拉斯是推崇希腊古典的，因此号召大家向希腊古典学习，通过勤学苦练，以靠近传统和典范。

五、艺术"寓教于乐"

贺拉斯是西方较早提出艺术"寓教于乐"的思想的学者。这是柏拉图教化思想和亚里士多德净化思想的综合。"寓教于乐，既劝谕读者，又使他喜爱，才能符合众望。"贺拉斯继承传统的观点，强调文艺在社会生活中的教化作用。在《上奥古斯都书》中，贺拉斯说："诗人不会作战、耕耘，但能效劳社稷，尽他绵薄的力量，达到伟大的目的。诗人使牙牙学语的小孩知耻识礼，教他们听到粗鄙的话则掉首掩耳；诗人能谆谆善诱，使人心默化潜移，矫正粗暴的行为，排除愤怒和妒忌；诗人能歌功颂德，立模范以教后世，给悲观失望的心灵带来无限慰藉。若不是诗神或诗人授予恋慕之思，窈窕淑女又怎能了解君子的情意？"强调诗歌给人潜移默化的教育作用。

而从罗马的哲学基础看，斯多噶学派的克己制欲的人生价值观和伊壁鸠鲁学派所奉行的快乐主义原则，也分别在哲学价值观上有所体现。贺拉斯的寓教于乐思想，乃是兼取两家之长，他说："诗人的愿望是给人益处和乐趣，他写的东西应该给人以快感，同时对生活有帮助。"他在具体阐释诗歌在希腊时期的作用时说："举世闻名的荷马和泰伦提乌斯的诗歌激发了人们的雄心奔赴战场。神的旨意是通过诗歌传达的；诗歌也指示了生活的道路；（诗人也通过）诗歌求得帝王的恩

---

① （古罗马）贺拉斯.诗学·诗艺[M].罗念生，杨周翰译，北京：人民文学出版社，1980：158.

宠；最后，在整天的劳动结束后，诗歌给人们带来欢乐。"他还把形式的和谐与作品内在的吸引力区别开来强调，认为前者是"美"，而后者则被称为"魅力""一首诗仅仅具有美是不够的，还必须有魅力，必须能按作者愿望左右读者的心灵"[①]。

---

① （古罗马）贺拉斯.诗学·诗艺[M].罗念生，杨周翰译，北京：人民文学出版社，1980：142.

第二章 中世纪、文艺复兴和古典主义的文艺理论

中世纪的文论从属于当时的基督教神学思想，文学理论只是神学思想在文艺领域的应用，这一时期并不重视文艺本身的价值。中世纪神学文艺思想的代表人物是圣·奥古斯丁、阿伯拉和托马斯·阿奎那。文艺复兴时期的文论是世俗化的，体现出当时的人文主义思想，高扬人的尊严和价值，呼唤个性解放，极大地突破了中世纪宗教思想的束缚，显现出文艺理论向人的回归。但丁的四义说和关于俗语的讨论鲜明体现了当时的时代特征。本章节内容为中世纪、文艺复兴和古典主义的文艺理论，主要围绕中世纪文化的概述、文艺复兴时期的文艺理论、古典主义的文艺理论展开论述。

第一节 中世纪文化的概述

"中世纪"这个词汇最早见于文艺复兴运动时期。在15—16世纪，提倡人文主义的意大利语言和历史学家比昂多等人尊崇古希腊和古罗马的文化，他们主张介于西罗马帝国灭亡后古典文化复兴前的时期，是古典文化衰落的"中间的世纪"，即"中世纪"。不过，从文化的意义上讲，中世纪是一个绵延的过程，不能简单以事件为标志。从古希腊文化和古罗马文化的衰落到再次兴起即文化层面的中世纪，介于四五世纪和15世纪之间。人们最初使用中世纪这个词时，意在抨击那个黑暗统治的时代，因此这个词在当时反映了新兴资产阶级对封建教会和贵族统治的仇恨。尽管如此，中世纪在欧洲文明史上的地位仍是不可抹杀的。

一、中世纪的文化背景

"中世纪"的文化以基督教为核心，反映了希伯来文化与希腊文化的融合，

以及新侵入的部落如哥特人的某些文化特征，同时还打上了时代的烙印，并因时代的迁移而经历了一个变迁的历程。

基督教是在古犹太教的基础上，糅合了中东埃及有关部族的宗教信仰改良而成的。它接受了古犹太教的一神教模式，在公元1世纪产生于小亚细亚、叙利亚、埃及等地区的犹太人中，传说是由作为木匠的耶稣建立起来的，起初体现了穷苦人的美好愿望，带有一定的世俗特征。古犹太教的教义作为旧约被保留在《圣经》之中，而新约中的一部分则反映了原始基督教对现实不满的思想。基督教被皇帝规定为罗马帝国唯一合法的宗教信仰后，随之很多教义发生了变化，如要求奴隶服从主人等，并且出现了教皇统治一切的政教合一的局面。又由于基督教的"非民族化"的特点和"超越尘世""因信称义"等教义，使得它与古犹太教有了很大的不同。后来查理大帝受封，神圣罗马帝国形成，世俗政权与教廷既相互勾结又相互冲突，最终世俗政权战胜了教廷，近代国家开始兴起。其间有教廷堕落、宗教改革、教派纷争等情形，使得基督教教义不断地变迁。

基督教文化还吸纳了希腊罗马的古典文化。虽然公元5世纪哥特人和日耳曼人的入侵使得欧洲文明倒退，一度陷入了混乱、落后的生活状态，希腊文化知识消失，懂拉丁文的人日渐减少，书籍被抛弃、藏匿、破坏、遗忘，教士们甚至荒诞地歪曲了基督教的精神。但已存在的希腊罗马的古典文化仍根深蒂固地影响着民众的心灵。从普罗提诺时期形成的新柏拉图主义，为基督教哲学提供了基础。厄里根纳作为新柏拉图主义者，也是经院哲学中实在论的先驱。经院哲学中的唯名论与实在论之争，正是由柏拉图和亚里士多德思想的分歧延伸而来。后来，教会认为新柏拉图主义的泛神论与正统的基督教教义相抵触，将它们视为异端，亚里士多德的思想得到了重视。教会强化了亚里士多德哲学与基督教教义相吻合的一面，将其哲学作为官方哲学。在教会分成东西两派的时候，东部教会受希腊文化的影响相对较大，西部教会受拉丁文化的影响相对较大。到中世纪晚期，随着教会的衰落，自然科学的兴起，一些学者又要求恢复亚里士多德重经验事实的本来面目。总体上看，基督教文化从发展到衰落，都与古典文化有着密切的联系。

同时，中世纪的文化还打上了时代的烙印。哥特人和日耳曼人的入侵虽然破坏了古典文明，但也给基督教文化带来了新的成分。哥特人好动的本性、独立自主和尊重妇女的生活态度、丰富的想象力等特点对中世纪的文化产生了持久的影响。现代意义上的不少高等学校，如巴黎大学、牛津大学等都是在中世纪建立、发展起来的。西罗马帝国灭亡后，欧洲进入了一个无政府时代，欧洲的近代各国逐步孕育成熟，其基本语言如法、意、英、德等国的语言均在中世纪产生。经历了中世纪以后，西方的文明与古希腊和罗马古典文化时期便有了显著的不同。

二、中世纪的文学概貌

中世纪的文学发展阶段大致包括早期的传统文学的衰微，继起的宗教文学的形成与发展，后期的骑士文学、英雄史诗和城市文学的兴起。而经济、政治、文化等因素的影响在其中起着重要作用。

（一）传统文学

中世纪早期的文学发展总体上是迟缓的、受阻碍的。当时物质的匮乏、自然经济发展的不成熟都局限了文学的发展。当时正处在社会的转型期，旧的奴隶制正在崩溃，占有大量物质财富的奴隶主阶级已经没落，无法扶持文学，而一般的新兴农民也没有从事文学活动的素质和条件。当时的国王和统治阶层因西哥特人410年占领罗马，匈奴人掠劫意大利北部，汪达尔人又从海上掠劫意大利，而从战争中成长起来，到6世纪30年代，东罗马皇帝查士丁尼在意大利进行了20多年的"哥特战事"。这些统治者中许多国王是"马上得天下"，蛮族国王大部分不识字，一般的教士读、写均差，就是主教和教皇的文化水平也很低下。像教皇格列高里一世，他的拉丁文就很蹩脚，但他惯用的文体却很流行。新的封建领主阶层只知道饮宴、享乐、淫逸、奢侈、懒惰、讲排场，根本就不懂文学，更谈不上发展文学。古典文艺的衰落，与基督教的兴起也有很大关系。从米兰敕令承认帝国境内有信仰基督教的自由，到4世纪帝国境内就罢黜百教，独尊基督。基督教起初把古希腊、罗马的文化和艺术看成是基督教的异端，教皇格列高里一世曾下令烧毁罗马城边有丰富藏书的图书馆；在修道院里教士们为了抄写他们的圣经、咒语等，便刮净了写着古代学者著述的羊皮，毁灭了无数有价值的文献。

（二）教会文学

中世纪的文学是从教会文学开始的。教会文学以赞美上帝和圣经故事为主，包括圣徒传、祷告词、梦幻故事、赞美诗等，目的在于普及教义、增强信念。当然其中也有一些作品是较优美的，如公元 5 世纪的一首歌颂基督的诗。在基督教文学中，人成了一首"优美的诗"，用自身的"道义、仁爱、谦恭、温柔"赞美"创造一切并超越一切"的上帝。总的说来，教会文学作品有一定的概念化、公式化倾向，但受古典文学传统和东方文学的影响，出于表现的需要，这些作品在象征、寓意手法上有一定的突破。许多圣经故事及基督教精神都深刻地影响了西方近现代文化，成为西方文化的重要组成部分，与教会文学是密切相关的。

（三）骑士文学

中世纪的骑士文学与骑士制度有关。骑士本是罗马的一个社会阶层，通过服骑兵役立功而获得封邑。到中世纪因几次十字军东征接触了东方文化，骑士们形成了统治者所依赖的独立阶层，并与贵妇人之间形成独特的关系，其道德信条是忠君、护教、行侠、尚武。骑士文学属于封建世俗文学，肯定现世的幸福，富有传奇色彩，重视人物的内心刻画。其内容主要有爱情与复仇、功绩与荣誉，尤其是描写骑士与贵妇人之间的爱情故事，占着很大的比重。还包括借鉴民间文学的骑士抒情诗，如牧歌——牧羊女对骑士的拒绝，破晓歌——骑士与贵妇人幽会，天明前赶快离开的歌等。有些以贵妇人口吻写的诗泼辣、大胆，甚至会喊出"占有我吧，取代我丈夫的位置吧！"这样的声音，全然感受不到中世纪禁锢的痕迹。这也说明文学具有独立于官方意识形态的自身特征。法国北部的骑士叙事诗《特里斯丹和绮瑟》是骑士文学的重要代表作，体现了骑士精神的理想。

（四）英雄史诗

英雄史诗是在民间口头文学的基础上发展起来的，而它在中世纪的盛行，与十字军东征的背景有关。一些古老的反映氏族部落生活的史诗，在传抄过程中也受到基督教时代精神的影响，如盎格鲁·撒克逊的英雄史诗《裴欧沃夫》。另有一些在十字军东征过程中出现的英雄，也在史诗中得到表现。中世纪著名的英雄史诗有法国的《罗兰之歌》、西班牙的《熙德》、德国的《尼伯龙根之歌》、俄罗斯的《伊戈尔远征记》等。这些作品在情节安排和创作手法等方面有相当的成就，对后世的叙事文学有重要影响。

（五）城市文学

在中世纪后期，城市文学颇为盛行。欧洲各国从 11 世纪开始，随着手工业和农业的分离、商业的兴起、出现了城市，并且逐步取得了自治权，形成了市民文化，由城市居民所创作的文学被称为城市文学。城市文学多取材于现实生活，反映了市民们世俗的思想感情，在一定程度上抨击和否定了封建制度和教会教义。这些作品通俗生动、清新活泼，常用讽刺手法，其寓意、象征等手法继承了古典文学和教会文学等其他文学类型的成就。城市文学主要包括韵文小故事、讽刺叙事诗、寓言诗等。韵文小故事最早产生于法国，代表作有《驴的遗嘱》《吃桑葚的教士》《撕开的鞍褥》《农民医生》，它们短小精悍具有讽刺、教化等特征，后来的文学作品如《十日谈》《坎特伯雷故事集》等多受此启发。寓言诗中的民间动物故事，在城市文学中有着突出的成就，主要有以《列那狐传奇》为代表的列那狐系列故事。

总的说来，中世纪文学更多地受到基督教文化的影响，即使是反教会的作品也不可避免地打上了基督教文化的烙印，而且传统基督教文化深刻地影响了后代的文学。后世的大量经典作品，如但丁的《神曲》，夏洛蒂·勃朗特的《简·爱》，托尔斯泰的《复活》，陀斯妥耶夫斯基的《罪与罚》《卡拉马佐夫兄弟》，艾略特的长诗《荒原》等作品之中，都明显地体现了基督教的精神。至于大量使用《圣经》典故和思想模式的作品，更是不胜枚举。

三、中世纪的文艺理论

中世纪的文艺理论在总体上与具体文学、文化大背景发展的曲线是相适应的。文艺思想也大致经历了一个从仇视文艺到探索文艺的过程。早期的思想家们常常根据自己的信仰，列数文艺的罪状，否定文艺。在他们看来，古代艺术中没有上帝，却有异教诸神；不讲灵魂的戒修，却讲摹仿自然；拒绝永恒的福音，而倡导俗世的享乐。

公元2世纪初，著名思想家尤斯汀在《护教辞》中抨击古代雕像艺术是"毫无意义"和"污辱真神"的举动。公元2世纪末，亚历山大派的宗师克雷孟特（150—约215年）在《对希腊人的劝勉》中劝诫希腊人丢弃对神话、史诗及雕像的眷恋，说这些作品不仅污辱了神，而且糟蹋了泥土；不仅无助于净化灵魂，而且刺激了人的邪念。

早期的基督教教父德尔图良（约150—220年）认为戏剧得到一对恶魔（即

情欲和色欲）的庇护，还认为上帝是真理的创始者，不喜爱任何虚假，而艺术则是通过想象力在造假。基督徒认为只有爱、快乐、和睦、顺从、节制、仁慈等是精神果实，而异教徒的世俗艺术的情感则与之相反。这些反艺术、反文学的言论，并不是他们不懂文学艺术，而是对文学艺术看得很透，诸如对文学艺术的效果等。他们主要是从基督教的道德观的立场来谴责文学艺术的，正如柏拉图从理想国的立场来谴责文艺一样。后来教会文学兴起，思想家们在神学体系中阐述自己的文艺理论思想，其中对与基督教精神相合的寓意、象征等手法作了深入的探讨。到中世纪中后期，随着文艺的相对繁荣，文艺思想也相对丰富。

第二节　文艺复兴时期的文艺理论

文艺复兴是欧洲封建社会后期发生的新兴的资产阶级反对封建主义的一次思想文化运动，时间大约是在14—16世纪。同一时期，由于生产力的发展和科学技术的进步，资本主义的生产关系开始萌芽；新航线的开辟、地理的大发现以及世界市场的形成，更进一步地推动了资本主义的发展。这种发展起来的资本主义生产关系，与封建主义的生产关系是相矛盾的。资产阶级为了发展资本主义，开始在封建社会内部与贵族、教会的统治展开斗争，他们反对封建贵族和僧侣的特权，反对封建的割据，关心民族的统一和商道的安全。这便是文艺复兴时期资产阶级反对封建主义的一场政治革命。这场政治革命，主要是在三个战场进行的，即反对封建阶级的农民战争、宗教改革和文艺复兴，而文艺复兴恰恰是这场反封建的政治革命在思想文化领域的反映。文艺复兴时期的文艺理论，是在思想文化战线上反对封建文化、发展资产阶级文化的经验总结。

一、关于文艺复兴

（一）"文艺复兴"的本质

这场思想文化革命之所以名曰"文艺复兴"，是因其代表人物一开始便从古希腊、古罗马的古代文化中找到了自己可以用来反对封建文化的思想武器，即哲学、自然科学和以人为中心的（与中世纪的以神为中心相反）的文学艺术。为了更好地运用这个武器，文艺复兴时期的知识分子们宣称，古希腊、古罗马的古典文化长期以来被教会扼杀歪曲了，现在应该打起"复兴古典文化"的旗子。

正如恩格斯所指出的那样："拜占庭灭亡时抢救出来的手抄本，罗马废墟中发掘出来的古代雕像，在惊讶的西方面前展开了一个新世界——希腊的古代；在它的光辉的形象面前，中世纪的幽灵消逝了；意大利出现了前所未有的繁荣，这种艺术繁荣好像是古典古代的反照，以后就再也不曾达到了。"[①] 恩格斯的话，科学地分析了这场思想文化革命之所以名为"文艺复兴"的原因。

当然，"文艺复兴"作为一场思想文化领域的革命，绝不是复古复旧，其实质不过是打着"文艺复兴"的旗子反对封建的中世纪的文化。正如马克思所说："人们自己创造自己的历史，但是他们并不是随心所欲地创造，并不是在他们自己选定的条件下创造，而是在直接碰到的、既定的、从过去继承下来的条件下创造。一切已死的先辈们的传统，像梦魇一样纠缠着活人的头脑。当人们好像只是在忙于改造自己和周围的事物并创造前所未闻的事物时，恰好在这种革命危机时代，他们战战兢兢地请出亡灵来给他们以帮助，借用它们的名字、战斗口号和衣服，以便穿着这种久受崇敬的服装，用这种借来的语言，演出世界历史的新场面。"事实证明，资产阶级确实是在打着"文艺复兴"的旗子演出着"历史的新场面"，而且取得了不朽的成绩。

（二）"文艺复兴"的思想武器

文艺复兴时期，资产阶级反对封建主义的一个重要思想武器便是"人文主义"。"人文主义"，即一种主张以人为中心、一切从人的利益出发的思潮，它和封建文化的"以神为中心"是针锋相对的。它的主要特征是：提倡人性，反对神权；提倡个性解放，反对禁欲主义；提倡理性，反对蒙昧主义；拥护中央集权，反对封建割据。总之，资产阶级的思想家通过人文主义这个思想武器，反对了教会所宣传的忍受苦难等待来世的呓语，肯定了人对现世生活、个人财富和幸福的追求，歌颂了自由的爱情，宣传了个性的解放，提倡了对理性和知识的追求，适应了资本主义生产关系发展的要求。

这种人文主义的思想武器，对阻碍生产力发展的封建束缚和宗教观念起了很

---

① 中共中央编译局. 马克思恩格斯选集：第1卷 [M]. 北京：人民出版社，1972：51.

大的冲击作用，资产阶级发展个人才智的努力和冒险精神显示出某种惊人的力量。但是必须指出，人文主义所尊重的"人"虽然打着"普遍的人"的幌子，但究其实质不过是资产阶级自身。他们借着这个普遍的"人"的幌子，把资产阶级的个人要求合理化，把个人主义的思想说成是天经地义的准则，因此便掩盖了资产阶级你争我夺、尔虞我诈、弱肉强食的阶级本质。

（三）"文艺复兴"的意义

尽管如此，文艺复兴的历史作用仍然是不可忽视的。文艺复兴时期经济和科学的发展，奠定了以后的世界贸易以及从手工业过渡到工场手工业的基础；文艺复兴时期的思想和宗教改革摧毁了教会的"精神独裁"，为18世纪的唯物主义作了准备。文艺复兴时期的文学同样是成就空前的，意大利、法国和德国都涌现出了新的文学面貌，而英国和西班牙也迅速发展起古典文学。文艺复兴是人类历史上前所未有的巨大变革，它孕育了一批文学大师，他们无论是"在思维能力、热情和性格方面"还是"在多才多艺和学识渊博方面"，都是远远超过前人的。

二、薄伽丘的文艺理论

薄伽丘是14世纪意大利人文主义的先驱者之一。他出身于佛罗伦萨一个商人的家庭，曾跟随父亲经过商，后来从事创作和研究。他的作品主要的有长篇小说《菲洛哥罗》《菲亚美达》、史诗《泰萨依德》、田园长诗《菲佐拉的女神》和短篇小说的结集《十日谈》等。《十日谈》集中抨击禁欲主义，揭露了僧侣贵族的伪善，赞扬了现世的生活和天才、爱情、享乐等人文主义思想。他的文艺理论，反映在他写的《十日谈》《但丁传》和《异教诸神谱系》中。

（一）艺术应该逼真的摹仿自然

在《十日谈》中，他从人文主义的思想出发把自然看成是天地万物之母，认为艺术应该逼真的摹仿自然，以满足人们的精神需要。例如在"第六天"的第五个故事中，他称赞意大利的画家乔托说："他具有出类拔萃的才智，在自然这个不停息地运行的天地万物的母亲和创造者那里，没有一样东西他不能用铅笔，或是毛笔，或是画笔，把它惟妙惟肖地描绘出来，而且岂止是描绘得惟妙惟肖，简直就像真的东西一般，以致几次三番骗过了人们的眼睛，竟然把他的画误当作了实物。"这里不仅肯定了艺术应当真实地再现作为天地万物之母的"自然",而且看到了艺术反映现实时可能以假乱真的事实。薄伽丘认为,艺术摹仿自然之所以要"维妙维肖",目的就在于满足智者的精神需要。

(二)肯定艺术虚构的必要性

在《但丁传》里,薄伽丘肯定了艺术虚构之必要,驳斥了宗教神学对艺术污蔑。薄伽丘认为,艺术之所以需要虚构,是因为虚构故事的美能吸引哲学不足以证明和说服的人们。在薄伽丘看来:"经过费力才得到的东西要比不费力就得到的东西较能令人喜爱。"[1] 薄伽丘深刻地揭示了艺术虚构的本质和必要性,是从"美"的高度对艺术虚构所作的肯定。他还认为艺术作品的思想"就好比果壳里隐藏着的果肉,而他们所用的美妙的语言就好比果皮和树叶"[2]。这实际也是对内容与形式完美统一思想的阐述。

正因为他看到了艺术虚构的高度美学价值,所以当他看到宗教神学污蔑诗人虚构了一些不符合真理的、令人生厌的邪恶故事时,才采用"以子之矛、攻子之盾"的方法给以有力的反驳。薄伽丘认为,神学攻击诗的虚构,可是他们的《圣经》《福音》恰恰也在虚构。他说:"基督教时而叫作狮,时而叫作羊,时而叫作虫,时而叫作龙,时而叫作岩石,这不是诗的虚构是什么呢?"[3] 他认为,神学和诗都在虚构,所以"不仅诗是神学,而神学也就是诗"。薄伽丘这样的论述,目的是反驳对艺术虚构的污蔑,但其把《圣经》也视为艺术的说法,今天看来是有道理的。

(三)艺术家应保持热情

薄伽丘在《异教诸神谱系》中,强调了诗歌创作中艺术家热情之必要。他认为,在"生命中感情热烈的阶段,也时常是有利于诗的。假如缺乏这些条件,创造性天才所具的能力时常会变得迟钝和呆木"。他认为,诗人的热情可以"迫使灵魂渴望着吐露自己",可以"产生精神上奇异的而又前所未闻的创造",可以"给沉思冥想以一个固定的秩序",可以"使语词和思想之间有了不平常的交织",

---

[1] 伍蠡甫.西方文论选(上)[M].上海:上海译文出版社,1979:177.
[2] 伍蠡甫.西方文论选(上)[M].上海:上海译文出版社,1979:176.
[3] 同[2].

可以"美饰整个结构"。总之一句话,可以"把真理隐藏在虚构的美好之中和合身的外衣下面"[1]。

三、达·芬奇的文艺理论

意大利人文主义画家达·芬奇,是文艺复兴时期的一位"巨人",他一生创作大量的作品,据其现存的手稿和作品统计,大约有5000多件,其中《最后的晚餐》和《蒙娜丽莎》已成为世界人民共赏的艺术珍品。他的文艺理论,见于他写的《笔记》和他死后由弟子们搜集编成的《画论》中。我国人民美术出版社出版的《芬奇论绘画》,就是根据他的《笔记》和《画论》编译的。

(一)强调感觉和经验

达·芬奇认为,画家的感觉和经验对于画家认识自然、反映自然是非常重要的。由于人的感觉和经验大部分是来源于视觉的,所以他把眼睛称作"心灵的窗子"。他说,眼睛这个"心灵的窗子"是"知解力用来最完满最大量地欣赏自然的无限的作品的主要工具"。他把眼睛与耳朵做了比较,认为眼睛比耳朵更重要,认为"历史家、诗人或是数学家如果没有用眼睛去看过事物",就很难描写事物。他说:"虽然在选材上诗人也有和画家的一样广阔的范围,诗人的作品却比不上绘画那样使人满意,因为诗企图用文字来再现形状,动作和景致,画家却直接用这些事物的准确的形象来再造它们。"[2]他打了一个比喻强调,如果有人把绘画称为"哑巴诗"的话,那么自然也就可以把诗歌称为"瞎子画"了。但是在他看来,尤为倒霉的是"瞎子",而不是"聋子"。

从这里可以知道,达·芬奇已经看到了作为时间艺术的诗歌和作为空间艺术的绘画的区别,已经看到了绘画创造直接形象、诗歌创造间接形象的区别。但是,他认为创造直接形象的绘画一定优越于创造间接形象的诗歌,就有点片面性了。因为直接形象虽然有直接诉诸视觉的优点,但是同时也有受时间和空间限制的短处。而在这一点上,创造间接形象的时间艺术(诗歌)却有很大的优越性,因为它可以不受时间和空间的限制广泛地反映生活,可以反映人的外在形象,也可以细腻地刻画人的内在心理活动。

---

[1] 伍蠡甫.西方文论选(上)[M].上海:上海译文出版社,1964:177.
[2] 北京大学哲学系美学教研室.西方美学家论美和美感[M].北京:商务印书馆,1980:206-207.

达·芬奇认为，画家通过"心灵的窗子"（眼睛）认识自然并从而创造第二自然。而这种创作就像一面镜子一样，真实地反映着面前的一切。他说："画家的心应该像一面镜子，永远把它所反映的事物的色彩摄进来，前面摆着多少事物，就摄取多少形象。"① 达·芬奇在谈到用绘画这面镜子反映自然的时候，特别强调了反映的真实性，强调要"符合事物在自然中的实际效果"。他还提出了一个检验艺术作品是否真实的方法，即"取一面镜子去照实物"，"再拿镜子里的反映"去和画进行比较，看两者是否一致。这里反映出"艺术的反映总是不同于自然实物"的思想，达·芬奇提出和"镜子里的反映"比较，而没有提出和实物进行比较的原因就在于此。

（二）注重典型概括

达·芬奇认为，要学好画人物的本领，必须"经常留心从许多美的面孔上选出最好的部分，判断这些面孔的美，须根据公论而不是单凭你个人的私见"，然后再进行创造。这一表达已流露出关于典型概括的方法。正是根据这种典型概括的思想，达·芬奇才向画家提出了选择题材的要求。他指出，画家到田野里去就应该"用心去看各种事物，细心看完这一件再去看另一件，把比较有价值的事物选择出来，把这些不同的事物捆在一起"。这是对艺术创造典型化方法的形象论述。

达·芬奇从艺术是反映自然的镜子的观点出发，反对艺术家脱离自然去摹仿他人的作品，主张以自然为师。他认为，画家是"自然的儿子"，如果他去临摹他人摹仿自然的作品，那么他就变成了"自然的孙子"。他指出，"画家如果拿旁人的作品作自己的标准或典范，他画出来的画就没有什么价值。"因为在他看来，"较稳妥的办法是直接去请教自然"，而不是去"请教那些本身也是摹仿自然蓝本但比蓝本却大为逊色的作品。"

总之，达·芬奇的绘画理论基本是现实主义的理论，其"镜子说"对后来的莎士比亚等人是有直接影响的；其对绘画与诗歌的比较，是后来18世纪莱辛创作《拉奥孔》的直接借鉴。

---

① 朱光潜.西方美学史[M].北京：人民文学出版社，1979：154.

四、文艺理论的"古今之争"

文艺复兴既然是思想文化上的一场革命、革新,那么它在自己的发展历程中自然不会是一帆风顺的,自然是充满着矛盾斗争的。这种斗争不仅反映在赛尔维特(发现血液循环过程的西班牙学者)和布鲁诺(意大利天文学家)的遭遇上,也体现在新旧两种思想的斗争中,体现在如何对待古希腊古罗马文化遗产的态度中。因为文艺复兴既然是借用古希腊古罗马的"名字""口号""衣服"在"演出历史的新场面",那么其中不利于时代发展的因素也必然"像梦魇一样纠缠着活人的头脑"。意大利文艺复兴过程中发生的文艺理论上的"古今之争",就是保守思想和革新思想在对待古希腊罗马文学遗产方面的反映。

(一)由《疯狂的罗兰》引起的文艺争论

16世纪的意大利,文艺复兴的发展带来了艺术创作的空前繁荣。为了表现反对封建主义的新思想,艺术家们不断地在探求着新的艺术形式和表现方法。诗人阿利奥斯陀的传奇体叙事诗《疯狂的罗兰》由于采用了新的形式,因而引起了保守派和革新派一场激烈的争论。

1. 明屠尔诺提出的文艺理论

保守派理论家的代表明屠尔诺站在维护古典、反对传奇的立场上,极力反对传奇体的新型诗。他的观点集中反映在他写的《诗的艺术》和《论诗人》两部理论著作中。在《诗的艺术》中,他把《疯狂的罗兰》的作者"传奇体叙事诗的发明者"称为"野蛮人",说他们(指阿利奥斯陀等)寻求"新型艺术"就像是"要在非洲沙漠里找到艺术青草"。他认为,阿利奥斯陀的新型诗不合乎亚里士多德和贺拉斯对诗所规定的法则。

他在《诗的艺术》著作中所表述的观点有可取之处,也有不正确的保守之处。他认为"艺术要尽一切努力去尊仿自然",是正确的;他认为艺术是有规律性的,主张"艺术都要服从一种规律,根据它来调节自己的工作,也根据它来控制一切事物",也是正确的。但是他把亚里士多德《诗学》中的法则规律视为永远不可改变的准则,就是不正确的;他认为必须遵循古希腊罗马的规章去摹仿古典诗人,本质是走上了遵古非今的保守方面。例如他认为,古希腊罗马诗学中每首诗只能写"一个单独的情节"、每个情节必须是"完整的,长短适度"等有关"情节整一"

的规定，都是不可违犯的。所以他强调一定要"踏古人的足迹而工作"，认为"愈紧密地追随古人就愈能得到赞赏"。他的这些观点，对17世纪古典主义的理论有很大影响。

2. 钦提奥提出的文艺理论

在直接反对明屠尔诺等人保守思想的诗人中，基拉尔迪·钦提奥是一位代表。钦提奥是当时人文主义的著名作家，一生创作了不少短篇小说、诗歌，还写了9部悲剧。为了反驳当时避古非今的倾向、支持阿利奥斯陀的传奇体叙事诗，他专门写了《论喜剧和悲剧的创作》和《论传奇体叙事诗》，在反驳保守派的论战中论述了诗的作用、特征以及有关创作的规律等一系列问题。

钦提奥认为，《疯狂的罗兰》是一种新型的传奇体叙事诗，它不同于古典英雄史诗的体裁，因此不必非得遵行亚里士多德制定的法则。例如，亚里士多德的诗以"单一情节为纲"就不必遵守。因为新型的传奇体叙事诗，"情节头绪多，会带来多样化，会增加读者的快感"。钦提奥还认为，即使"诗人所用的材料是古时的，也要使这些古时材料适应现实的风俗习惯，要运用一些不符合古时实况而却符合现实情况的事物"[①]。这种强调诗要符合现实情况的思想，是十分可贵的。

钦提奥提出要运用一些"符合现时实况的事物"的思想，是本于他对艺术本质的认识的。在谈到历史与艺术的区别时，他认为"历史家不能违背历史"，诗人却可以"借虚构来摹仿辉煌的事迹"。钦提奥看到了"艺术的真实高于生活的真实"这一艺术美学的本质。

3. 卡斯特尔维特罗提出的文艺理论

在文艺理论"古今之争"的时期里，意大利人文主义批评家卢道维柯·卡斯特尔维特罗，是一位既继承了古希腊罗马的古典诗学，又发展了古典诗学的理论家。他翻译了亚里士多德的《诗学》，并对《诗学》进行了注译，这便是他的《亚里士多德〈诗学〉的注释》。

在《亚里士多德〈诗学〉的注释》中，卡斯特尔维特罗继承了亚里士多德的摹仿说。他认为，"诗的题材是由诗人凭他的才能去找到或是想象出来的""诗的语言是由诗人运用他的才能，按照诗的格律，去创造出来的"。他还论述了诗与历史和哲学的区别，认为诗人笔下的题材可以是"自己想象出来的"，可以是"本

[①] 伍蠡甫.西方文论选[M].上海：译文出版社，1988：186-187.

来不曾发生过的事物""诗人的功能在于对人们从命运来的遭遇,作出逼真的描绘,并且通过这种逼真的描绘,使读者得到愉悦。至于自然的或偶然的事物之中所隐藏的真理,诗人应该留给哲学家和科学家去发现""诗的发明原是专为娱乐和消遣的"。

在这里,他改造了贺拉斯"寓教于乐"的法则,提出舍"教"而取"乐"的主张。这也反映了文艺为新兴的市民阶级服务的倾向,成为后来为艺术而艺术的思想的渊源。在谈到悲剧的时候,他继承了亚里士多德的"整一性"的原则,认为悲剧的情节是一个有机的整体,应该保持一致,行动应发生在同一地点、时间应限于一昼夜之内(甚至为12小时)。他的这种主张,为17世纪古典主义"三一律"的形成打下了理论基础。

(二)瓜里尼的"悲喜混合"文艺理论

《忠实的牧羊人》是意大利文艺复兴时期的剧作家贾巴蒂撕塔·瓜里尼所写的一个剧本。由于剧本把悲剧和喜剧结合起来,运用悲喜混杂的田园诗体的形式在同一场面上反映了两个不同阶层的人,因而遭到保守派的反对。为此,瓜里尼专门写了《悲喜混杂剧体诗的纲领》一文表示反驳。

在《悲喜混杂剧体诗的纲领》中,瓜里尼认为,悲剧与喜剧的结合绝不能说是"违反自然的常规,更不能说它违反艺术的常规"。因为无论是在自然界还是在艺术领域,混合(结合)都是普遍的现象。例如,在自然界,不同种的马和驴配合而产生了第三种动物骡、黄铜和锡混合产生了青铜;在艺术领域,作为"诗的堂兄弟"的绘画是"各种颜色的多种多样的混合",作为"诗的同胞兄弟"的音乐"也是全音和半音以及半音和半音以下的音的混合"。以此类推,悲剧与喜剧的混合是完全合于规律的。

为了反驳亚里士多德关于"悲剧是由上层人物组成而喜剧是由普通人物组成的"理论,瓜里尼引用了西塞罗和贺拉斯所说的"喜剧就是人类关系的镜子"的观点,并以"共和政体就是这样一种结合"为论据据理驳斥。他说,"亚里士多德却把寡头政体和大众政体混合在一起,来形成共和政体。……如果这两个阶层的人在实践中可以混合在一起,诗艺在戏拟中就不可以也把他们混合在一起吗?在寡头政体中不是只有少数人才掌握政权吗?它和大众政体不是互相对立吗?但是这两种政体却在一种混合政体中结合在一起。悲剧是伟大人物的写照,喜剧是卑贱人物的写照。伟大与卑贱不是互相对立吗？既然政治可以让这两个阶层的人混合在一起，为什么诗艺就不可以这样做呢？"①

瓜里尼认为，悲剧和喜剧的混合实际是"悲剧的和喜剧的两种快感"的糅合，这种糅合的好处是"不至于使听众落入过分悲剧的忧伤和过分的喜剧的放肆"；悲剧与喜剧的糅合，产生的是"一种形式和结构都顶好的诗"，因为"它既不拿流血死亡之类凶残的可怕的无人性的场面来使我们感到痛苦，又不致使我们在笑谑中放肆到失去一个有教养的人所应有的谦恭和礼仪"②，可以投合"各种性情，各种年龄，各种兴趣"，为单纯的悲剧和喜剧所不能达到。

瓜里尼所追求的悲剧与喜剧的混合，代表了当时新兴阶级的文艺思想，反映了当时戏剧艺术的发展趋势。实际上，当时的莎士比亚已经写了悲喜混杂剧《量罪记》，西班牙的维加还发表了《当代编剧的新艺术》，进行了宣传，瓜里尼的思想是符合当时的潮流的。瓜里尼的戏剧思想以及围绕它而展开的论战，给18世纪严肃戏剧的形成奠定了基础。

（三）维加提出的艺术创新理论

西班牙剧作家维加在《当代编剧的新艺术》中，反复强调艺术创新的必要。他说西班牙人写喜剧"并不是按照世界上最初发明喜剧的人所相信的作法，而是按照许多蛮汉所用的方法"。所谓"蛮汉的"方法，实际不过是创新的方法。他认为，"悲剧和喜剧混合"使得它"一部分严肃，一部分滑稽"，其多样化"能引起大量的愉快"。因为大自然本身给人类提供了范例，"通过多样化，它才成为美丽的"。这种肯定新的形式的观点，是对当时流行的保守思想的反驳。在反驳论敌的同时，他还提到许多关于艺术创作的意见。例如，他认为：艺术的目的"总是摹仿人们的行动，描绘他们自己时代的风俗"；喜剧所讨论的是卑贱的平民的种种行动，而悲剧则是王室的和高贵的行动；这些理论都是极富启示意义的。

（四）塔索针对英雄史诗提出的文艺理论

1575年，意大利著名诗人托尔奈多·塔索以第一次十字军东征为题材写了史诗《解放了的耶路撒冷》。当时意大利有些批评家赞誉阿利奥斯陀的《疯狂的罗

---

① 伍蠡甫.西方文论选（上）[M].上海：上海译文出版社，1979：197-198.
② 同①.

兰》，贬低塔索的《解放了的耶路撒冷》。为此，塔索写了《〈解放了的耶路撒冷〉的辩护》《论英雄史诗》《论诗的艺术》，反驳了攻击自己的观点，提出了自己的文艺理论。

塔索继承了亚里士多德的摹仿说，认为诗是用韵文来模仿的艺术，其模仿对象是人的行为和神的行为；如果认为诗与绘画有什么区别的话，那么区别只在于画家用色彩来模仿事物，诗人则用自由的或跟某种韵律相联系的语言来模仿事物。他认为英雄史诗是对于光辉的、伟大的和完美的行为的模仿；它采用卓绝的韵文描叙情节；借助惊奇来激动人的心；从而以这种方式来给人教益。塔索把"给人教益"看成是诗的目的，反对把"娱乐"看成为诗的目的。他认为，如果"娱乐确实是诗的目的"，那么它就"隶属于教诲的目的。"他还说："不是任意一种娱乐都是诗的目的，而只有跟正直相联系的娱乐才是诗的目的。这是对贺拉斯"寓教于乐"主张的进一步阐发。

塔索认为，题材对于英雄史诗的创作是十分重要的。他要求有志于写英雄史诗的人应该注意选择题材，使它能够接受诗人努力追求的最完美的形式，赋予题材以完美的形式。为此，诗人必须善于鉴别题材，选择就其本质而言适合于任何完美形式的题材。用他所用的比喻来说，就是必须鉴别"什么样的木材最适合于制造这样形状的船只"。他所说的"木材"，指的是英雄史诗的情节。塔索认为，英雄史诗的因素有"情节""情节中叙述的人物特征""思想"和"修辞"，其中"情节"是"第一个因素"。

在《论诗的艺术》中，塔索十分强调艺术的真实性，他认为，虚假的艺术"很难使人受激动，或愤怒，或恐惧，或怜悯，也很难使自己或领受喜悦，或感觉悲痛，或为之神往，或产生悬念"，因此也很难满足人的希望。他认为，诗人的作品应该使读者觉得"像亲身参与了故事描写的事件，是亲眼所见，亲耳所闻"。但是，塔索所要求的真实性，并不是纯真人真事，而是可以进行虚构的真实，是一种允许想象的真实，是典型的真实。他说："诗不是按照事物已有的样子去摹写，而是按照事物应当有的样子去表现；与其说诗要注意各个别的事的真实，毋宁说要注意带有普遍性的事的真实。"塔索认为，艺术的真实要求的"逼真"。"模仿愈是逼似真实，他便愈有价值""逼真主要不是诗的美和修饰所要求的条件，而是诗的本质所固有的和内在的成分"，诗"逼真"描述的是"按照必然律可能发生的事"。塔索认为，逼真和惊奇是史诗必不可少的因素，有本领的诗人应当把两者和谐地结合起来。他不同意那种"必须时而追求真实，时而追求惊奇"、两者只是互相制约而不能"和谐地结合"的观点。

塔索认为，史诗的"新颖"并不在于情节应当是虚假的，"而在于故事的编排和结局是新颖的"。如果艺术家能够"采用不同的方式组织情节"，即使是"一般的、陈旧的题材"也可以变成"独特的、新颖的故事"，如果"情节的编排是新颖的，结局是新颖的，陪衬的故事是新颖的"，那么即使是尽人皆知的题材也一定是新颖的。塔索看到了形式和方法的重要作用。

（五）马佐尼为《神曲》辩护提出的文艺理论

16世纪，在意大利展开了一场关于但丁《神曲》的辩论。有人批评《神曲》，说《神曲》背离了亚里士多德的原则；有的人则出来替《神曲》辩护，认为亚里士多德的原则也并不是绝对固定的不可超越的法则。在为《神曲》辩护的理论家中，贾科莫·马佐尼的《神曲的辩护》是一部具有代表性的著作。在《神曲的辩护》中，马佐尼发展了亚里士多德的理论。

马佐尼认为，诗总是一种摹仿的艺术；是事物形象的再现；诗的逼真要靠"想象"的能力，想象真正是驾驭诗的故事情节的能力，只有凭这种能力诗才能进行虚构；"诗依靠想象力，它就由虚构的和想象的东西来组成"。他还认为，诗是由诗人们凭自己的意愿来虚构的，所以诗的构成必然要靠配合意志来形成概念的能力；诗总是追求令人惊奇的题材。

马佐尼给诗下的总结性定义是：作为一种摹仿的艺术，诗的目的在于再现一个形象；作为一种消遣，诗的目的在于娱乐；作为一种应受社会功能制约的消遣，诗的目的在于教益。作为一种理性的功能，诗的目的在于产生惊奇感。马佐尼在这里从不同的角度探讨了诗的本质，近似于今天把诗看作一个"系统"对诗所进行的论述。

总之，文艺复兴时期，创作者们在文艺理论方面进行了多方面的争论。这种现象不仅发生在意大利，在西班牙、英国等一些国家也都存在。这些争论充分反映了文艺复兴时期新旧两种思想、两种文化的激烈斗争，而人文主义的思想，恰是在这种新旧、古今的斗争中发展并巩固起来的。

五、塞万提斯的文艺理论

米盖尔·德·塞万提斯是文艺复兴时期西班牙的伟大作家。他的长篇小说《堂·吉诃德》是一部思想内容极为丰富、极富哲理意义的伟大作品。他的文艺观点，主要见于他为这部名著所写的序言和有关章节中。

（一）文艺必须反映时代

在文艺思想上，塞万提斯首先认为文艺不能脱离时代、必须反映时代。他的小说《堂·吉诃德》的主旨，就是批评当时那种脱离时代的骑士文学的。他认为，骑士制度已经消亡，骑士的小说已经成为一种无益于时代的文艺，所以作《堂·吉诃德》来批判骑士文学。《堂·吉诃德》的主人公堂·吉诃德，就是因为迷上了骑士小说才变成了脱离实际的到处碰壁的疯子。在小说中，他通过教长的口，指出了骑士小说的一系列弊病："千篇一律""荒诞不经""对身心没有好处""支离拉杂"。

（二）逼真摹仿和连贯统一

在批判骑士小说的同时，塞万提斯提出了自己的小说理论。他认为，要作品完美，全靠逼真摹仿，摹仿得越逼真越好，越有或然性和可能性，就越有趣味。因为人要在实际或想象的事物上看到或体味到完美、和谐，才会心旷神怡，而失去真实性的小说是不能使读者体味到完美、和谐的。根据这种思想，塞万提斯批评了16岁的孩子挥剑把高塔似的巨人像切杏仁糕那样切成两半、主人公单枪匹马战胜敌人百万之众之类的不真实的描写；批评了有些小说中写的王后（或女皇）见到游侠骑士就投身怀抱的有失体统的描写。

塞万提斯认为，小说的各部分要能构成一个整体，即中段承接开头，结尾是头中两部一气连贯下来的情节结构。因为这样的情节结构，才是"彼此和谐的整体"。塞万提斯认为，小说的描写要入情入理，把自己的思想表达清楚，不乱不涩，读后使快乐的人愈加快乐，愚笨的不觉厌倦，聪明的爱它新奇，正经的不认为无聊，谨小慎微的也不吝称赞。

（三）反对戏剧的胡编乱造

在小说的第48章，塞万提斯还通过教长的口批评了当时一些戏剧的胡编乱造，批判了为迎合群众趣味嗜好而胡乱虚构的倾向，提出"戏剧应该是人生的镜子，风俗的榜样，真理的造像"的主张。塞万提斯认为，那些为迎合观众趣味而胡编乱造出来的戏剧，只能是"荒谬的镜子，愚昧的榜样，淫荡的造像"[1]。他还认为，那些"描摹老年人勇猛，小伙子懦弱，仆人满口掉文，小童儿满腹智谋，国王像脚夫，公主像灶下婢"[2]的作品是荒谬绝伦的。他在这里强调的描写要符合人物的性格、身份、地位的思想，是正确的。但是他所认为的老年人不能"勇猛"、小童儿不能"足智多谋"等类型化的规定，却是不科学的。

塞万提斯反对戏剧的胡编乱造，是正确的。但是他又认为亚里士多德关于悲剧的法则是不能改变的，这就有点保守了。例如，他对当时有些戏剧突破"一定的时限"的做法表示反对，就是不正确的。他对戏剧的观点虽然有片面之处，但很多观点是十分精辟的。例如他认为，在一出精心结构的戏里，诙谐的部分使观客娱乐，严肃的部分给他教益，剧情的发展使他惊奇，穿插的情节添他的智慧，诡计长他见识，鉴戒促他醒悟，罪恶激动他的义愤，美德引起他的爱慕。随他多蠢的人，看了一出好戏心里准有以上种种感受。这是对戏剧的作用的科学论述，也是对艺术创作的丰富性的要求。

六、莎士比亚的文艺理论

威廉·莎士比亚是文艺复兴时期英国伟大的戏剧家，是当时文艺领域的一位巨人。马克思、恩格斯在谈到历史上几个艺术繁荣时期的时候，常以莎士比亚与古希腊并提。莎士比亚出生于英国艾汶河畔斯特拉福镇一个富裕商人的家庭，后离开家乡来到伦敦。他由一个马夫而发展为一个演员，最后成为伟大的剧作家。他写了37部戏剧、2首长诗和154首十四行诗。他的文艺观点，散见于他的剧本和诗作中。

（一）艺术要真实地反映时代面貌

莎士比亚认为，戏剧是反映自然的一面镜子，在《哈姆雷特》这部悲剧中，他通过哈姆雷特的口指出："演戏的目的，从前也好，现在也好，都是仿佛要给自

---

[1] （西）塞万提斯 萨维德拉. 堂吉诃德（上）[M]. 杨绛译，北京：人民文学出版社，1987：390.
[2] 同[1].

然照一面镜子，给德行看一看自己的面貌，给荒唐看一看自己的姿态，给时代和社会看一看自己的形象和印记。"总之，在他看来，戏剧是要真实地反映自己时代的历史。为了真实地反映时代的面貌，他要求演员念台词要轻溜溜地从舌尖上吐出来，做到"珠圆玉润"，反对大嚷大叫地"把一股热情撕成了片片"，要求演员不要有过火的动作，反对"莫明其妙的手势戏和热闹"；主张切不可"越出自然的分寸"，因为表演过了分寸，就是违背了演剧的目的。

但是，莎士比亚所要求的真实地反映，并不是自然主义的反映。莎士比亚的"真实"是艺术的真实，是允许对自然进行加工改造的真实，是比自然本身的真实更典型更具概括性的真实。在《冬天的故事》的第四幕第四场中，他通过波力克希尼斯对艺术所作的比喻，说明艺术的创造犹如植物的嫁接，是对自然的"改良"。艺术创造的实质，乃是"一种改良天然的艺术"。这种改良是巧夺天工的。莎士比亚认为，这种巧夺天工的艺术的"真实"，是与"美"结合在一起的。在艺术与自然的关系方面，莎士比亚既看到了艺术的真实高于自然的真实的一面，也看到了"自然"为艺术之源泉、并在总体上较之艺术是无限丰富的这一面。例如，他在《安东尼与克莉奥佩特拉》中，通过爱诺巴勃斯的口，说出克莉奥佩特拉（自然的美女）比艺术的美神维纳斯还要美的思想，就是证明。

（二）注重艺术想象

莎士比亚看到了艺术想象在艺术反映自然中的重要作用。他认为，艺术的反映如果离开想象，有时是无法理解的。例如，"一个'斗鸡场'容得下法兰西的万里江山""团团一圈的墙壁内包围了两个强大的王国"。离开想象的补充，观众是无法理解其真实性的。在《仲夏夜之梦》里，莎士比亚指出："疯人、情人和诗人全是由想象构成的。一个人看见的魔鬼，比地狱所容纳的还多，那就是疯人。情人呢，同样疯狂地，在埃及人的脸上看到海伦的美貌。诗人的眼睛，灵活狂放地一转，就能从天上看到地下，从地下看到天上；诗人的想象把别人不知道的事体现出来的当儿，他那支笔就给了它们形体，虚无缥缈的东西就有了住所和名字。"

第三节 古典主义的文艺理论

"古典"原文为拉丁文"Classicus",即"典范"的意思。"古典主义"指的是在文艺领域中以古希腊和古罗马的文学艺术思想及作品为典型范例的创作理念和趋势。古典主义文艺理论是欧洲由封建社会向资本主义社会过渡时期形成的文艺理论。

17世纪初,古典主义诞生,在三四十年代逐渐确立,到了六七十年代达到了巅峰,在80年代则逐渐衰退。除了法国,英国在17世纪后期,德国和俄国等在18世纪也都经历了各自的古典主义时期,古典主义思潮是当时的文艺主潮。贺拉斯在《诗艺》中提倡罗马文艺要以古希腊文艺为典范,开启了古典主义的先河。文艺复兴时期,虽有过激烈的古今之争,但在理论上,并未完全突破亚里士多德、贺拉斯的体系。随着社会的发展,新的历史条件为古典主义理论的进一步强化和发展提供了条件。

一、古典主义时期的主要特征

虽然古典主义在不同的国家可能有各自不同的特点,在不同的作家身上也有不同的表现,但是其均有一些共同的基本特征。当时的君主专制政体、理性主义哲学以及当时文学的特点给古典主义打上了深深的烙印。主要表现在以下三个方面。

第一,古典主义者在政治上拥护王权,提倡个人利益服从封建国家的整体利益,具有明显的政治倾向。当时许多文艺家直接为王权服务,如拉辛和布瓦洛都曾任王室史官。另一方面,当权者也利用文艺为其统治服务,对文艺予以指导和监督,这些都使得古典主义具有政治倾向成为必然。高乃依的《熙德》虽取得极大的成功,但并不受首相黎塞留的欢迎。黎塞留还授意当时的文化权威机构法兰西学院对其攻击,迫使高乃依辍笔数年。

第二,古典主义者崇尚理性。古典主义以理性主义哲学作为它的思想基础。很多作家的作品都是通过描写理性和感性的冲突,而理性取得最后的胜利来正面赞扬理性。如高乃依《熙德》中描写主人公罗德里克和施曼娜,在天职与爱情的冲突中，个人感情服从大局利益，最终重新获得爱情。而莫里哀、拉辛的悲剧则大多以谴责不合理性的封建道德为内容，从反面提倡理性。与内容上的重理性相应，在艺术形式上，古典主义要求作品结构严谨，情节发展合情合理，没有和情节发展不相关的插曲，语言准确，合乎规范。笛卡尔甚至主张结构要像数学演算一样清晰，语言要像逻辑论证一样服人。古典主义理论家布瓦洛则把理性作为文学创作和评论的最高标准。

第三，古典主义者推崇古希腊、罗马文学，奉之为典范，这是古典主义文艺思潮的基本特征。古典主义者认为艺术的创造并不仅仅是全新的情节设计，更重要的是利用艺术技巧来对已有的情节进行加工。他们在创作过程中，特别是悲剧创作者，通常会从古希腊和古罗马的文学作品中获得灵感，以便更好地反映创作者所处时代的日常生活和精神面貌。如拉辛的代表性悲剧作品《安德洛玛克》和《费得尔》均取材于古希腊。不仅如此，他们还强调遵守古人的创作法则，如他们发展了贺拉斯关于人物性格的类型说，重共性轻个性，但盲目遵守的结果却往往又将古人的创作法则程式化，反倒不利于文艺的发展。

二、高乃依的文艺理论

高乃依的悲剧理论与他的悲剧创作在基本原则上是一致的，做到了理论与实践的统一。受笛卡尔理性与情感二元论的影响，高乃依悲剧的基础是在理性与情感的冲突中，理性对情感的战胜。

（一）生平及著作

高乃依（1606—1684年），法国17世纪古典主义悲剧创始人和代表作家之一。他出生于诺曼底省卢昂城的一个富裕的穿袍贵族法官家庭，少年时代在家乡耶稣会学校就读，受天主教影响较深，成为虔诚的天主教徒。中学毕业后学习法律，从1628年开始，他子承父业，做了律师，长达20余年，收入颇丰。从1629年开始，高乃依业余从事抒情短诗和戏剧创作。由于卢昂是当时戏剧出版和演出中心，受环境影响，他创作了许多戏剧，处女作《梅丽特》上演后即获得成功。他一生写了30多部剧本，其中以悲剧为主，也有喜剧和悲喜剧。《熙德》（1636年）、《贺拉斯》（1640年）、《西拿》（1641年）和《波利厄克特》（1643年）等四部悲剧被称为高乃依"古典主义的四部曲"。1636年《熙德》公演后，使他获得了很大声誉，但因没有严格遵守"三一律"，思想较为激进，遭到官方保守派的指责，被迫搁笔。高乃依沉默几年后，才按古典主义原则创作《贺拉斯》等剧作，但成就没有超过《熙德》。1652年悲剧《蓓达黎特》演出失败，从此一蹶不振。尽管如此，他的《熙德》还是法国古典主义的传世之作，高乃依也因而被称为法国悲剧之父。高乃依还写过三篇剧论，即《论戏剧的功用及其组成部分》《论悲剧：兼及按可能性或必然性处理悲剧的方法》《论三一律，即行动、时间、地点的一致》，着重阐释了他的悲剧思想。

（二）针对悲剧创作提出的文艺理论

1. 悲剧题材

高乃依认为悲剧的题材是可以虚构的，但这种虚构必须有某种可能性，因而才有可信性。对于现成的题材来说，亚里士多德认为既有的题材是不宜改动的，而高乃依认为将简略的历史题材衍变为悲剧，必须要作一定的改动，当然不能对其主要行动作出改动，同时还要尽量避免悲剧主人公犯罪，甚至尽可能不让他的双手染上鲜血。

在《论戏剧的功用及其组成部分》中，高乃依还对悲剧和喜剧的题材作了比较和规定。他认为我们不能任意拒绝古希腊人的原则，但时间已经过去了若干世纪，我们的题材可以超出这个范围。尽管悲剧依旧需要高尚、非凡和严肃的行为，喜剧需要普通、令人发笑的事件，但是在今天的喜剧作品中，国王等形象仍然可以使用，只要国王的行为并未超出喜剧的概念即可。这就修正了亚里士多德以人物的地位的贵贱高低区分悲剧与喜剧的原则，而以题材本身对悲剧和喜剧进行区分。例如，国王之间一般爱情的越轨，只能是喜剧的题材，而非悲剧的题材。悲剧虽然也可以描写爱情，"但必须使爱情事件处于剧中的次要地位，而把首要地位让给国家利益和其他的情欲"[①]。悲剧所表现的是剧中人所遭遇的巨大的危难，而喜剧则是对角色的恐慌和烦恼的模拟。"何况舞台上也不必只演国王们的灾难，其他人们的灾难，只要相当显著、相当奇特，值得写成悲剧，历史对他们也相当留意，有所记载，就可以搬演。"[②]

---

① 马奇.西方美学史资料选编（上卷）[M].上海：上海人民出版社，1987：400.
② 马奇.西方美学史资料选编（上卷）[M].上海：上海人民出版社，1987：368.

2. 悲剧性格

对于悲剧性格问题，高乃依认为，亚里士多德关于悲剧的性格观点，需要在新的时期作出自己的解释。对于"善良"，他认为不应作"美德"解释，悲剧主人公虽然善良，但总有些缺点，否则就不会产生"悲剧的过失"。而"相称"，指性格合乎年龄、地位、身份、职业、国度，是可以理解的。但贺拉斯所说的"少年好挥霍，老人性贪婪"这样类型化的性格，就显得简单化、模式化了。老年人也会动感情陷入恋爱，不过方式与少年不同罢了。而"一贯"乃是要求作家使他的人物始终如一，保持他所预定的性格。但是在性格的"一贯"中也可能有行为的矛盾，不但一个性格轻佻、意志薄弱的人是如此，甚至一个坚定的性格，在保持其内在的"一贯"的同时，也可以因情况不同而有外在的矛盾。对于"逼真"的标准，他认为不仅指传说人物的逼真，而且包括现实中人物的逼真。

3. 悲剧效用

关于悲剧的效果作用，高乃依沿袭了亚里士多德的大部分观点，但更为细致和复杂。他持有的观点是，悲剧的核心目标仅仅在于给观众带来愉悦；而悲剧的教育作用，往往只能在追求愉悦的过程中被悄无声息地掩盖。悲剧是戏剧的主要形式，只要能按照一定的规律为观众带来愉悦，那么它就必然具备某种教育意义。在悲剧中，娱乐和教育不是界限分明的，而是将教育融入了愉悦的体验。他列举了发挥教化作用的四种方法。一是将道德箴言和说教编排在全剧的对话中。这种做法宜于见效，便于实施，但不宜多用。因箴言、格言一多，就具有说教的倾向，会冲击悲剧的效果；而且不宜出于情绪激动者之口，否则教育效果大打折扣。二是单纯地描述美德与恶行。意在满足观众普遍所具有的正义感和善的愿望，涉及群众的心理因素。三是惩恶扬善，美德最终战胜恶行。观众普遍具有正义感和善的愿望，作恶的人应当受到惩罚，无辜的受难者应当得到同情和怜悯。四是善人可能因为一个错误而遭遇不幸，而恶人可能因为一次成功而对他人造成长久的伤痛。借助害怕与同情来净化观众的感情。这是亚里士多德悲剧意义所阐释过的经典方法。

高乃依完善了"净化说"并加以解释说明。对于"净化说"，高乃依认为亚里士多德所举的例子《俄狄浦斯王》不太明晰，而且也不能说明过失问题，俄狄浦斯杀父乃是出于不知情的自卫。在《论悲剧》中，高乃依说："我看不出他要我们净化什么激情,也看不出我们从他的榜样可以改正自己什么缺点。"①从戏剧的社会功能着眼,高乃依认为:"我们看见与我们的相似的人们遭受厄运的怜悯,引起我们自己遭受同样厄运的恐惧,这种恐惧引起我们避免厄运的愿望;这种愿望促使我们从心里净化、节制、改正,甚至根除那在我们面前把我们怜悯的人物投入这一厄运的激情。"因此,"为了避免后果起见,非消除起因不可。"对于亚里士多德提出的怜悯与恐惧的问题,他认为不必要求同时产生怜悯与恐惧这两种感情,二者之一就能起净化作用。高乃依对这两者的割裂,引起了莱辛的批评。

高乃依还认为,欣赏戏剧要与作品的情节之间有距离,观众欣赏完作品后应该是清醒的,而不是迷狂的。无论悲剧还是喜剧,都要达到这个共同的效果,即"在二者所描写的事件中应当使观众深切地感觉到参与事件的人的感情,使他们离开剧场时神志清明,不存一点疑问"②。

(三)对"或然律"与"必然律"的看法

对于亚里士多德的"或然律"与"必然律",高乃依根据自己的理解作了阐释,他认为"或然律"是指行动的现实可能性,包括是否合乎历史事实或"在情理上是一件显然可能的事";"必然律"是指诗人"为了达到他的目的或者使他的人物达到他的目的的需要",即由一个可能的行动导致另一个同样可能的行动的必然联系。

在高乃依看来,亚里士多德强调或然性,给悲剧作家一种自由,这种自由使他们用可能的虚构来美化行动。他认为人物的行动同时符合或然律和必然律是最好的,但根据具体情况,诗人有时会重视必然律,有时会重视或然律。诗人可以根据需要在或然性和必然性之间选择,"如果我们可以按照可能性或者必然性来处理事物,我们就可以放弃可能性,依照必然性;这种交替情况给我们带来选择的便利,我们觉得二者之间,哪一个最合适,就用哪一个"③。于是得出结论:"有时候应当重视可能性,有时候却应当重视必然性。"④至于在什么情况下应当重视可能性,什么情况下应当重视必然性,高乃依提出了两种情形:一是在行动本身

---

① 马奇.西方美学史资料选编(上卷)[M].上海:上海人民出版社,1987:370.
② 马奇.西方美学史资料选编(上卷)[M].上海:上海人民出版社,1987:400.
③ 马奇.西方美学史资料选编(上卷)[M].上海:上海人民出版社,1987:386.
④ 马奇.西方美学史资料选编(上卷)[M].上海:上海人民出版社,1987:387.

中，伴有时间和地点的不可割离的条件的，应当重视或然性；二是在行动之间有连环因果关系的，应当重视必然性，否则会使作品失去可信性。

高乃依把悲剧的行动分为三类，一是照抄历史，重视史实的或然性，二是对历史有所增益，有时符合或然性，有时符合必然性，三是虚构历史，应当永远符合必然性。与史实相比，虚构更需要必然性。越是虚构，越是要更大的可信性。所以高乃依说："我们有权改动历史，离开可能性，全靠必然性。"[①]悲剧的作品因其很强的目的性，在细节上必然要有虚构，而虚构则要求必然性来补充，才能更可信，更受重视。

（四）对"三一律"的看法

高乃依对"三一律"的看法是以对它的肯定为前提的。他在《论戏剧》中说："没有人怀疑应当遵循行动、地点、时间三者的一致。"[②]不过，17世纪的古典主义者们尽管都重视"三一律"，但对于"三一律"的理解，却有"仁者见仁，智者见智"的情形。高乃依要求在创作中重视"三一律"的同时，不拘于古典主义的"三一律"规则。他的《熙德》公开上演后，尽管产生了巨大的影响，但也遭到了法兰西学院的保守派的攻击，他们认为《熙德》违背了"三一律"的创作规则。高乃依写了题为《论三一律，即行动、时间、地点一致》的论文，为自己辩解。他希望既不违背"三一律"的基本精神，又不死守教条，而是适应新的形势需要予以变通。

对于"行动一致"，他阐释了悲剧和喜剧中各自行动一致的不同特点："我认为，行动的一致，对喜剧来说，就是倾轧的一致，或剧中主要人物的意图所遭到的阻碍的一致；对悲剧说来，则是危局的一致，它并不以主人公战胜了危局或在危局斗争中死亡为转移。"[③]他主张不能理解为一种单一孤立的行动，那样便过于狭窄，而应该在完成行动的基础上，利用观众的期待心理设置悬念，使每一幕都留下下一幕将要发生的事情的期待。几种危局或倾轧可以同时写入剧中，"只要其中的一种危局或倾轧必然能够引起另一种危局或倾轧就行。"[④]

对于"时间一致"，他提出在尽可能遵守古典规则的前提下，可以作必要的

---

① 马奇.西方美学史资料选编（上卷）[M].上海：上海人民出版社，1987：395.
② 马奇.西方美学史资料选编（上卷）[M].上海：上海人民出版社，1987：398.
③ 马奇.西方美学史资料选编（上卷）[M].上海：上海人民出版社，1987：401.
④ 同③.

松动，可以超过亚里士多德的要求，不受拘束地把时间延长到 30 个小时。如果这一规则仅仅是以亚里士多德的威望为基础，我们就完全可以改变它。因为事实上，有些题材很难容纳在如此短促的片断中。反之，如果表演的题材（或行动）根本不需要那么长时间，还可以缩短。如果时间限制得过死，会影响剧情的安排。但凡规则，应该讲主要的合理性。在技巧上可以适当采用"模糊剧情时间概念"的做法，通过限制行动延续时间，借助于观众的想象，通过幕与幕之间的过渡跳跃等方法进行处理。

对于"地点一致"，高乃依认为应寻找方法扩大地点的广度，不能限于同一宫廷，而可以扩大到同一城市，把它限定在两三处特定的地点。但是，为了不违背"地点一致"的原则，他又要求同一幕中不变换地点，两幕间的地点变换，用同一座城市名称标明等模糊地点的办法。他说自己"不善于在新的要求下更好地适应古代的规则"，所以他自己在作品中用的是"新方法"，是"经过实践的考验而获得成功的方法"，这实际上突破了"三一律"的规则。

三、德莱顿的文艺理论

（一）生平及著作

德莱顿（1631—1700 年），英国诗人和剧作家，出生于北安普敦郡的一个清教徒的家庭，1644 年进入伦敦以培养诗人和主教著名的威斯敏斯特学校学习。在接受了严格的拉丁文训练之后，1650 年进入剑桥大学的三一学院，1654 年毕业获硕士学位。他早年对克伦威尔领导的资产阶级革命持拥护态度，在克伦威尔政府中做过小官，曾将《纪念护国者逝世的英雄诗》献给克伦威尔，后来政治立场变化，投靠复辟的查理二世王朝，任王室史官，毕生为贵族写作，并于 1670 年被封为"桂冠诗人"。

德莱顿是英国文学史上第一个有系统理论主张的文艺批评家，第一次对乔叟以来的许多英国著名作家作了分析和批评，被称为"英国文学批评之父"。到 20 世纪，西方许多学者给予他崇高的评价，他所处的时代被称为"德莱顿时代"。

在诗歌方面，德莱顿的诗歌从内容到形式都体现出古典主义的特点，大多描写国事和宗教信仰，歌颂王权和教会，使用英国双行体这种狭隘而固定化的形式写作。他的诗缺少内在激情和想象而偏重于理智。他一生写了近 27 部喜剧、悲剧和悲喜剧，其中不少是他摹仿法国悲剧诗人高乃依而写成的英雄剧。代表作主要有《格兰纳达的征服》（1672）和《沃伦—蔡比》（1676）等。他的《一切为了爱情》（1678）主要是根据莎士比亚的剧本《安东尼和克莉奥佩特拉》改写的，虽然采用无韵诗体，却是严格按照古典主义的"三一律"创作而成的出色的古典悲剧。

德莱顿的主要文艺论著有《论戏剧诗》（1668）、《论英雄剧》（1677）、《悲剧批评的基础》（1679）、《寓言集序言》（1700）等。他站在古典主义的立场上阐述自己的立场和观点。虽然他的思想受制于古典主义，但他同时反对死守古典主义教条。他对不完全合乎古典主义法则的英国剧本评价较高。德莱顿以其卓越的批评家的敏锐鉴赏力，首先高度评价了乔叟、莎士比亚、波门特、弗莱契和本·琼生等人。

（二）对戏剧诗的看法

17 世纪 60 年代英国戏剧开始复兴以后，戏剧到底往哪里去，为当时的文坛所关注。诸如古典戏剧与现代戏剧孰优孰劣？"三一律"到底应该如何理解？是否应该遵守"三一律"？应该继承莎士比亚、本·琼生等人的英国传统，还是应该效仿法国古典主义传统？剧作应采用韵体，还是像莎士比亚那样来用无韵诗体？德莱顿在《论戏剧诗》中讨论了这些问题。

德莱顿是英国古典主义文学的一代宗师，曾经致力于引进法国古典主义思潮，但出于强烈的民族自尊心，故在《论戏剧诗》中坚决反对摹仿高乃依式的法国戏剧，对伊丽莎白时代的英国戏剧作了高度评价。他的《论戏剧诗》摹仿了柏拉图和西塞罗的对话体著作，采用情景对话的形式。背景是 1665 年 6 月 3 日，英国与荷兰在英吉利海峡发生了海战，四位颇有文学修养的绅士泛舟于泰晤士河上，在隆隆炮声的背景下，对文学问题进行了有趣的对话。

这四个人分别演示了当时文坛的几种主要流派的观点。

第一个人物是克里特斯，认为希腊罗马的批评家亚里士多德和贺拉斯已经发明了戏剧方面的一切条件和原理，现代人应该奉为经典，本·琼生正是追随古人、遵循规则才获得了成功。英国的诗歌发展，也达到了那种完美的形式。这代表正统的古典主义。

第二个人物是优根尼鲁斯，认为古代人所作的诗并没有遵照古代批评家的原理，他们的创作意图失败了。而现代人的戏剧却很符合古典规范，且常是佳作。这代表英国的古典主义。

第三个人物是黎西第乌斯，接受了前二人的观点，承认摹仿自然是古典戏剧理论的基础，认为完全符合古典要求的不是英国戏剧，而是法国戏剧。这代表法国古典主义。

第四个人物是尼安德，是德莱顿的夫子自道。他持有这样的观点：戏剧是对人性准确且生动的描绘，它展现了人们的情感、习惯和行为活动的转变，旨在为人们提供娱乐和教育。

鉴于法国文学批评家嘲笑英国戏剧，德莱顿反过来嘲笑法国戏剧，并为英国戏剧辩护。德莱顿认为法国戏剧诗的优美之处，是锦上添花，让完美的更为完美，而无法使未完美的更完美。法国戏剧诗的优美是雕像般的，而非活生生的。因为法国戏剧缺乏戏剧诗的灵魂，这种灵魂就是摹仿人生的习性与情感。而英国戏剧并不像法国人嘲笑的那样，在一切古往今来的诗人的手中，莎士比亚的灵魂最包罗万象无论他描述什么，都使人们感到栩栩如生。他还称本·琼生的《沉默的女人》是"三一律"的最好典范。

（三）对悲剧的看法

德莱顿站在新古典主义立场上，继承了亚里士多德的悲剧观，对于悲剧问题，从人物行动、个性、性格和效果等方面提出了系统的看法。其中尤其突出的是对行为和个性加以强调，突破了法国式的古典主义教条的樊篱，对于英国悲剧实践的创新之处，给予了相当的肯定。

在《悲剧批评的基础》中，德莱顿强调了悲剧中的行动。对于亚里士多德的定义"悲剧是对于一个严肃、完整、有一定长度的行动的摹仿"，德莱顿的理解是，从行动入手，这是因为行动本身代表着情节，同时行动也离不开人。他认为行动是被表现出来的，而不是叙述出来的。这种行动包括两个方面的内容，一是单一的行动，二是表现一个完整的过程。所谓单一的行动，说明了悲剧的情节只是主人公的一个行动而非生平史。因为如果悲剧中同时有两个或两个以上的独立行动，势必会分散观众的注意力。所谓表现一个完整的过程，是说悲剧的行动必然井然有序，有一个自然的开始，一个中局和一个结尾，如果意外事件层出不穷就会成为闹剧。

德莱顿认为，悲剧行动既具有高尚的德行，又是具有缺点的伟大。悲剧中的人物是伟大的，行动必须是崇高的。而喜剧中的人物是微贱的，喜剧中的行动是琐屑的。悲剧诗人所描写的行动必须是可能的，强调其行动具有酷似真实的可能性。这样才能赢得现实的信赖并取悦于观众。由此可以看出德莱顿非常重视悲剧主人公及其行动对观众所产生的心理效应。他认为悲剧的行为体现了主人公高尚的品质。悲剧人物的最重要的标志是"美德胜过恶行"，"悲剧中的英雄"必须不是一个恶棍，即是说，要想引起观众怜悯的角色，必须有合乎美德的倾向。同时，悲剧的感染力，是通过人物自身行为表现的，而不是通过叙述表现的，这就将悲剧与史诗区别了开来。

在《悲剧批评的基础》中，德莱顿还着重记述了悲剧的性格问题。德莱顿认为，性格是把一个人和别人区别开来的东西。他在书中指出，情节是悲剧的基础，它对于悲剧是至关重要的，只有在情节的基础上才能刻画好人物性格。但情节不会像性格、思想和表情的优美或不完美那样惹人注目，而性格乃是表情和思想的纽带。悲剧通过表情表现性格，又通过性格表现思想和品格，因此，德莱顿对性格进行了重点阐释。德莱顿为性格规定了四条原则：一是性格必须具有鲜明性，悲剧中的每个人物必须通过言语或行动表现出他们的思想、品质或感情等方面的倾向。二是性格合理性，一个人的性格应当与其年龄性别、身份地位等特征相匹配。如果写一个国王，就应该着力描写他的崇高、庄严、慷慨和对权力的专注等特征。这些特征最符合国王之为国王的一般性格。三是性格相似性。悲剧人物的性格应该与历史或传说中的相关人物（如帝王、显贵和英雄等）所具有的性格相似，起码不应该发生矛盾。四是悲剧性格必须是经常的、平衡的，即保持其首尾的一贯性，而不能前后自相矛盾。

德莱顿还认为，塑造人物性格要充分体现出人物的激情与个性。在他看来，性格就是用以区别自己与他人的那种东西，它不是只有一种品质，而是许多并不矛盾的因素的综合；不要把人物写成某一特殊的美德、恶行或激情的化身。在诸种品质中，必然有一种品质是占主导地位的。德莱顿认为激情蕴含于性格之中，激情也是人物性格的一种表现。但诗人倘要将激情表现出来，首先自己必须具有激情，具有表现这种激情的崇高的天才。德莱顿说："在性格这个总标题之下，激情自然是包含在内，属于人物性格的。……朗吉诺斯说，只有崇高的天才才能写得动人。一个诗人必须天生有这种才能。"[1] 他同时还要求不能在不需要激情的地方表现激情，也不能使激情表现得过分。

德莱顿将亚里士多德的悲剧论、净化说思想和贺拉斯的"寓教于乐"原则融合，表达了他对于悲剧效果的思考。德莱顿说："使观众从愉快中得到教益是一切诗歌的总目标。""戏剧是人性的正确而生动的意象，表现人的情感和习气及人生命的变化，其目的在于娱乐与教导人类"。悲剧的目的是"改正或消除我们的激情——恐怖和怜悯。"与哲学给人的教益相比，悲剧能令人愉快，而令人愉快的方式乃是通过具体事件，"通过例子来消除激情，因此是悲剧所能产生的特殊的教育作用。"[2] 这种特殊的教育作用可以医治人类两种最突出的毛病："骄傲和缺乏同情"。他不赞成过分美化悲剧主角，而应该展现其不足之处，为惩罚做适当铺垫；确保悲剧主角的长处比短处更显著，给予观众同情的机会。

四、布瓦洛的文艺理论

（一）生平及著作

布瓦洛（1636—1711年），法国古典主义最重要的文艺理论家。1636年11月出生于巴黎的一个司法官的家庭，因两岁丧母，童年不幸，养成了孤僻的个性。1669—1677年，布瓦洛屈从贵族势力，结交权势，由路易十四的外室蒙代斯邦男爵夫人引见，得以觐见被称为"太阳王"的路易十四，他被路易十四的怀柔政策所征服，写下《书简诗》献给路易十四，因此被授予宫廷诗人的称号。在1669年至1674年期间，布瓦洛撰写了名为《诗的艺术》的著作并正式发表。这部作品因路易十四的重视被确立为古典主义文学理论的法典。《诗的艺术》为布瓦洛赢得了极高的名誉，布瓦洛因此被誉为"巴纳斯的立法者"，"巴纳斯"意为古典主义诗歌。1674年又翻译出版了朗吉诺斯的《论崇高》，并写了数篇《朗吉诺斯〈论崇高〉读后感》。路易十四将他在文学上为法国所做的工作与首相马萨林在政治上所做的工作相提并论。布瓦洛后被聘为皇家史官。在1678—1711年间，他首先是因作史官停止写诗十余年，后来陆续写了些书简诗。1684年，因路易十四

---

[1] 伍戴甫.西方文论选（上卷）[M].上海：上海译文出版社，1979：313.
[2] 伍戴甫.西方文论选（上卷）[M].上海：上海译文出版社，1979：309.

的褒荐，进入法兰西学院，成为40个"不朽者"之一。路易十四称他为自己"鞭挞二流诗人的鞭子"。在1687—1700年间，作为崇古派的代表，布瓦洛与神话寓言作家贝洛勒等人的"厚今派"之间展开了轰动文坛的"古今之争"，并为此写了十多篇论文，但均遭到对方的强力驳斥。1711年3月，布瓦洛在启蒙运动前夕去世。

作为古典主义文艺理论法典的《诗的艺术》一书，是用整齐的亚历山大诗体写成的，所提及的理性、自然和道德等原则对所处时代以及后来都产生了深远的影响。这本书总共被划分成四个章节：第一章是总论，详细解释了理性原则在诗的创作和批评过程中的重要作用。并对诗歌创作与批评的一般规律，如韵与义理的问题、结构问题、章法问题，以及明畅与准确等问题作了论述。第二章讨论了诗歌的次要类别，注重诗歌的内容，批判没有真情实感而矫揉造作的作品。第三章深入探讨了诗歌的主要类别——悲剧、喜剧、长篇叙事诗，这一章节构成了整本书的核心内容，其中悲剧的"三一律"尤其重要。第四章集中在对道德的探讨上。书中的思想以《诗艺》中贺拉斯的理念为基础，同时也展现了17世纪注重的理性。

（二）崇尚理性

在笛卡尔的启示下，布瓦洛展现出了理性的思维方式。布瓦洛诗学的核心理念是推崇理性，这也构成了他古典主义文学理论体系的根基。他强调作品的理性要高于感性，内容应当高尚，形式应当规范，以确保作品是一个恰到好处、结构严谨的有机整体。

他在《诗的艺术》中把理性提到至高无上的地位。本来在中世纪，理性和情感都是受压抑的。信仰取代了理性，禁欲压制了情感。到文艺复兴时期，理性和情感获得了解放，但又出现了爱情至上和情欲横流等方面的偏差。到17世纪的悲剧作品，便出现了理性克制情感的现象，如高乃依的《熙德》，强调义务、责任以及服从国家的利益，拉辛的悲剧也是如此。在此背景下，布瓦洛反对把诗写得太离奇，用无理的偏激惊动读者，要求不要学意大利人，堆砌美丽的辞藻、纤巧的运思，注重遣词时的音调，使作品光怪陆离。

布瓦洛重视理性的功能，反对因文害义。他认为理性的要求体现在形式上要合情合理，结构均衡。正是理性使得作品思想明晰、构思清楚；正是理性使得作品结构完整，构成一个完整的统一体，也正是理性使得语言合乎法则。"诗的情理要与音韵相互配合""音韵不过是奴隶，其职责只是服从""在义理的控制下韵不难低头听命，韵不能束缚理性，理性得韵而明。但是你忽视理性，韵就会不如人意；你越想以理就韵就越会以韵害理。"①"三一律"也正是从形式规范化的理性要求出发的。

（三）摹仿自然

布瓦洛沿袭了古希腊的摹仿理论，他坚信要使文学艺术展现出理性，就必须对自然进行摹仿。摹仿自然的诗展现了真实与美好，也能让人们获得理性。只有当诗人对自然进行深入的研究、观察和摹仿时，他们才能真正达到理解和表达理性的目标。古典主义者把理性和自然紧密结合。自然是合情合理的。因此，在摹仿自然的过程中绝对不能违背常理。

需要注意的是，布瓦洛追求的是对自然的摹仿，也涵盖了人类的自然本能。同时自然要避免"鄙俗卑污"，他这里主要是指社会生活。要求"好好地认识都市，好好地研究宫廷"②。而摹仿自然的目的在于取悦读者，"讨人开心"和"令人愉快"。尽管他也强调人的本性和性格的个性，"人性本陆离光怪，表现为各种容颜，它在每个灵魂里都有不同的特点。"③但实质上，他更注重的是继承贺拉斯的看法，将青年人、中年人、老年人，以及风流浪子、守财奴等群体的性格类型化，从中看出性格的共性。

（四）学习古人

布瓦洛持有这样的观点：摹仿自然以学习古人为基础。杰出的古代文学家受到高度赞誉的原因是他们擅长对自然进行摹仿。因此，为了创作出理性且自然的文学艺术，要参考古希腊和古罗马的经典。他曾说："荷马之所以令人倾倒，完全是从大自然学来的，他的书是众妙之门，并且取之不尽。"他还说罗马诗人维吉尔的作品"情意缠绵，都是神到之作"。因此，他要求作家对荷马、维吉尔这些古希腊罗马作家的作品"应该爱不释手，日夜地加以揣摩"④。在《1770 年给贝洛

---

① （法）布瓦洛. 诗的艺术 [M]. 任典译，北京：人民文学出版社，1959：3.
② （法）布瓦洛. 诗的艺术 [M]. 任典译，北京：人民文学出版社，1959：430.
③ 马奇. 西方美学史资料选编（上卷）[M]. 上海：上海人民出版社，1987：429.
④ （法）布瓦洛. 诗的艺术 [M]. 任典译，北京：人民文学出版社，1959：18.

勒的信》中，他以高乃依、莫里哀为例，说明他们从古代典范中，学到了"艺术里最精妙的东西"[①]。

对于古代的经典作品，他主张文学要相信大多数人的理性的判断。在《朗吉诺斯〈论崇高〉读后感》中，他谈到了尊敬和学习这些经典作家的理由："我尊敬这类作家，并不是因为他们的作品流传得这样长久，而是因为它们在这样长久时期里博得人们的赞赏。"提倡向古典作家学习是应该的，古代优秀作家确实有高度的艺术技巧，但如果当代作者拘泥于此，以此作为准绳，扼杀作家的创造性和对时代精神的体现，就不合理了。因此，布瓦洛提倡学习古人，既体现了他的古典主义思想的优点，也反映了它的局限性。

（五）作家的修养

布瓦洛强调，作家应当具备道德修养，在各个方面都要将善良和真实融为一体。作家修养的重要性体现在作品不仅展示了个人修养，还具有社会层面的影响力。布瓦洛呼吁作家们不仅要自我约束、培养高尚情趣，还要承担相应的社会责任。"一个有德的作家，具有无邪的诗品，能使人耳怡目悦而绝不腐蚀人心：他的热情决不会引起欲火的灾殃。因此你要爱道德，使灵魂得到修养。""你的作品反映着你的品格和心灵，因此你只能示人以你的高贵小影。危吉风化的作家，我实在不能赞赏，因为他们在诗里把荣誉丢到一旁，他们背叛着道德，满纸都诲盗诲淫，写罪恶如火如荼，使读者喜之不尽。"[②]他劝诫作家们不应过于追求物质而应珍惜自己的名声，避免害人害己。

（六）对"三一律"的阐释

在古典主义时期，文学艺术创作理念强调戏剧应该坚持"三一律"原则，这样有利于权力集中和法律统一。"三一律"也就是情节、时间和地点保持一致的规律。在那个时代的法国，戏剧作品是否坚持"三一律"原则成为立场层面的问题。作为一个古典主义的诗人和理论家，特别是依附宫廷的文人，布瓦洛不可能绕开这个问题，他必须要对这个占有统治地位的法则表明自己的立场，作出自己的解释。

---

① 伍蠡甫.西方文论选（上卷）[M].上海：上海译文出版社，1979：306.
② （法）布瓦洛.诗的艺术[M].任典译，北京：人民文学出版社，1959：65.

在《诗的艺术》中，布瓦洛这样阐释了"三一律"法则："剧情发生的地点也要固定、标明，比利牛斯山那边的诗匠把许多年缩成一日，摆在台上去表演，一个主角出台时还是个顽童，到收场时已成了白发老翁。但是理性使我们服从它的规则，我们就要求按艺术去安排情节，要求舞台上表演的自始至终，只有一件事在一地一日里完成。"①这里强调了理性主义对"三一律"的指导和规约作用，布瓦洛并没有对"三一律"进行发展，但他当时在文学界具有重要地位，外加宫廷的支持，法国文学界还是受到了他的重大影响。

尽管布瓦洛被视为法国古典主义的立法者，但实际上他的思想到后来还是有变化的。他曾作为"崇古派"的代表人物，与"厚今派"的代表人物贝洛勒展开激烈的争论，但在晚年写给贝洛勒的信中，他也能坦然地认同对方的一些合理观点，对于高乃依剧作的创新及成绩，也能作出实事求是的概括和总结："在这些剧本里，他越出了亚里士多德的一些规则，没有想到要像古代悲剧诗人那样去引起哀怜和恐惧，而是要凭借思想的崇高与情致的优美，在观众的心灵里引起一种惊赞（或欣羡），对于许多人，特别是青年人来说，这种惊赞（或欣羡）远比真正的悲剧情绪更合口味。"②

五、蒲柏的文艺理论

（一）生平及著作

蒲柏（1688—1744年），英国古典主义高潮时期的代表性诗人和批评家，出身于伦敦的一个信奉天主教的纱布批发商家庭，父母是天主教徒。

蒲柏自幼诵读英、法、拉丁诗篇，兼及古代的文学批评著作，后来通过自学博览了希腊语、法语和拉丁语方面的书籍。他的主要诗作有讽刺诗《夺发记》《致阿勃斯诺特医生书》和哲理诗《人论》。约翰逊曾颂扬他是英国文坛千年一遇的大诗人。从1713年开始，与他人合作相继翻译出版了荷马的《伊利亚特》和《奥德赛》，译笔典雅，体现了译者的时代精神，但并未准确地反映原作精神。后曾编辑过莎士比亚全集。23岁时发表著名的批评论著《批评论》，3段，744行，主

---

① 朱光潜.西方美学史（上卷）[M].北京：人民文学出版社，1979：193.
② 伍蠡甫.西方文论选（上卷）[M].上海：上海译文出版社，1979：305-306.

要对自然与摹仿问题、批评的标准问题和批评家问题等提出了他独到的见解，文中明显可见贺拉斯的《诗艺》和布瓦洛《诗的艺术》的影响。他的古典主义思想比德莱顿更加严格，被看成是布瓦洛《诗的艺术》发表半个世纪以后的诗体诗歌法典。除《批评论》外，他的文论作品还有《荷马史诗序》和《莎士比亚全集序》等。

（二）自然法则

蒲柏在《批评论》中首先阐释了自然与艺术的关系。他要求追随自然，按照自然的标准来下判断。自然是艺术的源泉、目的和检验的标准。他认为创作的才能和鉴赏力"这两种才能的光辉必须得之于天"，规范来自于自然，因此要信奉自然。同时，人性也是一种自然。对于自然的禀赋，应给予约束和引导，而不能压制。这样，自然、人的天赋和法则三者便是一体的。由于自然、人性和法则是永远不变的，因而批评家以此所拟定的批评标准也是永远不变的。

蒲柏虽然信奉古典法则，但他认为这种法则也是来自自然。法则就是自然，只不过是被发现了的、被规范化了的自然。他赞颂维吉尔："他发现荷马与自然原来是不可分的。"他理解的那种古典法则是源于自然、与自然一体的，是对自然法则的发现，是方法化的自然。因此，从一个角度来说，摹仿自然就是摹仿古人。这种规律是通过作为自然禀赋的天才发现的，因而同样可以由天才进行修正，这样可以直接赢得读者的欢迎。古典作家所遵循的法则来自自然，古典批评家所制定的批评法则，最终也源于自然。希腊人所制定的金科玉律，在他看来就是"得之于天"。后来的像维吉尔这样的大诗人也要从希腊人的金科玉律中获得教益。不仅如此，蒲柏在强调古典作家自然本性的基础上，还强调社会文化因素和时代精神对古典作家的影响。这种将自然与古典等同，以及强调社会文化和时代精神的看法，实际上是反对拘于古典法则，认为可以依照自然本身的规律对它进行修正，这就不同于教条化的古典主义。

（三）理性对激情的监督

在讨论到激情时，蒲柏提出要仰仗理性对激情的监督。在《人论》中，他强调自私的激情隶属于理性。理性虽然是天赋的，但需要通过后天的训练而得到提高。在批评家那里，理性表现为判断力。当然这种判断力也同样要遵循自然法则。

（四）对"巧智说"的看法

蒲柏还就当时英国流行的巧智说发表了自己的看法。他首先肯定了巧智作为自然的恩赐对于文学创作和鉴赏的作用。他认为巧智与判断是相辅相成的，但同时又相互矛盾和牵制。像其他英国学者德莱顿等人一样，蒲柏认为英国人蔑视未来规则，热爱巧智所赋予的自由，有勇气向罗马人挑战；要求以公正态度对待巧智的基本法则。而这与希腊古典的基本精神是一致的，这也使得他的古典主义带有更多的变通。但他也反对文学家们数典忘祖，耍弄小聪明，蔑视古代的典范。

蒲柏的诗歌理论及文学批评法则是在当时英国文学创作和文学批评都陷于混乱的背景下提出的。他受当时欧洲的古典主义思潮的影响，对于当时相关的古典主义法则如崇尚自然和理性、宗奉古典等问题提出了自己的一系列看法，同时又不拘泥于教条，对既有法则有所突破，对当时英国文坛已见端倪的想象和巧智问题，提出了自己相对开明的看法。

六、约翰逊的文艺理论

（一）生平及著作

塞缪尔·约翰逊（1709—1784年），出生于英国斯塔福德郡利奇菲尔德的一个小书铺业主家庭，自幼受到严格的古典教育并博览群书。

1728年进牛津大学读书时，他读了许多他的导师未读过的书，后因家庭经济拮据而中途辍学。1737年赴伦敦定居，开始为《绅士杂志》撰写诗人传略、书评等，1738年发表第一篇长诗《伦敦》，1749年发表他最重要的说教长诗《人类欲望的虚幻》，抨击社会的黑暗和政治的腐败，还曾写过一些戏剧，1750—1752年间，独立主持和发行《漫步者》报，发表自己对当时社会和文坛的评论。他是英国后期古典主义的代表作家。1746—1755年间，他编写出著名的两卷本《英语词典》，1765年编注出八卷本《莎士比亚戏剧集》。1781年，他出版了他的代表性作品——四卷本的《诗人传》。1762年经三思接受国王乔治三世的年金，1769年皇家艺术院授予他无薪给古代文学教授衔，1775年牛津大学授予他博士学位。1784年因病去世，入葬伦敦威斯敏斯特教堂。

约翰逊在当时的英国文坛具有重要的地位和重大的影响，被誉为"英国的苏格拉底""英国文坛的大可汗"和"他那个时代英国文学的立法者"。他生活在古典主义衰微与启蒙运动兴起之交的过渡时代,是英国古典主义批评的集大成者,同时并不固守古典主义教条。他的主要批评著作是《〈莎士比亚戏剧集〉序言》(单行本),其中对莎剧的普遍人性问题和莎剧的人本论问题作了精辟的论述。约翰逊虽然信守古典主义,主张摹仿自然,寓教于乐,强调普遍性的标准和理性原则,但另一方面,他又为古典主义掘墓。随着约翰逊在英国文坛的独霸数十年,他的思想影响了英国的文坛风气。自此以后,古典主义在英国文坛日益衰竭,浪漫主义文学如暴风骤雨般地席卷而来,取古典主义而代之。

(二)强调类型的重要性

约翰逊从古典主义思想出发,强调类型的重要性。同时,他又从古典主义出发,对莎士比亚提出批评,认为他不守"三一律",过分地追求形式的完美而忽视作品的道德目的,不讲究布局,时间与地点诸多与实际不相符,喜剧台词过于粗野,悲剧的台词近乎夸张,双关语太多太滥等。

在《〈莎士比亚戏剧集〉序言》中,约翰逊对于"三一律"中的时间整一、地点整一给予了批评。他对"三一律"并没有简单地接受,而是作了仔细的分析。受莎士比亚以降的英国传统影响,他跳出"三一律"的框框,反对将艺术的真实与现实的真实混为一谈,认为除了情节的整一外,地点和时间的整一都是多余的。他在分析莎士比亚戏剧的情节时,首先肯定了情节的一致性,认为这些作品的情节是一致的,而且是自然的。同时他又对时间的一致和地点的一致持批评态度。对于地点整一而言,约翰逊认为舞台不过是舞台,第一场它指亚历山大里亚,第二场已完全可以指罗马。地点是可以幻想的,时间更是可以幻想的。这样,约翰逊作为英国古典主义的殿军,则在自毁城墙,动摇了古典主义的堡垒。

(三)强调作品的教化作用

在探讨文学作用的过程中,约翰逊不仅强调了娱乐性,还特别突出了教育性。他持有这样的观点:尽管悲剧和喜剧在主题和展现手法上存在差异,但最终的核心目标是相同的,那就是给人带来愉悦并教育他们,从而养成良好道德品质。他对莎士比亚的批评同样基于道德,莎士比亚仅仅激发了观众的强烈情感,还存在不足之处。在详细解读亚里士多德的净化说时,他阐述了这样一个观点,那就是借助害怕和同情来清除人类身心中的杂质。显然，作为一种文学创作，教育和娱乐是密切相关的。以悲剧为例，悲剧不仅能引发人身临其境的思考，还具有教育作用，为人敲响警钟。另一方面，悲剧又因为是虚构的而和实际利害保持距离，因而能引起快感。

（四）对文学批评标准及方法的看法

对于文学批评的标准和方法，约翰逊也提出了自己的看法。

在批评的标准上，他以莎士比亚的作品为楷模，主张要"忠于普遍的人性"。并以此为标准衡量一切作品。同时，作品要经受住时间的考验，以真情实感感动各个时代各个地方的人们。他还认为，要对作家和作品成就作出估价，要对作品有更深切的了解，就要考虑到其时代特征，并进行比较，"必须和他生活的那个时代的情况加以比较，也必须和他自己所特有的机会加以比较"。这种思想，类似于中国的"知人论世"。

在批评的方法上，他要求从常识判断出发，进行实事求是的判断，甚至认为直率比真理更重要。他还要求对作品作理性的裁决，"保持一种理智的距离"，在全局和局部都能冷静地作出裁决，而不是偏激地哗众取宠。这样，对作品就会作出全面的评价，例如对于莎士比亚，就能公正地看到他的优点，而不只是以他不遵守"三一律"而责难他。对于当时的玄学诗，约翰逊既批评他们不摹仿自然和生活，也不喜欢理智的活动，又称赞他们的洞察力和巧智。

另外，他还主张文学批评要打破古今，要讲究文风，要宽以待人，等等。这些看法不仅以约翰逊当时的声望，在英国文坛产生了重要影响，即使在今天对我们仍有相当的启发。

第三章 启蒙运动的文艺理论

18世纪的欧洲，是资产阶级反对封建主义斗争最激烈的一个时期，也是资产阶级革命取得决定性胜利的一个时期。在这个时期里，欧洲各国特别是法、英、德等主要国家先后掀起了轰轰烈烈的启蒙运动，给各个国家的文学发展以深远的影响。启蒙运动作为一种新文化运动，是受当时的政治和经济情势所制约的。由于当时各国政治和经济发展的不平衡，启蒙运动在各国的发展情况也是不尽相同的，这与各国的历史向它的人民提出的任务之不同有着直接的关系。由于18世纪英、法、德各国革命特点和历史任务的不同，所以它们的文学运动和文艺思想也呈现出各自的特色。

本章节内容为启蒙运动的文艺理论，依次介绍了法国启蒙运动文艺理论概说、狄德罗的文艺理论、德国启蒙运动文艺理论概说、莱辛和他的《拉奥孔》、英国启蒙文艺理论、意大利维柯共六个方面的内容。

第一节 法国启蒙运动文艺理论概说

从历史发展的角度看，18世纪法国的启蒙运动是文艺复兴运动的继续，是法国资产阶级革命思想的准备。欧洲的文艺复兴是资产阶级上升时期的一次反封建的运动，它借助古典文艺的"再生"打击了宗教神权的封建统治，建立了理性主义和人道主义的思想基础。但因在这场革命中，法国封建贵族和天主教会结成的联盟的势力之大，使得资产阶级的上层不得不依附于封建的专制君主，造成了政治上的妥协。这种妥协的结果，在文艺思想上的反映便是维护封建王权统治的古典主义理论。到了18世纪，法国的君主专制政体日趋反动，封建的生产关系阻碍着生产力的发展，宫廷的盘剥加重了人民生活的痛苦，阶级矛盾日益尖锐，因此改变现状的呼声愈发高涨。法国的启蒙者，就是应这种历史的要求而进行革命的,他们的总目标就是沿着文艺复兴的道路继续前进,反抗封建君主专制和宗教束缚,发动资产阶级革命。

一、法国启蒙运动的兴起

"启蒙"这个词,原来的意思是"照亮"实际上就是思想的解放。从广义上说,"启蒙"就是人民的教育问题,也就是要广大人民群众学习文化、科学和艺术,使人民群众从封建的宗教意识和偏见中解放出来。从狭义上说,"启蒙"就是智力运动,运动的目的是废除封建的政治、经济和文化。因为,在启蒙者看来,社会制度的腐朽根源是思想的混浊,而思想的混浊是由封建迷信造成的,所以改良社会制度必先破除封建迷信和教会的黑暗统治,这就首先要照亮人们的头脑,给人以科学知识的教育,这就是"启蒙"。法国人对18世纪的思想运动不常称启蒙运动,而常用"百科全书"代替。

启蒙运动在历史上是进步的,它达到了照亮人们头脑的目的,削弱了教会神权和封建统治,促进了资产阶级革命的发展。尽管如此,"在法国为行将到来的革命启发过人们头脑的那些伟大人物,本身却是非常革命的"[①]。但是他们并不可能真正解决社会矛盾,其局限性和不彻底性也是非常明显的。法国的启蒙者夸大了思想的力量,因此使自己在思想上陷入了迷途,他们没有也不可能看到社会发展的动力是物质生产的经济基础,是生产力的发展;他们没有也不可能看到只凭思想运动是不能扫除一切社会病根的,是不可能带来人类的普遍幸福生活的;他们对于代替旧制度的新制度是非常模糊的;他们并没有提出改革后发展的性质问题,仅仅限于向改革前制度的残余作斗争;他们真诚地期望共同的繁荣昌盛,他们确实没有看出(部分还不能看出)从农奴制度所产生出来的制度中的各种矛盾。因此,法国启蒙者头脑中的"理性的王国"实际上是资产阶级的理想化的王国,根据他们的原则而建立起来的资本主义世界,同样是不合理、不公平的。同时,在幻想建立资产阶级理想化的王国时,他们常常想依靠所谓开明的君主,表现出明显的不彻底性。

启蒙主义的思想,也体现在法国启蒙者的文艺理论论著上。他们认为思想运动可以改造社会,所以在谈到艺术的作用时便十分强调艺术创作服务于改造社会

---

① (德)恩格斯.马克思恩格斯全集(第20卷)[M].北京:人民出版社,1973:19.

的任务，强调艺术创造的目的性，强调艺术作品的教育作用、倾向性和民主性；由于他们要用艺术对人民进行启蒙，所以他们强调文艺创造要在体裁、题材和规律上打破古典主义的束缚，要求艺术家在反映现实时有较大的自由，真实地、深刻地、毫不掩饰地反映现实，由于要在政治上巩固资产阶级革命的成果，所以他们的文艺理论著作也都极力宣传自由、平等、博爱的理性思想，宣扬建立一个世界乐园式的理性王国，在人物创造上，启蒙主义的理论要求创造新的人物，要求第三等级的人物能够成为文艺作品的主人公。

法国启蒙主义文艺理论的代表人物，主要有伏尔泰、卢梭和狄德罗等人。

二、伏尔泰的文艺理论

（一）生平及著作

伏尔泰（1694—1778年），全名弗朗索亚·玛丽·阿卢埃，伏尔泰是他的笔名。他被誉为法国启蒙运动的杰出代表。他来自资产阶级家庭，在年轻时阅读了贝勒和封特奈勒的著作。他对哲学家梅里叶及其著作《遗书》持有极高的评价，但不支持梅里叶的空想社会主义观点。他活跃于上流阶级的社交活动，在思想自由的沙龙等场所频繁露面。他的思维活跃，敢于愤怒又敢于说出来，这导致他得罪了公爵被关进巴士底狱，甚至被驱逐出境。

伏尔泰于1725年来到英国，进行政治和文化的深入研究。在那里，他受到了牛顿的科学观、洛克的唯物主义思想以及戏剧等文学的深刻影响。他是首位将莎士比亚介绍到法国的人，在返回法国后撰写了《英国通信集》。他赞扬了英国在资产阶级革命后取得的多种成就，并对法国的封建专制进行了批判，同时也宣扬了唯物主义和自由平等的思想观念。

伏尔泰于1750年受邀前往普鲁士进行访问。在柏林，他意识到被称为开明的君主弗里德里希二世实际上也是一位暴君，这进一步加深了他对封建专制的反感。在这个阶段，他与青年法国启蒙运动者一同为《百科全书》撰写文章，这些文章被收录在后来的《哲学辞典》中。

1755年，伏尔泰定居在法国和瑞士边境的费尔奈，从事启蒙活动。他是多产的启蒙作家，他写过哲学著作、历史著作、史诗、抒情诗、讽刺诗、哲理小说、悲剧和喜剧，还有一万多封信札。悲剧《俄狄浦斯》《布鲁图斯》和哲理小说《查弟格又名命运》《老实人又名乐观主义》等影响是很大的。

（二）关于创作法则的文艺理论

虽然伏尔泰被视为启蒙运动的领导者，但相对于狄德罗和卢梭，他的思想观念更为传统。他在政治上主张开明君主制，在宗教上是自然神论者，他批判教会，但却认为"如果没有上帝的话，也应虚构一个"，以此来约束人民，维持社会秩序，保护私有制，这种保守性在他的文艺理论中也有反映。

在文艺理论方面，伏尔泰是非常矛盾的，他一方面反对古典主义法则的束缚，一方面有时又表现出对于古典主义的留恋。在《论史诗》这一著作中，伏尔泰表现出文艺的发展观点。他认为时代在发展，艺术也必然在变化，所以他反对在创作、批评和鉴赏文艺作品时一味遵循古典主义的法则。他认为古代艺术虽然可以看作是一种美的范例，但是不能盲目地去模仿它，如果模仿就会造成极大的错误，因为18世纪法国人的生活与古代希腊人的生活是不同的，人民的风俗、习惯、爱好和日常生活方式都有区别，这些区别都会在艺术中表现出来，也就不能模仿所谓一成不变的法则。

伏尔泰认为法则只能束缚创作，而伟大的作品决非遵循法则所能创作出来的，它们是天才的创作，他说"几乎一切的艺术都受到法则的束缚，这些法则多半是无益而错误的。指导写作的书比比皆是，而切实可行的范例却很少见到。""对于那些参加赛跑的人，是不应该将他们的脚拴起来的。不少批评家想从荷马的作品中寻找法则，实际上这种法则根本就不存在。"

伏尔泰的这种观点，使我们自然想到了鲁迅关于小说作法之类的论述。鲁迅教育青年不要相信小说作法之类的书，他说那是"专掏青年的腰包的"。鲁迅认为创作没有什么秘法规则，因为倘若真的有的话，那就一定会出现祖传的作家，而实际上祖传的作家则很少，可见创作是有一点天才的独创性的。鲁迅也曾说，倘无才能万不可去作那空头的文学家，就是这种认识的反映。

伏尔泰认为，创作没有一成不变的规则，还有一个重要的原因，那就是作家都有自己的民族风格，他认为：意大利语的柔和甜蜜不知不觉中渗入到意大利作家的资质中；西班牙作家的特点是辞藻的华丽、隐喻的运用、风格的端庄；英国作家的作品富有力量、活力四射，善用各种比喻；法国作家的优雅和严谨在作品中有所体现。

作家创作没有一成不变的规则，又各自有着自己的风格，而鉴赏和批评也就不可能有绝对不变的规则，"在任何国家里，人们都有着一个鼻子，两只眼睛和一张嘴；但是一个人容貌在法国被认为美丽，在土耳其却不一定被认为美丽，在亚洲和欧洲算是最可爱迷人的，在几内亚却会被认为是丑八怪。既然自然事物本身变化多端，它又怎么能受制于一种完全受习惯支配的共同的艺术法则呢？这是因为它本身就是易变而不稳定的。所以，如果我们要透彻地理解艺术，首先必须了解艺术在不同国家里发展的方式。"

伏尔泰这种艺术的发展观点是符合辩证法的，被西方批评史家认为是比较文学理论（古今比较、不同国家比较）的先驱。但是伏尔泰这种艺术辩证观点又是很不彻底的，在他企图运用古典主义来宣传启蒙思想时就流露出他对古典主义的肯定。例如，他在《哲学辞典》的"古人和今人"一条中就肯定了高乃依和拉辛比希腊悲剧高明，比亚里士多德高明，为"三一律"等古典主义的法则进行了辩护。他第一个把莎士比亚介绍给法国人，认为莎士比亚"具有雄强而丰富的天才，既自然又雄伟"。但是他同时又认为莎士比亚是"怪物""乡村小丑""喝醉了的野蛮人""没有一点好的审美趣味，丝毫不懂得规则"。当法国人宁愿谈莎士比亚不愿谈高乃依、拉辛时，他却很懊丧地说："我是头一个人把从莎士比亚的大粪堆里所发现的珍珠指给法国人看，真料想不到有一天我竟帮助人们把高乃依和拉辛的桂冠放在脚下践踏，来替一位野蛮的戏子贴金抹粉。"可见，他认为莎士比亚代表粗野的自然，拉辛才代表文明的艺术。这就可以看出，他没有完全摆脱古典主义的局限，尽管如此仍然不能抹杀伏尔泰在启蒙运动中的巨大作用。

三、卢梭和他的《论科学和艺术》

（一）生平及著作

卢梭（1712—1778年），法国启蒙运动的代表人物，他的家庭属于小资产阶级。他父亲从事钟表制作工作，并且非常喜欢阅读小说。在父亲的影响下，他16岁便阅读了法国17世纪的浪漫小说和普鲁塔克的著作《希腊罗马名人传》。20岁时，他离开家乡前往萨伏亚。

卢梭因为从小生活贫困，做过学徒、仆人，所以对社会的不平等现象极为不满，但是他没有找到产生不平等现象的原因，而是把它归咎于社会的发展。所以他鼓吹"返归自然""天赋人权"和"社会契约说"。卢梭认为社会的初始状态是"自然"的，生活在那时的人们自由、平等，拥有生存、发展的权利，私有制产生以后，自由平等的权利也就消失了，因此最好还是回到原始社会去；他宣传人民自愿协商订立契约产生国家，主张"主权在民"。他认为这样就可以既没有了私有制，又防止了财产的过分集中，如果哪个统治者破坏契约，人民就可以用暴力推翻它。

卢梭的学说反映了他的小资产阶级思想和立场，他的主要作品有小说《新爱洛绮斯》《爱弥尔》、哲学著作《社会契约论》《论人类不平等的起源和基础》。

晚年，卢梭离开城市，在乡村爱弥达日和蒙莫朗西居住，亲近自然，生活简单朴素。

（二）对于科学和艺术的观点

与"私有制是罪恶根源"观点相联系的，是卢梭那种对于科学和艺术的观点。他认为科学和艺术的发展已不是予社会发展有益而是有害，科学和艺术的发展使社会道德破坏了。这种观点主要见于他在1749年应第戎学院的征文而写的《论科学和艺术》那篇曾经获奖金的论文（全称《科学和艺术的发展是败坏了风俗还是净化了风俗》）。这篇论文的中心思想就是：人类社会开始是自由平等的，自然是美好的。私有制产生以后，文明破坏了这个美好的社会。科学和艺术的发展给人类带来的不是好处，而是坏处。他这种观点从否定当时占统治地位的黑暗制度角度看有其正确的一面，但是他否定了社会的进化和文明的意义是唯心的，尽管如此，这篇论文仍然写得很生动。

在这篇论文里，卢梭非常明确地认为科学和艺术的发展窒息了"人们那种天生的自由情操"。为了说明这个结论，卢梭从下列几个方面进行了论述。

第一，科学与艺术是属于精神范畴的东西，它自产生时起就是社会的装饰，这种装饰在统治阶级占统治地位的社会只能成为束缚人们枷锁上的点缀，起着窒息人们自由的作用。"精神也跟身体一样有其自己的需要。身体是社会的基础，精神就是社会的装饰。只要政府与法律能够为人民集体提供安全与福祉，那么科学、文学与艺术，既然不专制而且也许更有力量，就会把花冠点缀在束缚着人民的枷锁之上的，就会窒息人们那种天生的自由情操——人们本来就是为自由而产生的，——就会使他们喜爱自己被人奴役的状态，并且会使他们成为人们所谓的文明民族"。[1]科学与艺术不仅麻醉了人民，使他们安予奴役地位，同时也使"没有任何德行"的统治者"有着一切德行的外表"，使"疑虑、猜忌、恐怖、冷酷、戒惧、仇恨与奸诈永远隐藏在礼义的那种虚伪的面目下边，隐藏在被我们夸耀为我们时代文明的根据的那种文质彬彬的背后。"就是科学和艺术美化统治者为害于社会的一面。

第二，正是在科学和艺术麻醉人民美化统治者的作用下，社会的风尚才遭到了破坏。卢梭认为，人们的风尚开始是粗朴的，"然而却是必然的"。举止的不同"只是表现性格的不同"，人性虽然不见得更好，但却容易互相了解对方。可是科学和艺术的发展却使人们的风尚里"流行着一种邪恶而虚伪的共同性，每个人的精神仿佛都是一个模子里铸出来的，礼节不断地在强迫着我们，风气又不断地在命令着我们，我们不断地遵循着这些习俗，而永远不能遵循自己的天性。我们不敢再表现真正的自己。"[2]而这种对天性的束缚使人们失去了"诚恳的友谊""真诚的尊敬""深厚的信心"。如果有哪个遥远地区的居民来向这样的文明学习的话，那就必定要适得其反了。

第三，卢梭认为，科学和艺术开始诞生的时候，文明一开始发生的时候，就是伴随着罪恶的。它们是罪恶的产物，产生以后又使人产生罪恶。"天文学诞生于迷信，辩论术诞生于野心、仇恨、谄媚和谎言，几何学诞生于贪婪；物理学诞生于虚荣的好奇心；一切，甚至于道德本身，都诞生于人类的骄傲。因此科学与艺术的诞生乃是出于我们的罪恶。"[3]这种出于罪恶的科学艺术自然对人是有害的，"艺术若不是培养奢侈，那么又要艺术做什么呢？""科学产生于怠惰，反过来又滋长怠惰，因此它们对社会所必然造成的第一种伤害，就是无可弥补的时间损失。"[4]

卢梭让大名鼎鼎的科学家们回答："从你们那里我们知道了物体在空间是按照怎样的比例互相吸引的，在相同的时间内星球运行所经历的空间关系如何，什么

---

[1] （法）卢梭. 论科学与艺术 [M]. 何兆武译，北京：商务印刷馆，1959：4.
[2] （法）卢梭. 论科学与艺术 [M]. 何兆武译，北京：商务印刷馆，1959：5.
[3] （法）卢梭. 论科学与艺术 [M]. 何兆武译，北京：商务印刷馆，1963：16.
[4] 同[3].

样的曲线具有交点、折点和玫瑰花瓣，人怎样从上帝方面窥见了万物，灵魂与身体又怎能互不来往而又像两只时钟一样地彼此符合，哪个星球上可能有人居住，哪种昆虫以一种特殊的方式进行繁殖；我们从你们那里接受了这一切崇高的知识，但我要请你们回答我：如果你们从来不教给我们任何这些事情的话，我们会不会因此就人口减少，治理不善，更不巩固更不繁盛而且会更加为非作歹呢？"①在这里，他完全否定了科学艺术的作用，当人们的生活变得舒适、加工艺术更加精湛、享受之风逐渐盛行时，敢于反抗不公的精神和勇气逐渐消失，这都是科学艺术发展造成的后果。他说："我们的公园里装饰着雕像，我们的画廊里装饰着图画。你以为这些陈列出来博得大家赞扬的艺术杰作表现的是什么呢？是捍卫祖国的伟大人物呢？还是以自己的德行丰富祖国更伟大的人物呢？都不是的。那是各种各样心灵与理智的歪曲颠倒的景象，从古代神话里煞费苦心地挑选出来专供我们孩子们消遣好奇用的；而且毫无疑问地是为了使他们甚至在不认字以前，在他们眼前就有了各种恶劣行为的模范了。"②

第四，卢梭用历史上的许多事实作为例证来说明科学和艺术对于人类的危害。至于造成历史罪恶的原因究竟是不是科学艺术，他却不管。他认为埃及是全世界最早的学园，"在黄色的天空下那块地区是那样的富饶"，塞斯特里斯曾从这块土地出发征服了全世界。然而，在哲学和艺术出现后，埃及很快就被古波斯打败，接着又被希腊、罗马和阿拉伯打败，最终被土耳其打败。卢梭表示，希腊在与亚洲的战争中两次取得胜利，一次是特洛伊战争，一次是波斯战争。可是自从艺术进步了以后，风尚就解体了，从此便开始被侵略了。

卢梭认为，由牧童罗慕鲁斯所创立的罗马，开始时是辉煌的。可是自从产生了诗人安尼乌斯和喜剧家戴伦斯以后，罗马便开始蜕化了。待到诗人卡图鲁斯、奥维德等人出来以后，"曾经成为德行殿堂的罗马，就变成了罪恶的渊薮、各民族的耻辱和野蛮人的玩物了"③。它沦亡的日子，正是人们把"趣味高尚的裁判人"这一头衔赋给一位讽刺作家彼得罗尼乌斯的前夕。

卢梭认为，科学、艺术、哲学的兴盛对罗马的人们产生了消极影响。"人们不顾军事和纪律了，人们鄙视农业了，人们在搞宗派，人们忘记了祖国，于是伊

---

① （法）卢梭.论科学与艺术[M].何兆武译，北京：商务印刷馆，1963：16-17.
② （法）卢梭.论科学与艺术[M].何兆武译，北京：商务印刷馆，1963：24-25.
③ （法）卢梭.论科学与艺术[M].何兆武译，北京：商务印刷馆，1959：12-13.

壁鸠鲁、芝诺、阿塞西拉斯的名字就代替了自由无私与安分守法这些神圣的名字。连他们自己的哲学家都说，自从学者在我们中间开始出现之后好人就不见了，从前罗马人是安心实践德行的，但当他们开始研究德行之后一切就都完了。"因此，他号召罗马人要"赶快拆毁这些露天剧场，打碎这些大理石像，烧掉这些绘画"，赶走科学家、艺术家，因为"他们征服了你们"，并以他们那些致人死命的艺术腐化了你们。他说："当哥特人掠夺希腊的时候，希腊所有的图书馆所以免于焚毁只是由于有一个哥特人有这样一个念头；要给敌人留下适当的东西，让他们荒废军事的操练而沉溺于怠惰安静的职业。查理第八几乎是兵不血刃就成了托斯堪尼和那不勒斯王国的主人的；他的朝臣们把这种意外的顺利归功于意大利的王侯贵族们过分沉溺于奇技淫巧和博学鸿词，以致无法振作奋勇作战"。他认为科学研究更会软化与削弱勇气，而不是强化与鼓舞勇气。他说"罗马人承认，他们的武德是随着他们赏识图画、雕刻和金银器皿及培植美术开始消逝的。"

这种否定科学和艺术的观点，还见于卢梭对戏剧的看法上。由于对戏剧观点的不同，他与伏尔泰、达朗贝尔发生了分歧。伏尔泰认为，无论是悲剧还是喜剧都对社会有益，人们的道德观念和理性精神得以增强；卢梭则认为戏剧符合观众审美需求会激发情感，对于社会没有任何好处。他发表著作《论戏剧：致达朗贝尔信》，其中表达了对达朗贝尔提出的建设剧院建议的不支持。卢梭表示，一旦城市存在剧院及演员，这必然破坏社会风俗，使市民变得懒散、追求物质享受。他指出，喜剧等古典主义戏剧都不符合道德的要求。

卢梭的这种否定科学和艺术在社会上有积极作用的观点，是片面的。他只看到了艺术的某些因素在改造社会方面的消极作用，而没有看到科学艺术在推进世界发展过程中的积极作用。他只看到了某些艺术被统治者利用的情况，而没有看到科学技术在启发人民的觉悟中的作用；他所认为的"一些社会现象发生是艺术科学所致"，也是主观的杜撰，不符合历史的事实。

卢梭的这种观点，来源于他对近代西方文化腐朽的绝望，他看到西方文化腐朽的一面这是事实，但他却看不到文化发展的出路。他以为禁止了文化艺术就可以清除了腐朽文化的腐朽作用，这是因噎废食的错误做法。

卢梭的这种错误观点使我们自然联想到古希腊的柏拉图和中国的庄周。柏拉图要把诗人、艺术家驱逐出他的理想国；春秋战国时期中国的哲学家庄周，也有与卢梭类似的观点。庄周生活的时代是奴隶社会开始解体、封建社会开始建立的时代，阶级斗争是复杂的。庄周出于没落阶级的敏感，感到自己的阶级将要灭亡，但是前途是什么，他却看不见，所以他便把斗争看作是一切不幸的根源。他认为社会的罪恶来源于争权夺利，争权夺利是"知识"和"智慧"引起的，而"知识"和"智慧"则是孔丘等人提倡礼乐教化造成的，所以他便把礼乐教化也看成了社会恶行形成的原因。在他看来因为圣人提倡礼乐，人类才出现了君子小人，圣人提倡仁义，人类才有了仁人志士和不义之徒；圣人提倡刑罚，人类才知道饰过和犯法；人间有了圣人才有了坏蛋。在他看来不强调是就没有非；不强调善，就无所谓恶；不标榜君主就无所谓小人；不知何物为美也就区分不出何物为丑。所以他认为，圣人的出现、知识文化的传播破坏了人类淳朴的本性，引起了人间的斗争，给人类带来了灾难。他还以马为喻，说马蹄可以践霜雪、马毛可以御风寒、饥则吃草渴则饮水、发兴则举足而跳跃，这是马的本性；可是等到出了伯乐，烙马印、剪马毛、削马掌、络马头、约束马、使它失去本性，死去十之二三。他认为，圣人的社乐教化就像伯乐治马一样，对人是有害的。他认为原始时代是人间的乐园，主张返回到那里去，这些观点无疑表现出了没落阶级的立场。

第二节　狄德罗的文艺理论

一、生平及著作

狄德罗（1713—1784年），18世纪启蒙运动思想家中最杰出的代表人物之一，百科全书派的卓越领导人。他出生于香槟省朗格勒的一个富裕的制刀匠家庭。在他的少年时代，他父亲希望他当神父，先让他在当地的耶稣会学校读书，后又送他去巴黎大路易耶稣学院学神学，1732年获硕士学位。后违背父旨，转学哲学和文学，父亲为此中断了对他的供给。他忍受着长期的贫穷，刻苦钻研了10年，终于成为一个博学的人。他精通希腊文、意大利文和英文，全面地掌握了当时的各类知识，是继亚里士多德之后涌现出来的具有综合素养的优秀学者。

1746年，狄德罗匿名发表第一部著作《哲学沉思录》，崇尚理性，曾引起轰动，但因批评宗教和教会，巴黎法院决定烧毁其书。1749年出版《盲人书简》（全称是《供明眼人参考的谈盲人的书信》),因而被视为当代著名的原创性的思想家。当局认为他"冒犯上帝",宣传无神论思想,监禁了他三个多月。经营救获释后从1750年开始组织编撰《科学、艺术与手工业百科全书》,亲自担任主编,并写了一千多个条目,从1751年开始,至1772年共出28卷。目的在于传播科学技术和发扬理性精神,打破宗教的束缚,解放人们的思想,实施改革,为创造提供动力。这就是启蒙运动的主要目标。为此,狄德罗得到恩格斯高度评价:"如果说,有谁为了'对真理和正义的热诚'(就这句话的正面的意思说)而献出了整个生命,那末,例如狄德罗就是这样的人。"[①]但从1752年开始,该书即遭到查禁,并受到保守派的攻击。他于1784年逝世。

狄德罗知识广博,《百科全书》中许多繁难的条目出自他的笔下。他的主要著作有小说《修女》《拉摩的侄儿》《宿命论者雅克和他的主义》,剧本《私生子》和《一家之主》。主要的文论著作有《论戏剧诗》《画论》《关于〈私生子〉的谈话》《演员奇谈》等。

二、强调摹仿自然与追求理想范本

狄德罗在文艺观上继承了亚里士多德的看法,强调摹仿。他认为"每种艺术都有自己的优点,看来艺术就跟感觉官能一样:一切感觉官能都不过是一种触觉,一切艺术都不过是摹仿,但是每一种感官都用它特有的方式去触觉,每一种艺术都用特有的方式去摹仿。"[②]而这里的摹仿,主要是摹仿自然。他认为自然是艺术的第一个模特儿,艺术应忠实地摹仿自然。"我们最好是完全按照物体的原样把它们表现出来。模仿得愈周全,愈符合因果关系,我们就愈满意。"[③]艺术家的任务在于服从自然,表现自然。在创作时,艺术家应该放弃成见,让天才和技巧忠实地描摹自然,"切勿让旧习惯和偏见把您淹没。让您的趣味和天才指导您;把

[①] (德)恩格斯.路德维希·费尔巴哈——马克思恩格斯选集(第四卷)[M].北京:人民出版社,1972:228.
[②] (法)狄德罗.关于《私生子》的谈话[M].张冠尧,桂裕芳译,狄德罗美学论文选,北京:人民文学出版社,1984:121.
[③] (法)狄德罗.关于《私生子》的谈话[M].张冠尧,桂裕芳译,狄德罗美学论文选,北京:人民文学出版社,1984:364.

自然和真实表现给我们看。"① 文艺的真实性乃是通过摹仿自然，忠实地表现自然来实现的。

狄德罗所讲的对自然的摹仿，与古典主义者对自然人性的摹仿是有所不同的。古典主义者崇尚理性，强调摹仿古人和贵族的生活趣味与情调。布瓦洛要人们好好地认识都市，研究宫廷，注重的是宫廷生活和贵族社会。而狄德罗则强调要到广阔的社会生活中去，到下层人民中间去。同时，狄德罗所强调的摹仿，又不只是对对象的消极描摹。与亚里士多德一样，狄德罗强调文学不是历史，要与想象中的理想范本保持一致。狄德罗的理想范本首先是来自生活，为作家创造的生动具体的形象，而这形象又是诸多范本的典型化，因而体现了艺术家的理想。这种理想的范本又体现了艺术家探求事物的内在真实，即具有普遍性和概括性，又通过具体生动的形象表达出来，而不同于一般的消极摹写者。

三、关于艺术想象的理论阐述

狄德罗在《论戏剧诗》中，较为集中地谈到了艺术想象问题。他首先把想象能力看成是人的一种基本能力。他说："想象，这是一种素质，没有它，人既不能成为诗人，也不能成为哲学家、有思想的人、有理性的生物，甚至不能算是一个人。"②

狄德罗对想象的界定是："想象是人们追忆形象的一种机能。"③ 他将想象和逻辑推理进行比较，认为推理是实然的，想象是必然的："把一系列必然相联的形象按照它们在自然中的先后顺序加以追忆，这就叫做根据事实进行推理。如已知某一现象，而把一系列的形象按照它们在自然中必然会先后相联的顺序加以追忆，这就叫做根据假设进行推理，或者叫做想象。"相比之下，"诗人善于想象，哲学家长于推理。"④ 想象有助于诗人更真实地描述事物间的联系，而推理则有助于哲学家总结事物的一般规律。

---

① （法）狄德罗. 关于《私生子》的谈话 [M]. 张冠尧，桂裕芳译，狄德罗美学论文选，北京：人民文学出版社，1984：213.
② （法）狄德罗. 论戏剧诗 [M]. 徐继曾，陆达成译，狄德罗美学论文选，北京：人民文学出版社，1984：161.
③ 同②.
④ （法）狄德罗. 论戏剧诗 [M]. 徐继曾，陆达成译，狄德罗美学论文选，北京：人民文学出版社，1984：163.

在艺术创作的过程中，想象是基于假设的虚构，和热情紧密相连。他把这种情形描绘为"想象力活跃了，热情迸发了。人们不断地为之惊奇、感动、气愤、恼怒。如果没有热情，人们就缺乏真正的思想"①。

与历史相比，文学离不开逼真。历史重在记录所发生的事实，而文学则重在通过描写来感动人，这就必须通过想象进行虚构，使不在眼前的事物重现在眼前，获得形象的表象。文学虽然运用了虚构，不完全忠实于事实，却揭示了事物间的必然联系，"在他的作品的整个结构中贯穿一个明显而容易察觉的联系。所以比起历史学家来，他的真实性虽然少些，而逼真性却多些。"②这种逼真的要求，是既要充分地发挥出想象力，显得奇异、新颖，又要体现出自然的秩序。"重要的一点是做到奇异而不失为逼真，当自然容许以一些正常的情况把某些异常的事件组合起来，使它们显得正常的话，那么，诗人只要遵照自然的秩序，是可以做到这一点的。"③

当然诗人的想象也不是痴人的梦呓，而是要限定在一定的范围和秩序之中。"诗人不能完全听任想象力的狂热摆布，诗人有他一定的范围。诗人在事物的一般秩序的罕见情况中，取得他行动的范本。这就是他的规律。"④

四、提出建立严肃喜剧

狄德罗在著作中重点讨论了戏剧问题，特别是在1757年写的《和多华尔〈关于私生子〉的谈话》和1758年写的《论戏剧艺术》中。为了突破古典主义对戏剧创作的限制，狄德罗详细地解释并说明了他个人对戏剧的观点，特别提出了建立严肃喜剧的主张。

在情节问题上，狄德罗继承亚里士多德的看法提出戏剧情节要奇异而不失为逼真。就是说它既要"超出一般事物简单平淡的一致性"，表现为"令人惊奇的

---

① （法）狄德罗.关于《私生子》的谈话[M].张冠尧，桂裕芳译，狄德罗美学论文选，北京：人民文学出版社，1984：59.
② （法）狄德罗.论戏剧诗[M].徐继曾，陆达成译，狄德罗美学论文选，北京：人民文学出版社，1984：157.
③ （法）狄德罗.论戏剧诗[M].徐继曾，陆达成译，狄德罗美学论文选，北京：人民文学出版社，1984：161.
④ （法）狄德罗.论戏剧诗[M].徐继曾，陆达成译，狄德罗美学论文选，北京：人民文学出版社，1984：163.

故事"；另一方面它又是可能、可信的，"比起历史学家来，他的真实性虽然少些，而逼真性却多些。"对于古典主义的"三一律"法规，狄德罗认为"'三一律'是不易遵循的，但却是合理的"①。但他同时谈到，遵守"三一律"不应妨碍创新，不应妨碍反映生活真实。他反对根据某些典范作品制定出清规戒律。

根据现实的需要，狄德罗提出要建立新的符合资产阶级理想的严肃喜剧来取代古典主义戏剧。这是由启蒙运动时期市民的需要所决定的。剧中的人物也由封建时期的帝王将相变为普通市民和新兴的资产阶级，这些人物过去在喜剧中充当被人取笑的角色，希望取代帝王将相在舞台上的地位。在此背景下，狄德罗突破了悲剧和喜剧的限制，主张创作"严肃喜剧"，也就是市民剧，满足时代发展的需要。而当时英国流行的一种感伤剧，又称"流泪的喜剧"，为狄德罗提供了实践依据。这种感伤剧用散文的语言，充满情趣，以普通家庭日常的生活为题材，针砭当时贵族阶层的道德堕落，讴歌资产阶级道德的高尚。狄德罗以此戏剧样式为基础，从理论上进行概括和修正，提出了"严肃喜剧"的概念。

狄德罗指出，法国戏剧仅有两种主要形式，这与现实情况并不相符，因为"人不总是在悲哀里和喜乐里"，悲剧和喜剧之间应该有一个"中间的类别"，即严肃喜剧，即今天所说的正剧。处在愉快的喜剧和悲剧之间，应该有严肃的喜剧，以人类的美德和本分为主题。他认为严肃喜剧应该以家庭题材与宫廷题材相对立，"表现自然中发生的一切"；应该用市民形象来替代贵族形象，用高尚的市民来抨击堕落的贵族，提高市民的声望。由此出发，他主张新剧种应具有帮助和引导人们"爱道德、恨罪恶"的社会作用，作为法律的补充和为道德服务的手段。他认为市民剧应使全国人民严肃地考虑问题而坐卧不安，让人们抛弃偏见、革除弊端，甚至使作恶多端的人能从善如流。

五、着力于性格与情境的对比

在塑造悲剧角色的性格方面，狄德罗不支持古典主义通过性格差异来突出特定性格的方法，认为这样使性格过于简单化，而且为了突出性格所增加的情节容易分散观众的注意力。他主张在特定情境中展现角色的性格，强调性格和情境的

---

① （法）狄德罗.论戏剧诗[M].徐继曾，陆达成译，狄德罗美学论文选，北京：人民文学出版社，1984：45.

对比，使角色的性格在情境中得以展现。狄德罗认为，严肃喜剧"所要描写的不应当是性格而是社会状态"，是情境。因为"人物性格是由他们所处的情境来决定的"，古典主义的戏剧在刻画代表角色时显得孤立和静止，角色性格与情境脱节，十分单调。狄德罗指出，如果性格与其所处的情境无关就会变得抽象。"现在情境却应变成主要的对象，而人物性格则只能是次要的"[①]，情境"应该成为作品的基础"。

很多关键细节可以在情境里展现出来，特别在产生激烈冲突时，角色性格能够得到更完整的呈现。因此，"人物的处境愈棘手愈不幸，他们的性格就愈容易决定。""你的人物所要度过的 24 小时是他们一生中最动荡最颠沛的时刻"，要"把他们安置在尽可能大的困境之中"。这其实意味着需要为角色创造一个最能展现其性格的情境。只有这样，"人物的处境才有可能更有力地激动人心"，也只有这样，才能最充分地揭示出人物的性格。这种对情境的强调，影响了后来的黑格尔。

六、文艺的效用

狄德罗重视文艺的道德教育作用，他认为一部戏剧作品的目的，乃在于"引起人们对道德的爱和对恶行的恨"。他认为文艺作品宗旨乃在于彰善瘅恶："使德行显得可爱，恶行显得可憎，荒唐事显得触目，这就是一切手持笔杆、画笔或雕刻刀的正派人的宗旨。"[②] 这与他继承古罗马贺拉斯的"寓教于乐"说是分不开的。

在此基础上，他进一步主张，各民族都有自己的戏剧，政府可以通过戏剧来达到移风易俗的目的。"任何一个民族都需要适合于他们的戏剧，假使政府在准备修改某项法律或者取缔某项习俗的时候善于利用戏剧，那将是多么有效的移风易俗的手段啊！"[③] 在讨论到道德剧时，狄德罗更强调戏剧的震撼人心的作用，"帮助法律引导我们热爱道德而憎恨罪恶，人们将会得到多大的好处！"[④] 他认为这些

[①] （法）狄德罗. 狄德罗美学论文选[M]. 张冠尧译，北京：人民文学出版社，1984.
[②] （法）狄德罗. 论戏剧诗[M]. 徐继曾，陆达成译，狄德罗美学论文选，北京：人民文学出版社，1984：411.
[③] （法）狄德罗. 论戏剧诗[M]. 徐继曾，陆达成译，狄德罗美学论文选，北京：人民文学出版社，1984：204.
[④] （法）狄德罗. 论戏剧诗[M]. 徐继曾，陆达成译，狄德罗美学论文选，北京：人民文学出版社，1984：138.

作品应该引起作家深沉的思考，"使全国人民因严肃地考虑问题而坐卧不安。那时人们的思想将激动起来，踌躇不决，摇摆不定，茫然不知所措；你的观众将和地震区的居民一样，看到房屋的墙壁在摇晃，觉得土地在他们的足下陷裂"[①]。引起了人们对国家和前途命运的深刻思考。

对于向来受人轻视的喜剧，狄德罗也高度强调了它的教育作用。他称阿里斯托芬这样的喜剧作家"应该是政府的瑰宝，假使它懂得怎样使用他的话"[②]，并说阿里斯托芬的喜剧甚至可以代替法律对罪犯进行惩罚。这种说法过分夸大了喜剧艺术对人的心灵的作用，有些矫枉过正，但对纠正人们历来轻视喜剧的教化作用，有着重要的意义。

为了使戏剧满足道德教化的目的，剧作家首先应该是一个有德行的人。既然狄德罗赋予作家以崇高的教化使命，作家自身的修养和人格在他看来就显得非常重要。"真理和美德是艺术的两个密友，你要当作家，就请自己先做一个有德行的人"，因为"如果道德败坏了，趣味也必然会堕落"。作家只有自身是伟大的，才能写出伟大的作品，才能通过真理和美德感动人。不同于古典主义者，狄德罗以资产阶级的立场倡导资产阶级的道德观念。

第三节　德国启蒙运动文艺理论概说

18世纪，德国的启蒙运动是伴随着人民的自觉思想和人民的民族统一思想而来的。此时，为民族的统一而斗争，成为德国启蒙运动的第一个任务。德国启蒙运动的主体事件是18世纪70年代的"狂飙运动"上。"狂飙运动"又名"狂飙突进运动"。它是资产阶级反对封建束缚、要求个性解放的狂热的个人反抗情绪的反映。这个运动是由一群青年诗人发动的，其中包括歌德、席勒、赫尔德尔、克林格等人。

"狂飙突进"的名称就来自克林格的剧本《狂飙突进》。这个剧本反映的是

---

① （法）狄德罗. 论戏剧诗[M]. 徐继曾，陆达成译，狄德罗美学论文选，北京：人民文学出版社，1984：139.
② （法）狄德罗. 论戏剧诗[M]. 徐继曾，陆达成译，狄德罗美学论文选，北京：人民文学出版社，1984：145.

反抗思想。剧中的青年主人公维尔德说："让我们发狂大闹，使感情冲动，好像狂风中屋顶上的风标。在粗野的吵闹中我不止一次地感到畅快，心中仿佛觉得轻松"。可见，这个运动的实质就是一种反抗精神的集中。"在狂飙中忘怀一切"，陶醉在动荡的状态之中，这就是狂飙分子的思想。这种思想既反映了他们的反抗情绪，又反映了他们不知道如何改变现实的迷惘状态。尽管"狂飙突进运动"由于没有明确的政治纲领，所以很快就低落下去了，但它对文艺的影响却是很大的。"狂飙突进"的作者都写了不少启蒙作品和文艺理论著作。席勒的《强盗》就反映了"狂飙突进"的思想情绪。

启蒙运动的发展、"狂飙突进"的影响，为当时德国文学提供了丰富发展的肥沃土壤。在这块土壤上出现了许多杰出的作家，同时也出现了许多伟大作家的许多重大的文艺理论著作。

一、康德的文艺理论

（一）生平及著作

康德（1724—1804年）是德国古典哲学和美学的奠基人。康德出生在一个手工业者的家庭，1745年在寇尼斯堡大学毕业。毕业后曾任家庭教师，后又历任寇尼斯堡大学讲师和教授。1770年以前，康德非常注意自然科学研究，他发表了《自然通史和天体理论》（1755年）。在这部著作中，他提出著名的关于太阳系起源的假说。假说认为，宇宙起初时是一团稀薄的云雾状的物质粒子，由于引力和斥力的作用，这一团云雾状的物质粒子才渐渐变成太阳、行星和卫星。这一假说推翻了牛顿关于太阳系自从被上帝第一次推动以后就永恒不变的唯心论形而上学的观点。

1770年升任大学教授以后，康德专门从事哲学研究，先后写了《纯粹理性批判》《实践理性批判》和《判断力批判》。《纯粹理性批判》是研究哲学的，专门探讨的是"知"的功能，是研究人类知识在什么条件下才是可能的；《实践理性批判》是伦理学，是研究意志的功能，研究人凭什么最高原则去指导道德行为的；《判断力的批判》前半部研究美学，后半部是目的论，专门研究情感（快感或不快感）功能，寻求人心在什么条件下才能感觉事物美（美学）和完善（目的论）。

这三大批判，组成了康德的完整的哲学体系。其中美学的研究，反映了康德的文艺思想。

康德的哲学观点，承认在人的意识之外存在着一个客观世界，这个客观世界就是"物自体"世界。但他认为物自体是不可知的，是超乎经验之外的，是人的认识能力所不能达到的"彼岸世界"。这就是说，世界是不可知的，人的认识是有限的。那么人的知识是怎么来的呢？知识来源于先天的经验。这也就是说，人主观上先天地就有各种感觉的形式和逻辑的范畴。人把多种先天的感性形式和逻辑的范畴加到客观世界的现象中去，就形成了知识。这也就是说，人的知识是先验的，这是一种主观唯心主义的观点。

康德的这种哲学观点，是与他的政治观点相适应的。在政治上，康德一方面接受了法国启蒙思想家的某些资产阶级民主主义观点，反对世袭贵族，主张法制共和，另一方面又认为贵族等级制度还可以存在。这种政治上的不彻底，反映在哲学上也不可能是革命的，所以是唯心的。

（二）《判断力批判》中的文艺理论

康德的文艺理论见于他的《判断力批判》，其主要观点有下列几方面。

1. 艺术与意志和目的相联系

康德探讨了艺术与自然的区别，得出艺术与意志和目的相联系的结论。康德认为，艺术有别于自然。他在《判断力批判》43节中说："艺术被区别于自然，像动作被区别于行为或作用一般，而成品，或前者（艺术）所产生的结果，作为作品被区别于后者的结果，即效果。"这就是说，艺术需要创造，而自然只是在动作和行为（在运动中发展变化）中发生作用。而艺术的创作又必须通过自由意志和理性，是有目的和意识的。康德说："正当地说来，人们只能通过自由而产生的作品，这就是通过一意图，把他的诸行为筑基于理性之上，唤做艺术。"这也就是说，人们只能把以理性活动为基础的意志活动的创造叫做艺术。动物的理性的、意志的活动，无论其产品多么精妙，也不能叫艺术。蜜蜂的蜂巢制作非常精妙，甚至一些建筑家也达不到，但它只是本能的天性的产物，那里没有理性的思索，所以不是艺术，因为"作为艺术只能意味着是一创造者的作品。"这个"创造者"是有理性意志的，他是先有了一个目的，然后再按照这个目的去创造形象的。

2. 艺术不可能经传授就学到手

康德探讨了艺术与科学的区别，得出科学是可以传授摹仿学习的，而艺术则是不可能经传授就学到手的结论。康德认为：艺术作为人们的技巧也和科学区分着。这个区别在于科学著作里所写的一切，人们完全可以学习；虽然论述出这一切来，需要一个伟大的头脑。但人们不能巧妙地学会做好诗，尽管对于诗艺有许多详尽的诗法著作和优秀的典型。作为科学家的牛顿，可以"把他的一切步骤，从几何学的最初原理达到他的伟大的深刻的发明，不单是能对自己，也能对于每个个别人完全直观地演出来并规定下追随的道路"；可是荷马和魏兰却不能向别人指示出他们的"幻想丰满而同时思想富饶的观念是怎样从他们的头脑里生出来并且集合到一起的，因为他们自己也不知道，因而也不能教给别人"。所以康德说：在科学里面最伟大的发明家和最辛勤的追随者和学徒也只是程度上的差别；与此相反，对艺术获得天赋的人是和他们却有种类上的区别。

3. 艺术既与游戏相通又是自由的活动

康德探讨了艺术与手工艺的区别，得出艺术是与游戏相通的、艺术是自由的活动的结论。康德说："艺术还有别于手工艺，艺术是自由的，手工艺也可以叫做挣报酬的艺术。人们把艺术看作仿佛是一种游戏，这是本身就愉快的一种事情，达到了这一点，就算是符合目的；手工艺却是一种劳动（工作），这是本身就不愉快（痛苦）的一种事情，只有通过它的效果（例如报酬），它才有些吸引力，因而它是被强制的。"

康德把艺术看成自由的游戏，诗是"想象力的自由游戏"，音乐和颜色艺术是"感觉游戏的艺术。"康德认为，艺术的自由游戏产生于"快感"，"快感"产生于"满足感"。"满足仿佛总是人的整个生命得到进展的一种感觉，因而也是身体舒畅感或健康的感觉"。他举例说：一位印第安人在一位英国人家里初次看到一瓶啤酒打开时进出泡沫而感到惊奇。英国人问他为什么惊奇？印第安人回答说，啤酒泡沫流出来我倒不奇怪，我感到奇怪的是你们原先怎么把这些泡沫塞到瓶子里去的，这话就惹起一场大笑。康德认为，这笑的原因是：看到印第安人惊奇时期望知道为什么惊奇；听到印第安人的回答和所期望的毫不相干，期望突然消失；身体的突然松弛恢复了器官的平衡产生了快感，于是产生了笑。所以康德说："笑是一种情感激动，起于高度紧张的期望突然间被完全打消。"

康德这种把艺术看成自由游戏的观点，与艺术是与理性目的相联系的观点是矛盾的。另外，康德把艺术与劳动对立起来，认为劳动是痛苦的，这在资本主义时代是事实。到了共产主义时代，劳动将成为第一需要，将成为自由的活动。它本身就含有艺术性，这是康德没有也不可能看到的。

4. 艺术创作的天才理论

从审美角度得出"审美意象"的命题。在对艺术天才的理解上，康德认为：天才是替艺术定规则的一种方法（天然资禀）。艺术是貌似自然的，它不能没有规则，其他的规则可"定成公式，作为方剂来应用"，作为概念而存在，别人可以根据方剂进行摹仿，而艺术的法规（规则）不能"定成公式，作为方剂来应用"，不能以概念存在着。

天才的创作须有典范性、具有意义。"虽有独创性，但无意义的东西"不是天才的创作。"天才的诸作品必须同时是典范。""这就是说必须是能成为范例的。它自身不是由摹仿产生，而它对于别人却须能成为评判或法则的准绳。"这里说到了天才创造的品质，不是说任何的独创都是天才，只有能够成为典范的独创才能成为天才。典范性是天才的第二个特征。

天才创造出来的作品，其创作的方法不是自己能说得出来的，这是因为天才的第三特征——自然性。天才是如何创作出作品的，这一点，并不是他自己能解释清楚的，因为这是自然赋予他的法则，它自然而然地创作出了作品。这种作品取决于一个人的天赋，创作者并不知道他的思想观念是如何在他的心中建立起来的，这些思想观念也不是他自己所能控制的，因此他不能随心所欲地按计划把它们想出来，然后用标准的形式把它们表达出来，所以，不是所有人都能创作出一样的作品。

天才只限于美的艺术领域。那也就是说，只有艺术创造里才有天才，科学里没有。在对天才创造作品的过程的理解上，康德提出了"审美意象"的命题。康德认为：一部天才的作品必须要有灵魂，而这灵魂是指心灵中起灌注生气作用的那种原则。所谓"灌注生气作用的原则"，无非是显现审美意象的能力。"审美意象"，实际指的是由想象力所形成的一种形象显现。在这种形象的显现里面，可以使人想起许多思想，然而，又没有任何明确的思想或概念，与之完全相适应。因此，语言就永远找不到恰当的词来表达它，使之变得通俗易懂。那么，这个"意象"又是怎样由想象力创造出来的呢？这就要求将某些无形的事物，如上帝、天堂、地狱、魔鬼、永恒等转化为可感知的事物；或者将死亡、永生、嫉妒以及爱情、自由、荣耀等经验中存在的事物在想象力的帮助下具象化，在具象化的过程中，让这些事物得到升华，上升到一定理性高度，以至于自然本身都变得渺小起来。这种方法的目的，就是要超越经验的界限，以便使理性的概念（也就是理智的观念）显现，使这些概念具有客观实在的形象。从这里可以看出，康德所说的"审美意象"，实际是作家通过想象力所创造的那种体现作家某种意识观念的形象。这种形象是个别的具体的，高于自然本身的；实际上，就是作家借助想象力对于生活的典型化。所谓"形象显现"实际就是典型化的过程。看一看康德给"审美意象"所下的一些定义性的概括就更可以清楚了。诸如："想象力作为一种创造性的认识能力，是一种强大的创造力量，它从实际自然所提供的材料中，创造出第二自然。在经验看来平淡无味的地方，想象力却给我们提供了欢娱和快乐。我们甚至用想象力来重新把经验加以改造，当然，这种改造是根据类比律、根据理性中更高的原则来进行的。""其结果，我们就可以把从自然中按照联想律所借用来的材料，进行加工，改造成为另外的某种东西——也就是超过自然的某种东西"。

这里所说的"第二自然"和"超过自然的某种东西"，实际就是经过典型化（对生活加工改造的过程）所创造出来的艺术品；这里所说的"类比律""联想律""理性中更高的原则"，实际就是艺术家加工改造自然的原始材料时所用以指导自己的理性概念，实际上也就是康德在《判断力批判》第七节中所谈的"美的理想"。艺术家就是按照自己的"美的理想"对自然进行加工改造，从而创造出具象化的"审美意象"的。这实际上就是创造典型的过程。

康德强调了创造"审美意象"（实际是典型形象）时离不开理性指导的思想。"美的理想"，也就是康德说的"美的标准"，是经验性的标准，它是由范例证实的、根深蒂固的一切所共有的东西；它是从经验中用想象力总结得来的平均印象。例如，观察一千个身体发育完全的人，用想象力把这一千人的印象叠合在一起，就可以得出人的平均身材。这就是美的人的身材（实际是"类型"，同类事物"共性"的体现）。这种关于美的人身材的观念，就是"美的理想"，实际上是人类在长期的历史经验中形成的带有传统性的观念。作家艺术家是按自己认为的"美"的传统性的观念来创造艺术形象的。

二、席勒的文艺理论

（一）生平及著作

弗里德里希·席勒是德国著名的作家、诗人和美学家。

1759年，席勒在符腾堡公国马尔巴哈城出生。他的父亲是个外科医生，他的母亲是一位面包师傅的女儿。席勒从小就是个文学爱好者，卢梭、莎士比亚等是他非常喜欢的作家，席勒也曾写过剧本。席勒在18岁的时候，就已经完成了他的第一部戏剧《强盗》，那时他还在一所军校学习。据说，这部戏剧在一家名叫曼海木的剧院里演出，并获得了不少人的喜爱。席勒没有经过公爵的同意，参加了演出，被关了半个月，而且公爵还禁止席勒写作。公爵的压迫使席勒忍无可忍，1782年9月，他秘密地离开了他出生的地方，逃到了国外。从那以后，他就经常到曼海姆和佛朗克福附近，为剧院创作戏剧。在此期间，他创作了《弗斯科》《阴谋与爱情》，之后《奥里昂的姑娘》《华伦斯坦》《威廉·退尔》等作品也都是他创作的。

席勒死于1805年5月9日。席勒在有限的生命里，写下了十多部戏剧巨著以及一批诗歌和理论作品。他是一位反暴制、反战、爱国、为前途而奋斗的伟人。

席勒的文艺理论著作主要有《论美书简》《审美教育书简》和《论朴素的诗与感伤的诗》等。

（二）《论美书简》中的文艺理论

《论美书简》又名《给克尔纳论美的信》，当时席勒正在研究康德的《判断力批判》，而且又受了歌德6—7年时间的影响。康德的美学思想是主观唯心主义的，歌德的理论强调艺术的客观性，两者在席勒的头脑里发生了矛盾，使他自己也形成了一套对于艺术的看法。因此，席勒想写一篇论美的"对话"，来阐明自己的文艺观点。

1792年12月21日，席勒给他的朋友克尔纳写了一封信。他在信中说："我看我已找到了美的客观概念，这是康德所找不到因而感到绝望的，按照它的本质，它就是审美趣味的客观标准。我想把我的思想写成一篇'论美'的对话，把它加以系统地阐述。"结果是"对话"没有写出来，可是却给克尔纳写了7封信。其中1793年2月28日那封信的题目是《论艺术美》，表现了他对艺术本质的理解。

席勒赞成康德所说的"自然美是一个美的事物,艺术美是一个事物的美的形象显现或表现"的看法,不过他认为还应加上一句,即"理想美是一个美的事物的美的形象显现或表现"。席勒相信,艺术的美,不是由表现材料呈现的,而是由表现形式呈现的。然而,席勒所谓的"形式"并非康德所指的物的表面形态,而是通过想象形成的完整的形象。这个形象是可以自由表现出来的,所谓"自由地表现出来",就是说"在一件艺术品中找到的只是被表现的那个对象的性质",它既不受材料或媒介的限制,也不受艺术家的主观性质的干预。这也就是说,被表现的对象的形象,应该征服塑造形象所使用的材料。例如,雕出来的人像完全应该征服作为媒介的石头。用席勒的话说,就是:在每一件艺术品里,材料必须消融在形式里,躯体必须消融在观念里,现实必须消融在形象显现里。大理石在形象上显现为一个人,可它在现实里却仍然是大理石,艺术家的本领应该做到使"本来硬而脆的大理石的性质必须沉没到软而韧的肤肉的性质里去",使观念的眼睛和感情不再回到石头上去,逼真得使人忘却它是石头雕的。

在艺术家与被表现的对象的关系上,席勒反对艺术家以自己的特性和癖好影响对象的性质,他认为那是主观的创作,且反对这种创作。他说:"如果诗表现的对象的特性由于艺术家的精神特性而遭受损失,我们就说,那种表现就会是矫揉造作的。"因此他认为,"表现上的纯粹客观性是好的风格的特质,是艺术的最高原则"。他以当时演《哈姆雷特》的两个演员为例,说演哈姆雷特的艾克霍夫"正像一块大理石,从这块大理石里,他的天才刻画出一个哈姆雷特,他自己(演员的人身)完全沉没到哈姆雷特的艺术的人身里去,因为要引人注意的只是形式(哈姆雷特的性格)而绝不是材料(演员的人身)";演国王的布鲁克"在每一个动作里都笨拙而讨嫌地显示他自己",他"缺乏真知灼见,不会按照一种观念(意象)去就材料(演员的躯体)造形。"

在《论美书简》里,席勒还探讨了诗人在创造形象时征服材料的困难,因为诗人用的媒介是文字,文字作为抽象符号"具有通向一般的倾向"(即引起诉诸理解力的概念),而诗人的任务却在于要表现具体的个别的事物形象,使它通过感官而显现于想象力。"语言把一切摆在理解力的面前,而诗人却应把一切带到想象力的面前(这就是表现),诗所要求的是观照(对形象的感觉),而语言却只提供概念。"

席勒强调艺术创造的客观性，这对反对康德的"材料来自客观世界，形式来自艺术家主观创造"的片面看法，是有意义的。但席勒本身也陷入了片面性。实际上，艺术家创造艺术形象的时候不可能不掺入主观的成分。因为他要创造的艺术形象并不是一个现成的客观形象，而是客观材料加上主观世界的改造而形成的主客观统一体。艺术家要塑造这样的一个艺术形象，就必然带进主观世界的成分。就以演员来说，他确实不应是"自我表现"，而应是体现"人物的性格"，可是剧本塑造的人物却因演员的体会而有不同，所以舞台上塑造出来的形象必然掺入了主观的成分。另外，作家要表现的客观世界（生活）与所使用的媒介并不是一回事，使用的媒介对创造形象是有一定影响的。莱辛就看到了这个问题。

（三）《审美教育书简》中的文艺理论

在《审美教育书简》中，席勒提出了艺术起源于游戏的观点，这是对康德的艺术是一种"自由的游戏"的思想的发展。

席勒认为，人并不满足于自然的需要，他要求有所剩余。起初只不过是物质的剩余，保证他的享受可以超过他眼前的必须；但随后是一种附加于物质的剩余，一种审美的补充，从而满足他对于形式的欲望，把享受扩展到必须的范围以外去。而艺术的产生就是"附加于物质的剩余"，即"审美的补充"的结果，它像其他生物的过剩精力一样，过剩精力形成游戏（在人形成艺术活动）。在游戏中，动物看到了自由；在艺术中，人看到了自己的"巧妙智慧"，从而获得真正的自由。

席勒还认为，产生艺术的过剩精力的发挥是人的自然本性，与动物的过剩精力的发泄是相似的。他说："昆虫在阳光下鼓翼而飞，充满了生命的欢悦；我们所听到的鸟儿的和谐的歌声，显然也不是表示缺少了什么而啼唤。"在这些活动中，无可否认地存在着自由，虽然这种自由并不是为了摆脱所有的需要，而只是摆脱一定的外在需要。席勒甚至认为植物都有过剩精力的发泄，"树生出无数的芽来，大多没有长大就死亡了。它为了吸取营养长出的根、枝和叶，数量之多，也远远超过了维持生存和传神的需要"。"树在它的浪费和多余中交还给大自然的东西，既没有被使用，也没有被享受，但是生物却可以在其欢娱的生活中，把这些东西消耗掉。"

席勒认为，人的艺术活动也是在消耗人的过剩的精力，这种过剩的精力与想象结合起来，创造出艺术作品使人得到愉快的享受。席勒这种艺术起源于游戏的说法看到了文艺的娱乐作用,这是理论上的贡献;但是把艺术看成游戏的产物,把艺术和游戏看成同是不带实用目的自由活动和过剩精力的表现,这就是唯心主义的观点了。

马克思主义认为,艺术是起源于劳动的,它从来就是为基础服务的。例如,诗歌来源于劳动号子;乐器来源于劳动工具;绘画的目的是传授生活的经验;神话来源于人类征服自然的愿望与现实矛盾的一种假想。因此,纯粹无目的的艺术是不存在的。席勒过分地夸大了艺术的教育作用。他认为人类只有在艺术中可以获得自由,社会只有在艺术的感染中才能得到改造。

席勒看到了资本主义社会的矛盾,但是他不理解资本主义社会矛盾的根源,所以他自然也找不到改造社会的阶级力量。他在《审美教育书信》第五封中写道:"我们在那些比较低下的,人数众多的阶级中看到了一种粗暴的,不受法律约束的自发的力量,它想挣脱一般社会秩序的羁绊,带着无法驾驭的狂暴去追求自己兽性的满足。"他不信任蕴藏在人民内部的创造力;对于上层阶级,他认为他们那副"萎靡不振,本性堕落的更令人厌恶的面貌"更令人嫌恶。从统治阶级那里也没有得到什么办法,那么就只有艺术才能改变社会。他相信,在这个世界上,能实现教育目的的工具就只有艺术,因为艺术并不会被人的自私的欲望所左右。

把艺术看成是改造社会的力量,似乎与席勒主张的艺术起源于游戏说和艺术创造需摒弃艺术家主观干扰,是矛盾的。但是这种观点在席勒看来却是统一的。席勒认为,社会的改造在于使人获得自由,但是,这种自由并不是指可以自由地行使和享有政治权利,而是指释放心灵,解放灵魂,形成自由的人格,所以,要想获得真正的自由,就必须进行审美教育,而不是政治改革或经济改革。或者说,应该先进行审美教育再进行经济改革或政治改革。这也就是说,人们只有通过美育的途径才能获得"自由"。

席勒把古希腊社会与现代社会对比,说明资本主义时代人性堕落的原因。他认为,古希腊社会组织单纯,还没有造成社会与个体的分裂和人格内部的分裂,所以希腊人"能把想象的青春性和理性的成年性结合在一个完美的人性里";而近代社会,由于"划分一切的理智",造成了社会与个体以及个体内部的分裂,科学技术的分工和国家机器造成了社会的分裂,人性的内在联系也就被割裂开去了,一种致命的冲突就使得本来处在和谐状态的人的各种力量互相矛盾了,于是人心腐化。正是基于这种认识，席勒才把审美教育定为治疗社会的方剂，认为审美可以恢复人性的完整，可以恢复社会的和谐和团结一致。席勒解决社会矛盾的药方，显然是不会灵验的。资本主义社会的病根在于"欣赏与劳动脱解，手段与目的脱解，努力与报酬脱解"，在于经济基础、生产关系的弊病，在于"劳动异化"，而席勒却把它看成是人性的堕落，自然得出错误结论。由于他把"完整人格"和"优美心灵"当成最高理想，所以自然想到美育对心灵的改造作用，自然夸大了艺术的作用。

（四）《论朴素的诗与感伤的诗》中的文艺理论

在《论朴素的诗与感伤的诗》中，席勒探讨了古典主义与浪漫主义文艺的特征，探讨了这两种创作方法统一的可能性。

席勒所说的"朴素的诗"就是"古典主义"的诗，也就是现实主义的诗；席勒所说的"感伤的诗"就是近代诗，也就是带有浪漫主义色彩的诗。席勒认为，古典主义的朴素诗表现的是自然。人与外在世界是统一的，人与外在自然没有分裂，因而是健康朴素的；到了近代，朴素的自然由于社会的矛盾和人性的内在的分裂而失去了，生活情况和道德习俗各方面都违抗自然，所以是感伤的。浪漫主义的诗或曰感伤的诗，就像"一个病人想望健康的情感"一样，是在"追悼消逝的童年和儿童的天真的那种情感"。

在席勒看来，古典主义是健康的，浪漫主义是病态的。在两者中间，"诗人或则就是自然，或则追寻自然，二者必居其一。前者使他成为朴素的诗人，后者使他成为感伤的诗人"。

席勒认为，"古典主义"（现实主义）摹仿的是现实，浪漫主义表现的是理想。"古典主义"从必然规律出发，从印象到感觉，从现实到理想，都依据客观世界的规律，都是直接的；浪漫主义从理想出发，表现的是人对自然的追寻，反映的是由现实提升的理想。"古典主义"是纯客观的，浪漫主义是透过主观反映客观。在这里，席勒把朴素诗理解为"现实主义"，把感伤诗理解为"理想主义"，较早地运用了"现实主义"这个名词。席勒认为，这两种创作方法是可以统一的，"但是还有一种更高的概念可以统摄这两种方式。如果说这个更高的概念与人道观念叠合为一，那是不足为奇的"。

但是，作为艺术家的席勒，在进行创作的时候却违背了作为理论家的席勒，他不但没有很好地把现实主义和浪漫主义结合起来，反而过分强调了理想，强调了诗人的主观世界，使自己走向从概念出发的创作道路。对于席勒的这种倾向，歌德在他与爱克曼的谈话中不止一次地进行了批评。歌德批评了席勒想把"感伤诗"与"朴素诗"完全区分开来的企图，批评了他把理念看得高于一切的思想。歌德说："席勒对哲学的倾向损害了他的诗，因为这种倾向使他把理念看得高于一切自然，甚至消灭了自然。凡是他能想到的，他就认为一定能实现，不管它是符合自然，还是违反自然。"

席勒这种从概念出发的创作倾向，就是马克思恩格斯批评的"为了理想而忘掉了现实"的倾向。对于马克思恩格斯所批评的这种倾向，席勒自己在当时也是逐渐认识到了的。1797年6月18日，席勒给歌德的信就说明了这个问题。他在信中说："你愈来愈使我摆脱从一般走向个别的倾向，引导我走上相反的路，从个别事物走向伟大的法则。"

总之，席勒对艺术创作的方法有了比较清楚的认识，多次提出"现实主义"的朴素诗与浪漫主义的感伤诗的分别，并看到了两者统一的可能，这是在理论上的贡献；在对艺术的本质和艺术的起源的理解上有片面性，他也看出其合理的内核，即艺术毕竟是有娱乐性的；他看到了艺术的作用，是对的，但又夸大了艺术的作用，是片面的。

三、歌德的文艺理论

（一）生平及著作

歌德，全名约翰·沃尔夫冈·歌德，生于莱茵河畔的法兰克福。他的祖父是一个裁缝匠，迁居到法兰克福以后成为一个饭馆的主人。在歌德四岁的时候，祖母曾经给他一套傀儡玩具，通过傀儡戏玩具，他很早就接触了浮士德的故事。

歌德很小时就开始学习法语、英语、拉丁语、希腊语和希伯来语，读了罗什托克的《救世主》和民间故事等书。同时，因为普法战争法军占领法兰克福，使他有机会看到了法国戏剧家莫里哀、高乃依、拉辛等人的戏剧。1765年，歌德入莱比锡大学学习法律，同时开始文学创作。他在大学里，对自然科学和艺术很发生兴趣。他读了温克尔曼的《古代艺术史》，写了一些抒情诗。1770年，他又到斯特拉斯堡大学学习，一直到1771年8月结束后又回到故乡法兰克福。在斯特拉斯堡大学时期，他结识了青年朋友瓦格纳、棱茨等人，在他们的影响下参加了狂飙突进运动与作家赫尔德尔的结识，对歌德走上文学道路影响尤其大。赫尔德尔善于批评，他常常指出歌德创作上的缺点。赫尔德尔带他从老太婆口里搜集民歌，使他更多地接触了民间文学。歌德的《野地里的小玫瑰花》一诗，就是根据所搜来的一首民歌改写而成的。赫尔德尔介绍他读了莎士比亚、荷马、斯威夫特、菲尔丁、高尔斯密斯等作家的作品。在这时期，他写了赠给弗利德里克·布里昂的抒情诗，同时开始计划写作《葛兹·伯里欣根》和《浮士德》。

歌德一生写了许多作品，其文艺思想是他创作经验的总结。他的文艺观点，主要见于他和爱克曼的谈话以及他关于艺术的格言和感想。歌德的创作尽管充满浪漫主义，例如《浮士德》，但他在理论上却极力主张现实主义。他处处与席勒对比，有时也批评雨果。

（二）认为艺术与自然存在辩证关系

在对艺术与自然关系上，歌德既看到了自然是艺术的源泉，又看到了艺术高于自然的性质。歌德对爱克曼说："自然永远是美的，它使艺术家们绝望，因为他们很少有能完全赶上自然的。"这也就是说，就整体来说，艺术永远赶不上自然，艺术只能反映自然的一部分。

在艺术与自然的关系上，还有一个重要的方面，那就是艺术高于自然的一面。歌德就吕邦斯的一幅好像违反了自然规律的画说："吕邦斯正是用这个办法来证明他伟大，显示出他本着自由精神站得比自然要高一层，按照他的更高的目的来处理自然。光从相反的两个方向射来，这当然是牵强歪曲，你可以说，这是违反自然。不过尽管这是违反自然，我还是要说他高于自然，要说这是大画师的大胆手笔，他用这种天才的方式向世人显示：艺术并不完全服从自然的必然之理，而是有它自己的规律。""艺术家在个别细节上当然要忠实于自然，要恭顺地摹仿自然，他画一个动物，当然不能任意改变骨骼构造和筋络的部位。如果任意改变，就会破坏那种动物的特性。这就无异于消火自然。但是，在艺术创造的较高境界里，一幅画要真正是一幅画，艺术家就可以挥洒自如，可以求助于虚构，吕邦斯这幅风景画里用了从相反两个方向的光，就是如此。"[①]

[①]（德）艾克曼.歌德谈话录[M].朱光潜译，北京：人民文学出版社，1978：136-137.

歌德指出，艺术家与自然存在两种关系：艺术家既是自然的主人，也是自然的奴仆。之所以说艺术家是自然的主人，是因为他使世间的一切材料都归顺于他的更高意旨，并为之服务；之所以说艺术家是自然的奴仆，是因为他必须利用世间的材料去创造，人们才能理解他所创造的东西。

歌德强调艺术家要有生活体验，就是因为艺术是离不开自然的。他认为，艺术家要想创造出优秀的作品，就必须到自然中去观察。歌德说："世界是那样广阔丰富，生活是那样丰富多彩，你不会缺乏作诗的动因。但是写出来的必须全是应景即兴的诗，也就是说，现实生活必须既提供诗的机缘，又提供诗的材料。我的全部诗都是应景即兴的诗，来自现实生活，从现实生活中获得坚实的基础。我一向瞧不起空中楼阁的诗。""不要说现实生活没有诗意。诗人的本领，正在于他有足够的智慧，能从惯见的平凡事物中见出引人入胜的一个侧面。必须由现实生活提供诗的动机，这就是要表现的要点，也就是诗的真正核心。"

到生活中去找诗的机缘，实际上也包括选取能够表现自己目的的题材。歌德认为，诗人选材时要严格，处理时要认真。

（三）艺术创作从个别入手

歌德强调艺术创作要从个别入手。因为个别是事物的区别，就像一棵树上很难找到两片叶子形状完全一样，一千个人之中也很难找到两个人在思想感情上完全协调。歌德认为，艺术真正的难点就是对个别事物的掌握，艺术的真正生命正在于对个别特殊事物掌握和描述，作家到了描述个别特殊这个阶段，人们称为"写作"的工作也就开始了。正因为在歌德看来，"个别特殊"意味着"写作"的开始（离开"个别特殊"也就不是写作），所以他才劝爱克曼，无论如何必须全力使自己从观念中解脱出来。

歌德觉得，如果艺术家很一般，那么人人都可以模仿他；但是如果艺术家很有特点和个性，那么别人就难以模仿他。歌德认识到了个别中包含着一般的辩证思想，文学就是要从个别出发来体现一般的。他对爱克曼说："诗人应该抓住特殊，如果其中有些健康的因素，他就会从这特殊中表现出一般。英国历史特殊，适宜于诗的表现方式，因为其中有些经常重视的善良的、健康的、因而是带有一般性的因素。"这种思想，歌德也在《箴言与回忆》中充分表达过。他说："诗人是从一般寻取特殊呢，还是在特殊中望见一般，此中有着巨大的差异。"歌德认为，他与席勒的关系是"建立在两人的明确方向都在同一目的上"的,两个人的"活动是共同的";但是两人"设法达到这目的所用的手段却不相同。"歌德认为自己是"在特殊中显现一般",席勒"是为一般而找特殊。"

"在特殊中显现一般"就是从生活出发,把个别与一般统一起来,这就是后来一些理论中共性与个性的统一的典型理论。"为一般而找特殊",就是从概念出发,这就是席勒式的创作倾向。实际上,"在特殊中显现一般",这个"一般"也已经存在于作家的头脑中了。"一般"也是伴随着作家的创作过程的。"为一般而找特殊"的说法确实是概念当先了,但是在创作中,概念是伴随着形象一块诞生的,不用去找,自然也就有特殊在身边了。

(四)天才是一种创造力

歌德认为天才是一种创造力,天才来源于实践和学习。爱克曼与歌德谈到天才的时候,歌德说,"创造一切非凡事物的那种神圣的爽朗精神总是同青年时代和创造力联系在一起。拿破仑的情况就是如此,他就是从来没有见过的最富有创造力的人""天才和创造力很接近"。看来,歌德是把创造伟大事业的"创造力"视为天才的主要因素的。歌德认为:"天才这种创造力是产生结果的,长久起作用的。莫扎特的全部乐曲就属于这一类,其中蕴藏着一种生育力,一代接着一代地发挥作用,取之不尽,用之不竭。"

歌德把"天才"看成是长久地起作用的因素,看成是长久地起作用的创造力,认为没有发生长久作用的创造力就不是"天才"。这是一种把"天才"与创造实践联系起来的观点,是不同于那种唯心论的天才论的。看一个人是否有创造力、是否是天才时,歌德认为不能只凭他的作品或事业的数量。他说:"在文学领域里,有些诗人被认为富于创造力。因为诗集一卷接着一卷地出版。但是依我的看法,这种人应该被看作最无创造力的,因为他们写出来的诗既无生命,又无持久性。反之,哥尔斯密写的诗很少,在数量上不值得一提,但我还是要说他是最富于创造力的,正是因为他的少量诗有内在的生命,而且还会持久。"歌德认为,拿破仑是天才,因为无论在什么场合,无论在和平时期生活中还是在军事艺术中,无论是面对钢琴还是站在大炮后面,他都能显出天赋。

对于天才是怎样产生的这一问题,歌德的回答比康德前进了一大步。做出了唯物主义的结论。歌德认为"才能当然不是天生的。"伟大人物的伟大成就不应归功于他个人的所谓"天才",而应归功于当时社会动态和他接触到的前辈和后辈的教益,他只不过是伸手去收割旁人替他播种的庄稼。他说:"事实上我们全都是些集体性人物,不管我们愿意把自己摆在什么地位。……我们全都要从前辈和同辈学习到一些东西。就连最大的天才,如果想单凭他所特有的内在自我去对付一切,他也决不会有多大成就。可是有许多本来很高明的人却不懂这个道理,他们醉心于独创性这种空想,在昏暗中摸索,虚度了半生光阴。"他还说:"才能不是天生的,可以任其自便的,而是要钻研艺术,请教良师,才会成材。"歌德认为他自己"只不过有一种能力和志愿,去看去听,去区分和选择,用自己的心智灌注生命于所见所闻,然后以适当的技巧把它再现出来,如此而已"。他说:"我不应把我的作品全归功于自己的智慧,还应归功于我以外向我提供素材的成下上万的事情和人物……。我要做的事,不过是伸手去收割旁人替我种的庄稼而已。"[1]这种把天才与群众的贡献结合起来的观点,是符合历史唯物主义的实际的。

歌德还看到了天才作家与时代的关系。他认为莎士比亚的出现和当时创作不受干扰有关。

(五)指出"古典主义""现实主义"与"浪漫主义"的区别

和席勒一样,歌德也看到了古典主义、现实主义与浪漫主义的区别。他在1830年3月21日跟爱克曼谈话时说:"古典诗和浪漫诗的概念现已传遍全世界,引起许多争执和分歧。这个概念起源于席勒和我两人。我主张诗应采取从客观世界出发的原则,认为只有这种创作方法才可取。但是席勒却用完全主观的方法去写作,认为只有他那种创作方法才是正确的。为了针对我来为他自己辩护,席勒写了一篇论文,题为《论朴素诗和感伤的诗》。他想向我证明:我违反了自己的意志,实在是浪漫的,说我的《伊菲姬尼亚》由于情感占优势,并不是古典的或符合古代精神的,如某些人所相信的那样。"这段话说出了在歌德心目中"古典主义"与浪漫主义的区别:一个是"朴素的"、从客观出发的;一个是"感伤的"、从主观出发的。歌德还认为,"古典主义"具有"鲜明的轮廓",浪漫主义具有的则是"那种暧昧模糊的东西"。歌德说:"我把'古典的'叫做'健康的',把'浪漫的'叫做'病态的'。"[2]

---
[1] (德)艾克曼. 歌德谈话录[M]. 朱光潜译,北京:人民文学出版社,1978:250-251.
[2] (德)艾克曼. 歌德谈话录[M]. 朱光潜译,北京:人民文学出版社,1978:188.

看来，歌德是反对浪漫主义的。可是，他在实践上却把两者结合起来了。而且他主张的"在特殊中呈现一般"，实际上也是"古典的"与浪漫的相结合的思想，因为"一般"显然是一种思想。

第四节　莱辛和他的《拉奥孔》

一、生平及著作

莱辛（1729—1781年），德国著名的戏剧家、批评家和美学家，德国启蒙运动第二期的代表。他出身于萨克森小城卡曼茨的一个牧师家庭，自幼学习刻苦，被老师称为"一匹需要双份饲料的马"。在少年时代，他就学习了希腊文、拉丁文、英文和法文。他爱好希腊罗马古典文学和德国文学，并创作了自己的第一部喜剧《年轻的学者》。

1746年9月，莱辛奉父母之命，进入莱比锡大学学习神学，后又改学医学，但他的志趣主要是文学和哲学。《年轻的学者》上演获得成功后，他立志要做德国的"莫里哀"。1748年11月，莱辛来到柏林，成为德国文学史上第一个靠写作为生的职业作家。此后的12年间，他往来于柏林、维滕贝格和莱比锡之间，为生计奔波。他编辑多种刊物，于1753年至1755年陆续出版了六卷本《文集》，包括诗歌、寓言、剧本和评论，被车尔尼雪夫斯基称为"德国新文学之父"。另外，他还翻译了德莱顿的《论戏剧》、哈奇生的《论道德上善与恶的观念的根源》和《狄德罗先生的戏剧》，并介绍狄德罗的戏剧理论和作品。1760年10月至1765年5月，莱辛在布雷斯劳任普鲁士将军陶恩钦的秘书，研究古希腊的文化和艺术，以及宗教史和斯宾诺莎的哲学，这种经历影响了他的宗教观和历史观的形成。1765年，他回到柏林，1766年完成了美学名著《拉奥孔》。1767年4月，他应邀到汉堡担任民族剧院艺术顾问，并为第一年演出的52出戏撰写104篇评论，1769年辑成《汉堡剧评》出版。为谋求固定收入，莱辛于1770年到不伦瑞克公爵的沃尔芬比特尔图书馆当管理员。

莱辛一生穷困潦倒，在1776年与汉堡的一个寡妇结婚，但次年底妻子即死于难产。1781年2月15日，莱辛因脑溢血在不伦瑞克逝世。歌德、席勒和海涅等人均以崇敬的心情给他以极高的评价。他的主要文艺理论著作有《文学书简》《拉奥孔》和《汉堡剧评》等。

二、《拉奥孔》中关于诗与画的界限的论述

莱辛在《拉奥孔》中，从拉奥孔雕像群入手，通过对诗与画的艺术规律的比较论证，批评了温克尔曼主张"诗画同一"和崇尚"单纯静穆"的古典主义文艺观的片面性，把人的动作或行动提到了首位，确立和发展了现实主义的文艺理论，阐释了市民阶层的理想形象，反映了启蒙运动积极变革的时代精神。其目的在于建立统一的德国民族新文学，引导艺术家将艺术创造与反封建、反宗教的现实生活紧密地结合起来。

《拉奥孔》以"论画与诗的界限，兼论《古代艺术史》的若干观点"为副标题，清楚地指明了该著作所要论述的主旨。在希腊神话故事中，拉奥孔是特洛伊人的英雄，也是阿波罗太阳神殿中的祭祀。特洛伊的王子名叫巴里斯，他在造访希腊的时候，绑架了美丽的海伦皇后，引起了一场大战。在这场战役中，希腊人向特洛伊发起了进攻，但九年来一直没有成功。到了第十年，希腊将军奥地苏斯设计了一个巨大的木马，将其放在城外，其实木马的肚子里面藏着士兵。奥地苏斯带领军队伪装撤退，特洛伊人出于好奇心，想把木马拉入城中。拉奥孔看出了这一点，极力阻止，但特洛伊人不听劝阻，最终战败。而拉奥孔也因此惹怒了雅典娜（她是希腊的守护神）。当拉奥孔和他的两个儿子一起去大海里游泳的时候，雅典娜派两条巨蛇将他们缠死。公元50年左右，罗德岛的三个雕刻家，把这个故事雕刻出来，这座群雕被遗弃在罗马很长一段时间，直到1506年才被发现。罗马诗人维吉尔曾在其《伊尼德》中对这个故事也进行了描写。但是，同一个故事，雕塑与诗歌的处理手法却有很大不同。莱辛以拉奥孔为主题，从雕塑与史诗两个方面，阐述了造型艺术与语言艺术这两种艺术形式的不同法则，以此来论证诗与画的界限。

对于诗与画的界限的讨论，由来已久。早在古希腊时代，西摩尼德斯认为画是一种无声的诗，而诗则是一种有声的画。既谈到了诗与画的联系，也谈到了诗与画的区别，莱辛将这段话引在《拉奥孔》的扉页上。古罗马时代的贺拉斯，在《诗艺》中也曾说："诗如此，画亦然。"到17、18世纪，诗画同一成了流行的信

条,人们在诗中追求画意,画中追求诗意。温克尔曼即持诗画同一的观点,认为古希腊雕像群中的拉奥孔之所以不哀号,是要表现一颗伟大而宁静的心,并认为古希腊文艺的最高理想是"静穆"。莱辛则着重阐释了诗与画两者的区别。他认为,雕塑艺术中拉奥孔之所以不哀号,是造型艺术的特殊规律所决定的。

莱辛认为,诗与画的区别主要体现在以下几个方面。

第一,希腊的造型艺术以美为最高法则,而诗则可以表现丑。拉奥孔雕塑之所以发出轻轻的叹息,而不像维吉尔的诗那样哀号,是造型艺术的性质决定的。"凡是为造型艺术所能追求的其他东西,如果和美不相容,就须让路给美;如果和美相容,也至少须服从美。"[1] 在造型艺术中,如果将人物的激情及其强弱程度在面孔上表现出来,就要对原形进行丑陋的歪曲,就会失去平静状态中的美的线条,这与希腊的美的最高法则是不相容的。那种哀号的、扭曲的面孔,会令人恶心。正因如此,古代的造型艺术总是采取淡化处理的办法。"这种把极端的身体苦痛冲淡为一种较轻微的情感的办法在一些古代艺术作品里确实是显而易见的。"[2] 根据古代造型艺术的原则,莱辛坚决反对将丑作为绘画的题材。

而诗不同,诗不像造型艺术那样直接通过感性形象诉诸视觉,而是描绘动作的过程。"因为诗人们所描绘的是动作而不是物体,而动作所包含的动机愈多,愈错综复杂,愈相互冲突,也就愈完善。"[3] 在诗里,诗人通过描述一个过程,使丑的效果受到削弱,"按照丑的本质来说,丑也不能成为诗的题材;不过荷马却曾在特尔什提斯身上描绘出极端的丑,而且是按照这种丑的各个并列部分来描绘的。"[4] 通过各个组成部分的先后列举,丑的效果受到了削减,在诗里,形体的丑在空间中并列的部分转化为在时间中承续的部分,就完全失去了它的不愉快的效果,因而仿佛失其为丑了,所以它可以和其他形状更紧密地结合在一起,产生一种新的特殊效果。

第二,诗歌和绘画在人物造型方面存在着巨大的差异。莱辛把绘画和雕塑等造型艺术看作一种空间艺术,而诗歌则是一种时间艺术。莱辛从绘画和诗歌的摹仿对象、摹仿手段、摹仿效果等几个角度出发,论述了空间艺术与时间艺术的特

---

[1] (德)莱辛.拉奥孔[M].朱光潜译,北京:人民文学出版社,1979:14.
[2] (德)莱辛.拉奥孔[M].朱光潜译,北京:人民文学出版社,1979:17.
[3] (德)莱辛.拉奥孔[M].朱光潜译,北京:人民文学出版社,1979:204.
[4] (德)莱辛.拉奥孔[M].朱光潜译,北京:人民文学出版社,1979:130.

殊规律。诗歌和绘画塑造人物的方法上是不一样的,"绘画运用在空间中的形状和颜色,诗运用在时间中明确发出的声音。前者是自然的符号,后者是人为的符号,这就是诗和画各自特有的规律的两个源泉"。"绘画所用的符号是在空间中存在的,自然的,而诗所用的符号却是在时间中存在的,人为的。"[1] 人为符号指的就是语言符号。语言符号反映生活的广阔性和丰富性,最适合于诗的创作。当然,绘画所用的符号并非全都是自然的,诗所用的符号也不单纯是人为的。文字作为音调来看待,可以很自然地摹仿耳闻的对象。诉诸听觉的人为符号和诉诸听觉的自然符号的结合,是诗与音乐、舞蹈的结合,即戏剧艺术。

莱辛关于诗与画主要区别的第三点认为,造型艺术是空间的艺术,只能选择最富于孕育性的瞬间,而诗的表现则完全不受时间的限制,可以在时间上自由地表现实践发展的历程。莱辛从诗与画的界限中发现了艺术中时间与空间的辩证关系及其规律。造型艺术是通过物体来暗示物体,在事物的静态形式中体现出动态,以有限的富有孕育性的顷刻,显示出无限丰富而深刻的意蕴。拉奥孔雕像选择拉奥孔在叹息的那一顷刻,是最富有孕育性的顷刻,它给欣赏者的想象以最充分的自由活动的余地。人们通过他的叹息既可想象他走过来的道路和内心的矛盾与痛苦,又可以想象他的未来的命运,仿佛可以听见他的哀号。在艺术创作中,凡是可以让人想到只是稍纵即逝或按其本质是忽来忽去的东西、只能在某一顷刻暂时存在的现象,就不应该在那一刻表现出来。

造型艺术选择的最富于孕育性的时刻,既包含过去,又暗示未来,可以在反复玩味中让想象进行自由的活动,感受到比画面本身更多的东西。因此画家应选择顶点前的一个顷刻。通过这一顷刻,我们可以想象前后发生的事,使绘画更生动。他举了提牟玛球斯画美狄亚的例子来证明他的观点。画中所表现的美狄亚,不是选择她杀害亲生儿女的那一顷刻,而是选择杀害前不久,母爱与妒忌相冲突的时候,留下了最丰富的想象空间。

莱辛的"最富于孕育性的顷刻"的观点是有价值的。自然万物是变化不定的,即使再高明的艺术家也无法全面描绘出时间的流动性,尤其是在造型艺术中,艺术家只能选择某一顷刻中的某一情景。为了使艺术作品包蕴更为深广的社会内容和更加耐人回味,莱辛认为,"最能产生效果的只能是可以让想象自由活动的那

---

[1] (德)莱辛. 拉奥孔[M]. 朱光潜译, 北京: 人民文学出版社, 1979: 171、181-182.

一顷刻了。我们愈看下去，就一定在它里面愈能想出更多的东西来"[①]。这一富于孕育性的顷刻既是前一顷刻的显现和组合的效果，又是后一顷刻的显现和组合的原因。所以这一顷刻不能选择在一种激情发展的顶点。莱辛提出的选择最富于孕育性的顷刻的艺术规律，是对古希腊绘画和雕刻艺术的总结。

诗的表现是自由广阔的，完全不受时间的限制。诗的最高法则是它的真实性，常常以人物的高贵品质吸引我们，而主要不在于对美的肉体的描述。与绘画相比，描述美的肉体不是诗的强项，诗通常通过富有感染力的语言描述留给读者去想象。在维吉尔描写的拉奥孔的放声号哭中，我们更多地想到他正经历的痛苦，而不会想到他号哭的样子，不会想到号哭就要张开大口，而张开大口就会显得丑陋。我们如果要在这行诗里插一幅图画，就失去了诗人的全部意图。也许单独看这一行诗有些不顺眼，但是它在上下文已有铺垫，从而有所冲淡和弥补，也就不会发生断章取义的情形。也许拉奥孔此时看上去不够体面，但我们已了解到他是一位英雄，他是在为特洛伊人民遭受劫难，所以读者眼中和心中的他，绝不会是丑的，读者心中所能有的只是对他的敬爱之情。因此，诗人毫无必要把它的描绘集中到某一顷刻。他可以随心所欲地就每个动作、每个情节从头说起，描绘中间所有的变化曲折，直到结局。当然，作为时间的艺术，诗也有它自身的局限。"诗在它的持续性的摹仿里，也只能运用物体的某一个属性，而所选择的就应该是能够引起该物体的最生动的那个感性形象的那个属性。"[②]

第五节　英国启蒙文艺理论

18世纪的英国，历史进程与德、法两国是不尽相同的。在德国启蒙者还在致力于实现民族统一的国家时，英国已完成了推翻君主专制的革命，并且进入了工业革命阶段。在生产领域和科学领域英国是走在前面的，可是在文学方面英国却没有像经济落后的德国那样繁荣。德国出现了莱辛、席勒、歌德、康德等许多重要的理论家，这些人几乎都有专门的艺术美学著作，而英国却没有出现像德国那样有影响的理论大家。这也可以说是精神生产与物质生产发展的一种不平衡现象。

[①] （德）莱辛. 拉奥孔[M]. 朱光潜译，北京：人民文学出版社，1979：19.
[②] （德）莱辛. 拉奥孔[M]. 朱光潜译，北京：人民文学出版社，1979：83.

尽管如此，英国当时的一些著名作家也还是在自己的艺术创作和理论专著中提出许多重要理论观点的。

18世纪英国的文艺理论，是在英国文学发展的基础上发展起来的。较有影响的文艺理论家有：艾狄生（1672—1719年）、杨格（1683—1765年）和亨利·菲尔丁（1707—1754年）等。

一、艾狄生的文艺理论

艾狄生在1711至1714年间与斯梯尔（1672—1729年）合编刊物《旁观者》，并在刊物上发表了一些关于文艺理论的文章，反映了他的文艺思想。

艾狄生在《旁观者》刊物上发表的文章，主要探讨的是自然与艺术的区别和想象的重要作用。艾狄生认为，虽然大自然的作品与艺术的作品都是美的，虽然两者都是"足以满足想象的东西"，但艺术的作品与大自然的作品相比"是大有缺陷的"。因为艺术的作品尽管会"显得同样美丽或奇妙"，但却缺少大自然"那种浩瀚和无限"，因此不能为欣赏者提供"巨大的享受"，艺术作品尽管"可以像大自然的作品一样雅致纤巧"，但它永远也不会"显示出大自然在构图上的宏伟壮丽"；"大自然的粗犷而任意的笔触"比超艺术的"精雕细琢"来是更加"胆大高明"的，"最为堂皇的庭园和宫殿之美"，也都只能是"限于一个狭小的幅度"，而"大自然的广阔领域"却可以使欣赏者的视觉"毫无拘束地来往徘徊，饱飨无限丰富多样的形象而不为数量所制约"。艾狄生充分肯定了大自然的美，论述了自然美高于艺术美的本质。

在承认大自然的美高于艺术的美的同时，艾狄生也看到了艺术的美高于自然美的地方。他认为，"艺术作品由于肖似自然而更美好""一篇描写往往能引起我们许多生动的观念，甚至比所描写的东西本身引起的还多。"因为艺术家对自然"加深了渲染，增添了它的美，使整幅景致生气勃勃"，和艺术的形象相比，自然又"显得浅弱和模糊了"。因为艺术家摹仿自然所创造出来的形象，可以使人们"看到当初注意不到或观察不到的许多方面"，可以给人们"一个更复杂的观念。"总之，艺术家可以通过"修缮自然使之更为完美"，可以通过虚构"把自然的组成部分，配合得比原来更为完美。"

艾狄生认为，无论是艺术创作或是文艺欣赏，想象都是十分重要的一种能力。

因为有了这种"想象力",作家才能"从外界的事物取得生动的观念",才能把这种"观念"长期地保留在记忆中,才能"及时把它们组合成最能打动读者想象的辞藻和描写"。这个意思是,感官把观念供给了想象,想象把储存于记忆中的观念加以综合改造,于是创造出了艺术家。艾狄生认为,想象不独对艺术家是重要的,对于艺术的欣赏者同样是不可缺少的。他说,"一个人对一篇描写如要真能欣赏,并且给以恰当的评价,他必须有天赋的好想象,而且必须把表达同一句话的各种字眼的力量和劲道仔细斟酌过"。"想象必须是热的""判断必须敏锐",这样才能够"辨别哪些表现的方式最能尽量把这些形象体现得生动,装点得美妙"[1]。

二、杨格的文艺理论

爱德华·杨格的《论独创性的写作》,是一篇宣扬感伤主义文学的创作理论文章。在这篇文章里,杨格认为作家的感受和感情是伟大创作的生命,认为伟大作品是靠天才和独创获得成功的。

杨格认为,伟大诗人的个性和创造力,使他放弃摹仿追求独创。如果"摹仿"还是允许的话,那么这个"摹仿"只能是学习而不是抄袭。正确的摹仿不是摹仿书而是摹仿人,错误的摹仿等于怀疑自己,窒息自己的创造力。正是基于这一观点,杨格才说:"愈少抄袭古典名作家,就愈像他们。"这也就是说,只有少抄袭古典名作家的作品,才能领会古典作家的创造精神,才能使自己达到与古典作家一样的水平。他说:"在遵照自然和健全的理性范围内,尽管大胆和古典作家分庭抗礼。愈和他们相异,愈能和他们达到同等的优越成就。"[2]

杨格认为,创作与天才是不可分的。天才可以使创作超越传统标准、权威、法规的束缚。"除了天才之外,没有别的阳光能使有独创性的作品成长,能使不朽的作品成熟。""不合传统标准的优美,和不曾有过的优越是天才的特点,它们都在学问的权威和法规之外,天才必须越出这范围,才能获得上述的特点。但是跳跃的时候如果缺少天才,我们就要折断颈骨,因此失去我们原先可能享有的一些小声名。因此规矩对于瘸子是需要的,但对于健全的人却是一个阻碍。"[3]

---

[1] (德)艾克曼.歌德谈话录[M].朱光潜译,北京:人民文学出版社,1978:136-137.
[2] 中国社会科学院文学研究所.古典文艺理论译丛 第11册[M].北京:人民文学出版社,1966:9-12.
[3] 伍蠡甫.西方文论选(上卷)[M].上海:上海译文出版社,1979:495-497.

杨格认为，伟大的天才都要读两本书，"这就是自然和人这两本书。这些是源头，独创性的作品的卡斯大利河流就是从那儿发源的。"[1]天才的作品之所以感动人，主要是因为作者具有亲切的感受和真实的感情。"韵在史诗里是一种严重的病症，对悲剧说来等于死症"[2]，因为对艺术来说，动人的首先是"情"而不是"韵"，戏剧的两个命脉是悲惨和悲悯的感情。从理论上看，杨格强调天才和情感，强调艺术的独创性，这对19世纪的浪漫主义文学是有影响的，所以有人说18世纪的感伤主义是19世纪浪漫主义文学的前驱。因为现实主义主智，浪漫主义主情。感伤主义尽管表现出悲观主义的情绪，但因为它是历史发展本身所决定的，所以才成为文学史上的一个流派。感伤主义作家和文学史家都从理论角度给它做了总结，这是正常的现象。

三、菲尔丁的文艺理论

亨利·菲尔丁的文艺观点主要反映在他的小说《约塞夫·安德路斯》和《汤姆·琼斯》的序言和有关章节中。

菲尔丁认为，作家不应当把自己看作是"阔人"在"私宴请客"或"施舍粥饭"，而应该"把自己看作是开便饭馆的老板"，他向顾客卖的应该是"人性""只要出钱，欢迎人人来吃"。他说："我们在这儿卖的是什么饭菜呢？不是别的，乃是人性。"他认为，对作家来说"人是最理想的题目"。他说："厨子可以把世界上各种各样的肉类和菜蔬都做成菜，但是要作家来写人性这样一个广阔的题目，却是无论如何写不尽的。"[3]菲尔丁认为，阔人设宴可以愿意准备什么就准备什么，客人无从挑剔；开饭馆的老板的饭菜，人家就可以挑剔，花了钱就可以提意见，也可以不在这里吃。他自信自己的小说所做的"人性"的饭菜会合乎顾客的口味，读者会永远阅读下去。

菲尔丁认为，这种写"人性"的小说需要创造一种类型。他说："我描写的不是某甲、某乙，我描写的是性格不是某个人，而是类型。"他认为，他写的类型是历史上存在着的自己亲眼见到过的，如"那位律师不仅现在活着，而且四千年

---

[1] 伍蠡甫. 西方文论选（上卷）[M]. 上海：上海译文出版社，1988：512.
[2] 同[1].
[3] 伍蠡甫. 西方文论选（上卷）[M]. 上海：上海译文出版社，1988：523.

来他一直活着，我希望上帝容忍他再活上四千年"，他说那位律师的"职业、宗教、国籍都不仅仅局限于一种、一地；当人类的舞台上出现头一个卑鄙自私的人，把自己看成是宇宙中心，决不费力、冒险、出钱去帮助或拯救同类，这时候我的那位律师也就呱呱坠地了"。他认为，他写一个可怜虫，"并不是要使一小撮凡夫俗子见了就认出他是他们认识的某某熟人，而是给千万个藏在密室里的人照一面镜子，使他们能够端详一下自己的丑态，好努力克服"[1]。可见，菲尔丁创造"类型"，目的是为了教育人。

菲尔丁所说的"类型"，实际上指的是典型人物的共性（代表性），这种共性是与个性统一在一个人物身上的。他认为，人们不能说"本书中某某人物真像某某另外一个人物"，不能说"卷七中的女店主和卷九中的女店主如何相像"。因为虽然"有些特点，是各行各业大部分成员所共有的，"但是"优秀作家的才能就在于能保持这些特点而同时在运用这些特点时又能使之各有不同"，就在乎能把"同是一种罪恶和愚蠢推动着的两个人"的"细微区别"表现出来。正是因为菲尔丁认为人物的性格是复杂的，所以他才反对写完美无缺的人物。他说："在一部虚构的作品里插进这种天使般的完美人物或魔鬼般的堕落人物，我看不出有什么好处，因为人们谈到这种人物，思考之余便会悲不自胜或羞愧难当，而不会从这种榜样里得到任何教益。"[2]因为，读者看到"完美人物"会觉得"自己无论如何不能企及"从而灰心丧气；读到"堕落人物"自己会感觉怕堕落下去而不安，而那些"人物性格之中有一些善良"同时"也有一些不留意而犯的缺点的人"，才会引起人们同情。"这一类的榜样是不完美的，但是它的确对提高道德是最有用的。"

菲尔丁认为，作家在写这具有个性的"类型"人物时必须"对人性有最精确的认识"，这样才能做到"性格的协调"。所谓"性格的协调"，也就是指人物的行动须是合情合理的，他的行动"不能超出人力所及的范围之外，须是人力所能作的，须是合情合理的"。因为"一个人无论怎样热切也决不会完全违反自己来办事，正如船在急流上决不会逆流游动一样"。

菲尔丁认为，"一个人完全违反本性办事，即使不是不可能的，至少也是不

---

[1] 伍蠡甫.西方文论选（上卷）[M].上海：上海译文出版社，1979：511.
[2] 伍蠡甫.西方文论选（上卷）[M].上海：上海译文出版社，1988：531.

近情理、太离奇了"。他认为，当时有些喜剧作家几乎没有一个不犯人物性格不协调的错误，如在前四幕中男主人臭名远扬，第五幕突然变成了君子；前四幕中女主人淫荡下流，第五幕突然变成有品德有分寸的女人，"而作者又往往怕麻烦，不肯做件好事把这种荒唐的变化和矛盾前后一致起来或加以解释"。

菲尔丁认为，现实主义的文学写的是事物的"可能性"和"或然性"，不是照搬生活中的原型。他说："我认为我们可以合理地要求每个作家务必保持在可能性的范围之内，永远记住凡是人所不可能做的事情，便很难令人相信某人确实做了这么一件事情。"[①]他反对作家写那种"超自然的事情"，因为它失去了"可能性"，如果非要写"恐怕只能写写鬼还可以，"即使如此他还是劝作家尽量少写。他说："诗人叙述不能令人置信的事物，这是不能原谅的，即使那事物的确是事实。"在菲尔丁看来，现实中的"事实"不一定就是艺术里的"真实"，艺术里的"真实"的特点是"可能性"和"或然性"。"我们所写的人物并非人人知道或臭名远扬的，我们也没有佐证，也没有档案来证明我们的记载，因此我们就应当不仅限制在可能性，而且也要限制在或然性的范围之内。"

菲尔丁认为，一个作家创造优秀的作品需要四个条件：首先是"天才"，这是"上天的恩赐"，没有这种天才的帮助，作家"逆着自然的川流挣扎是徒劳无功的。"天才撒下"优良的种子"，可以引导作家"走过自然的曲折迂回的迷宫"，看到"俗眼凡胎所看不见的全部奥秘。"天才可以使人"把人类了解得比人类自己还清楚些"；其次是"人道"，没有"人道"，"感动人的场面"是"描绘不成的"，"它是高尚无私的友谊、动人的爱情，宽大的器量、热烈的感激、温柔的同情、坦率的意见等的源泉；善心的人全部强烈的力量都是由它产生的"；再次是"学问"，没有学问的帮助，"天才是产生不了纯粹而正确的东西的"；最后是"经验"，有了经验，作家才能了解人类的性格。

第六节　意大利维柯

杨巴蒂斯塔·维柯（1668—1744年）是意大利著名的法学家、历史学家和语言学家，近代社会科学的创始人。他曾积极地倡导历史的发展观点和民主思想。

[①] 伍蠡甫.西方文论选（上卷）[M].上海：上海译文出版社，1988：524.

一、生平及著作

1668年6月23日，维柯出生于那不勒斯城邦的一个小书商的家庭，父亲是当地农民的儿子，母亲是马车匠的女儿，家境贫困。维柯7岁时不慎坠楼，头骨受挫，失去知觉5小时，医生断言他短命或成为呆子，但结果他不仅顽强地活了下来，还成了伟大的学者。维柯幼年时受过天主教会的小学教育，后辍学，大部分时间是在自学。1686—1695年在一个西班牙贵族罗卡家里当过9年的家庭教师。罗卡当时在学术上有一定的地位，藏书很多，对维柯的学业发展起了积极作用。他自幼就爱研究罗马法和拉丁语言文学。18岁那年，他在父亲的被控案件中，出庭替父亲辩护，且获得胜诉。后来在那不勒斯大学学习罗马法和修辞术，毕业后参加那不勒斯大学法学教授竞选，因靠山不硬而落选。后来做拉丁修辞学讲师，薪金微薄，还自己开过私塾，以补开支不足。

维柯一生穷苦，1725年出版《新科学》时，因需要自付印刷费，只得将仅有的一只珍贵的、嵌着五颗纯水色钻石的金戒指卖掉了。《新科学》出版后获得好评，他的诗才得到那不勒斯领主、西班牙皇帝查理二世的赏识，任命他为那不勒斯的皇家历史编纂，年俸为一百个荷兰盾。但此时他已觉察到自己快要断气了。他于1744年1月23日在故乡逝世，终年76岁。

维柯的代表作是《新科学》(1725年)，它的全名是《关于各民族共同性的新科学的原则，从中得出关于各民族自然法的一些新原则》，经过一版、二版的一再修改，最后以第三版为定本，在1744年后陆续在罗马、巴黎等地印行。全书包括五卷：原则的奠定；诗性的智慧；发现真正的荷马；世界各民族所经历的历史过程；各民族复兴时人类典章制度的演变过程；附全书结论。维柯之前的伽利略也曾用过"新科学"这个名称，但那主要是指自然科学。而维柯这里的新科学，则主要是指历史科学或社会科学，试图将社会科学纳入科学的体系中。

二、关于"诗性的智慧"

维柯认为，原始人天性具有诗的本性。按古埃及人的说法，他提出，世界各民族经历了三个时代，即神的时代、英雄时代和人的时代。诗的本性作为自然本性属于神的时代，初民们想象力最强而推理力最弱。诗的真正起源，要在诗性智慧的萌芽中去寻找，而这"无疑就是世界中最初的智慧"。一切艺术只能源于诗，最初的人们都是绕着自然本性成为诗人，而不是凭技艺成为诗人的。维柯还认为，最早的象形文字就起源来说都是神话，最早的语言就是诗歌，散文语言是后来从诗的语言中发展而来的。

维柯还认为，初民们将人自己的感受和情感赋予无生命的事物，编造了一系列的神话故事。各种语言中都用人体及各部分以及感觉和情感的隐喻表述无生命的事物，如以人"首"（头）表示顶和开端，以"眼"表示针孔，以及锯"齿"、麦"须"、海"角"等，海在"微笑"、风"吹"浪"打"等，都是一种"以己度物"的拟人化的表达。这样，人把自己变成了整个世界，原始人像儿童一样忠实于自己的自然本性。最初的神话故事是人的诗性的忠实描述。"诗的最崇高的工作就是赋予感觉和情欲于本无感觉的事物。儿童的特点就在于把无生命的事物拿到手里，和它们交谈，仿佛它们就是些有生命的人。"[①]

在此基础上，维柯通过对诗性智慧的研究，称自己发现了"真正的荷马"。所谓"真正的荷马"，不是指一个具体的诗人，而是指创作《荷马史诗》的集体，是整个希腊民族。荷马这个词的土语意思是"盲人"，荷马史诗就是在贵族筵席上歌唱的盲人根据民间传说整理的。它也不是某一特定时代的产物，而是在一个很长的时间内逐渐形成的，因为传说是在民间产生的。在荷马的时代，当时全民族都是诗人，荷马只是当时诗人的理想或代表，是英雄时代的英雄诗人，是"一切崇高诗人的父亲和国王"。从具体作品的风格看，《伊利亚特》与《奥德赛》在风格上是大相径庭的。《伊利亚特》的写作时代，相当于希腊民族的少年时代，崇尚骄傲、狂怒和报仇雪恨；《奥德赛》的时代，希腊则显得暮气沉沉，相对冷静、狡黠，体现出智慧。早期的诗歌都是想象力丰富的人们集体创作的产物，凡是民俗传说都必然具有公众信仰的基础。由于有这种基础，传说才产生出来，而且由整个民族代代流传下来。

三、重视想象

维柯非常重视想象，认为想象是人类处于儿童期的天然表现，"诗性的智慧"就是想象的智慧，它最初是指原始人具有想象和幻想特征的精神活动。这种"诗性的智慧"是人类通过想象去认识世界的一种创造性的活动，它依据想象和虚构

[①]（意）维柯. 新科学[M]. 朱光潜译，北京：人民文学出版社，1987：98.

进行构造，其虚构的基础是生命自身的形象类比和人类以情感为基础的习俗。诗性的智慧其实就是原始思维，就是人类最初的形象思维。这种思维本身就表现了诗意。诗的真实是一种"想象的不可能"。他把人的想象能力界定为人的肉体方面的能力，是人的感性的、自然的能力，所以原始人的想象能力很强。原始人虽然无知，却因强壮而能够凭借想象力去创造事物，而且创造出的事物使自己都感到吃惊和惶惑。"这种想象力完全是肉体方面的，他们却以惊人的崇高气魄去创造，这种崇高气魄伟大到使那些用想象来创造的本人也感到非常惶惑。因为能凭想象来创造，他们就叫做'诗人'，'诗人'在希腊文里就是'创造者'。"[1] 诗人正是继承了人类的这种从原始时代就具有的想象能力。

想象的一个重要功能是比喻。人类最早的比喻乃是采用以己度物的方式，将自己的本性拟移到外物上。如前面所提到的语言表述方式，包括明喻、替换、转喻和隐喻。而最大的隐喻是寓言故事。维柯还将想象的功能由语言生发开去，提出了诗性人物的性格问题。维柯认为诗性人物的性格是寓言故事的本质，诗性人物性格体现了想象的类概念，这种想象的类概念与理解的类概念是相对立的，通过具体、个别的特征创造出诗性的类。它一方面个性鲜明、突出，另一方面又有较概括的典型的意义。因此，诗性的人物性格中，体现着想象的共性。这种想象虽然是虚构的，却是一种忠实的叙述，可以达到高度的真实。维柯把它看成是"人类心理的基原活动"[2]。

维柯还把想象、激情与理智对立起来，进而将诗与哲学对立起来。"推理性愈薄弱，想象力也就成比例地愈旺盛。"[3] 想象力的阶段是独立于理性阶段的，理性的阶段不但不能使诗完善，反而只能毁掉诗性的想象力阶段。"诗人们可以说就是人类的感官，而哲学家们就是人类的理智。"[4] 这样，按照诗的本质，一个人便不可能既是崇高的诗人，又是崇高的哲学家，因为诗的功能把整个的心灵沉浸在感官里，而哲学则必须把心从那感官里抽出来。哲学飞升到一般，诗则沉没到一般。他将诗歌的想象功能和理智功能放在同等的地位。

---

[1] （意）维柯. 新科学 [M]. 朱光潜译，北京：人民文学出版社，1987：162.
[2] （意）维柯. 新科学 [M]. 朱光潜译，北京：人民文学出版社，1987：230.
[3] （意）维柯. 新科学 [M]. 朱光潜译，北京：人民文学出版社，1987：98.
[4] （意）维柯. 新科学 [M]. 朱光潜译，北京：人民文学出版社，1987：152.

第四章 德国古典美学的文艺理论

　　作为曲折的、波浪式前进的人类思想发展历史的一部分，西方文学艺术及其理论的发展历史也是曲折的、波浪式前进的。文艺复兴虽然有力地冲击了封建的基督教神学文艺观念，为文学艺术争得了合法的一席之地，但随之而来的是新古典主义，为文学艺术套上了新的枷锁。适应资产阶级革命的要求，启蒙主义激烈地批判新古典主义，在文艺理论的某些方面也颇有建树，但还没有形成系统完整的理论。于是，德国古典美学应运而生。它继承了文艺复兴和启蒙主义的优秀成果，总结了西方自古希腊以来2000多年的美学和文艺理论，使近代资产阶级反对封建主义美学和文艺理论的斗争达到一个新的历史高度，创造了对西方乃至对全人类都有重要影响的美学和文艺理论。

　　美学从来都是哲学的一部分，而文学艺术理论是美学的重要内容。这种构成模式在德国古典美学中表现得尤为突出。这是因为德国思想家们在否定了法国大革命之后，认为文艺是一种净化人类本性、改变社会的一种美学方法，因此，他们非常注重美学与文艺的研究；再加上德国的民间文化发展很快，德国的知识分子对希腊、罗马的文学、艺术都很了解；以及莱辛、赫尔德等启蒙主义者在狂飙突进运动中打下了坚实的理论基础。

　　文学艺术作为审美活动的一种形式，其理论是从属于一定的美学、受一定的美学思想制约的。这种"从属"和"制约"，一种是自觉的，另一种是非自觉的。前者是哲学家根据一定的哲学美学思想体系对文学艺术活动的本质概括，后者则往往是作家诗人艺术活动经验的总结。后者写得生动具体，具有明了性和直接应用性，而前者则多数写得抽象概括，具有思辨性和深刻性。德国古典美学的文艺理论虽然也有像歌德那样的艺术活动经验总结的类型，但其主要倾向是哲学家从一定美学体系出发对文学艺术活动本质的抽象概括，因此在我们讲述其文学艺术理论时，不能不先讲述那些对文学艺术理论有重要影响的哲学美学思想。

　　德国古典美学文艺理论的奠基者是康德，经过费希特、谢林、席勒、黑格尔、歌德不断得到丰富和发展。本章节内容为德国古典美学的文艺理论，依次介绍了康德的《判断力批评》、席勒的《朴素的诗和感伤的诗》、黑格尔的艺术哲学、歌德的艺术经验总结这四个方面的内容。

第一节 康德的《判断力批评》

康德的美学和文学艺术理论是他的先验唯心主义哲学体系的构成部分。他认为人先天具有共同的审美判断力，从人的这种主体能力对客体对象的感受来分析判断美和崇高的本质，并以此解释文学艺术的特征，显然是唯心主义的。然而，对某一种理论的评价，我们不能只看它是唯心还是唯物，更重要的要看它与前人相比提供了什么，它对后世产生了什么影响。

康德的以"审美不涉存在，只涉形式，因而不涉利害"为核心的美的本质理论，在西方美学发展史上，第一次把美从与认识、道德混在一起的状态中剥离出来，使人对美的本质有了新的认识。同时他又指出"纯粹美"是少数，多数美属于"依存美"，美和认识、道德的结合对美有益。在"依存美"理论的基础上，他论述了文学艺术的审美本质，指出了文学艺术不能与认识、道德相脱离，又不应成为单纯的认识和道德教育的工具的特点。应该说，康德对文学艺术的内在本质的认识是正确而深刻的，这种认识至今仍然具有现实意义。然而由于康德在美的分析中，强调审美不涉及存在，只涉及形式，强调审美无利害，他又为形式主义、唯美主义、为艺术而艺术的思潮提供了理论依据。西方现代文艺思潮的许多理论主张都打上了康德的印记。

康德主张美的艺术是天才的艺术，强调天才的独创性、否定艺术教条主义和模仿，这些虽然有神秘主义的意味，但它揭示了艺术创作活动的某些至今我们也不能说清楚的本质特征，给新古典主义以强有力的冲击，为浪漫主义代替新古典主义做了理论准备。康德把崇高与美并列为审美活动的两大范畴，赋予崇高以人的理性的道德的内涵，推崇表现粗犷的自然和强烈的情感，反映了资产阶级革命时期的审美趣味，对浪漫主义的兴起起了推动作用。在创作上强调天才，以对抗古典教条，在欣赏上强调崇高，来对抗封建贵族虚饰雕琢的艺术风尚，这是资产阶级革命时代的必然的历史要求。康德为其提供了最强有力的思想理论。

康德的"审美观念"理论，从欣赏上概括了所有成功的文学艺术作品的共同特征；从创作上揭示了艺术创作活动中艺术家各种心理功能的关系。这一部分理论是他"美的艺术的本质"的理论的延伸，它对后世的"形象思维"理论以及"形象大于思想"的理论，产生了重要的影响。

康德的美学和文艺理论对西方文艺理论的影响非常深远，从近处来说，它直接影响了浪漫主义；从远一点来说它是现代派理论的源头。它对其他理论也有影响，比如关于艺术与自然的区别、艺术与手工艺的区别的理论，对马克思的美学思想就有着明显的影响。康德的理论是丰富的、深刻的，同时又是复杂的、矛盾的，它既给人以启迪，又留下了许多尚待解决的课题，正因为如此，它的影响是深远的、广泛的。

一、康德的"批判"哲学著作

康德的哲学，可以分为前批判期和批判期两个阶段。前批判期哲学是建立在自然科学研究基础上的哲学，其主要倾向是唯物的。从1760年开始，康德受英国经验派哲学家洛克、休谟和法国启蒙主义代表卢梭的影响，转而对人性、人类情感和能力进行研究；到1770年前后，进入批判期，其标志是这个时期的三部主要著作，即《纯粹理性批判》《实践理性批判》和《判断力批判》。

康德所用"批判"一词的含义，是指"清理""考察""分析研究"的意思。文艺复兴以后，资产阶级思想家提倡"理性"，宣扬理性万能，他们反对宗教迷信；认为靠天赋的观念，人就能得到普遍必然的真理，而感性经验是不可靠的。但他们又无力否定上帝和神的存在，于是他们把理性归于上帝和神的赋予，又以理性中有上帝和神的观念证明上帝和神的存在，这样唯理主义就陷入循环论证的独断论。这种理论就像专制政府的独裁统治那样独断专行，不容对其置疑。

康德曾是唯理主义的信徒，他说是休谟使他从独断的迷梦中惊醒。休谟是英国经验主义的后期重要人物。经验主义认为人的心灵是一块白板，强调一切知识都来自经验。休谟认为，人们所说的知识、规律只不过是人的经验的习惯联想，至于世界本身是否有这样的规律和存在，这是不可知的。这等于说，理性、上帝等一切离开人的经验的东西是否存在，都是值得怀疑的，经验论陷入了怀疑论和不可知论。

康德认为唯理主义和经验主义之所以都走向片面而陷入绝境，是因为它们没有搞清楚人的理性能力的构成、范围和本质特征。于是他决定对人的理性能力进行认真的考察、清理、分析研究，希望在此基础上解决唯理论和经验论的矛盾和困境，创立更科学的适应时代需要的哲学。这就是康德写三部"批判"的目的。

二、《判断力批判》中的美学文艺理论

《判断力批判》分上下两卷，上卷讲审美判断力问题，下卷讲目的论判断力问题，对文学艺术理论有重要影响的理论主要集中在上卷。

（一）关于审美判断特征的探讨

康德提出审美有不涉利害而愉快、不涉概念而有普遍性、无目的的合目的性和来自"共通感"的必然性这样四个特点。他在用上述四个特点对审美鉴赏作出规定的同时，也用这四个特点对审美对象作出了规定。康德从质、量、关系、情状四个方面分析了审美判断的特征。在这四个方面中，核心的是"质"的方面的特征，其他三个方面的特征都和它有直接的联系。

1. 从"质"的角度考察审美判断特征

康德认为，审美判断所产生的快感没有一丝丝利害关系。在他看来，任何一种与某一事物相联系的快感，都具有某种利害关系，因此，对它所产生的快感的判断，都不属于审美判断。康德将快感分为三类：第一类是由感官获得的快感。例如，一个人在极度饥饿时，忽然发现了美食，在品尝美食的过程中产生快感。第二类是从善中获得快感。例如，当我们发现一匹马拥有赛马的潜质就会产生快感，这是从直接的善中得到的快感；再比如，我们看到儿童搀扶老人过马路也会产生快感，这是从间接的善中得到的快感。第三类是从美好事物中获得的快感。比如，我们在欣赏美丽的鲜花时会产生快感。第一类快感和第二类快感都与某一事物的存在有关，因而都存在利害关系。感官快适引起的快感自不必言，善的快感同样要涉及事物的存在，因而直接、间接涉及利害关系。审美快感则不涉及事物的存在（性质），只涉及形式，因而和利害无关。

康德认为，善的判断是根据理性概念来完成的，不论是直接的善（这事物本身好），还是间接的善（这事物有益），这判断中都含有一个目的的概念，合不合

某种目的,这就是一种利害关系。而美的判断则是"纯然淡漠"的,它不以概念为依据,不包含具体的目的,因此它所产生的快感没有官能感性的利害感,也没有理性目的利害感,它是唯一的没有利害关系的自由的快感。

2. 从"量"的角度考察审美判断特征

从量的角度来考察审美判断时,康德指出:审美判断具有普遍有效性,而这种普遍有效性是与审美无利害性相联系着的。即当人们意识到审美快感的对象对他是没有任何利害关系时,就必然判定能使自己感到愉快的对象也能使其他人感到同样的愉快,因此把美看作仿佛是这一对象的一种属性,对所有人具有普遍性。实际上这种普遍性是主观的普遍有效性。

3. 从"关系"的角度考察审美判断特征

从关系的角度来考察审美判断的特征,康德指出审美判断具有无目的的迎合性。这一特点仍然和审美无利害特点相联系。因为目的概念是和利害联系在一起的,前面谈到,官能的愉快、善的愉快,即非审美的愉快都是以一个目的为根据的,都是和对象的存在(性质)相联系的。审美判断不涉对象的存在,无利害,因此也就没有目的。它不以主观的目的(即是否符合主观利益)为根据,也不能以一个客观目的(如是否完善)为根据;它不是官能感觉的判断,也不是认识判断;它是对象的形式符合了"人"的自由这一总体目的,因此它具有无目的的迎合性。

4. 从"情状"的角度考察审美判断特征

从情状的角度来考察审美判断的特点,康德认为审美判断具有没有概念的必然性。就是说只要面对着美的形象,我们就必然会产生审美快感。但是这种必然性不是由对象的存在性质决定的客观必然性,不是依据概念进行逻辑推进形成的必然性,而是一种主观的普遍性形成的必然愉快,这主观的普遍性的根源就是人人心中共有的"共通感"。"共通感"完全是情感上的共同赞同,它不是官能感觉的相同,也不是理智或概念上的共同赞同,因而也是与利害关系无关的。

总之,康德认为,使某一对象成为美的对象的审美活动的特征是不涉对象的存在因而无利害感,不涉概念而有普遍性、无目的的随意性,由"共通感"决定而有必然性。核心的问题是审美不涉存在,只涉表象形式,因而无利害感。但是,我们必须懂得,康德的上述规定,只是对纯粹审美判断及纯粹美的规定,其目的是改变以往美学史上把审美判断与其他判断混在一起的情况，把审美判断区别于快适判断、知识判断、道德判断的本质特征突出出来，把纯粹的美的本质特征突出出来，从而对审美和美有真正的科学认识。应该说，康德的这个目的确实达到了。

（二）提出"纯粹美"和"依存美"的区别

事实上，审美判断通常与其他判断相互交织在一起，美也不是与道德、认知毫无联系，康德也意识到了这一点。因此，他区分了"纯粹美"和"依存美"，指出纯粹美与概念、目的和利益无关，而依存美则涉及这些因素。康德提到，花属于纯粹美的范畴。即使观赏花的人已经知道花是植物的生殖器官，他也会专注于其形式美，而不会去考虑花是否用于生殖。而对一个人的美、一匹马的美、一座建筑物的美的判断，却是以一个目的的概念为前提的。花的美属于纯粹美，而人、马、建筑物的美则属于依存美。在康德看来，纯粹美是极少的，他举的例子只有鹦鹉、蜂鸟、极乐鸟、海产贝类、希腊风格的描绘、框缘或壁纸上的簇叶饰、无标题幻想曲、缺歌词的音乐。大量的美属于依存美，文学艺术中除上述列举的之外，当然也属于依存美。并且在康德看来，依存美并不低于纯粹美，相反，美的理想不在纯粹美，而在依存美。康德把审美看作是连接认识和道德的桥梁，是形成文化——道德的人的手段，因此他不能不把理想的美看作是依存美。

（三）对崇高理论的研究

西方思想家最开始从文学风格切入，研究崇高理论。罗马朗加纳斯的《论崇高》一书中指出，崇高是伟大思想与卓越形式的结合体。17世纪布瓦洛翻译了《论崇高》一书，但是在新古典主义的气氛下，它并没有受到太多的关注。18世纪，为了反抗封建的压迫和宗教的枷锁，出现了一场宣扬人性的资产阶级革命运动。人意识到自己的力量，向往着巨大的社会变革，社会气氛和艺术趣味变了，美学家才意识到美学和文学艺术理论中，不但有美的范畴，还有崇高的范畴。首先提出这个问题的是英国的柏克，他在1756年出版的《论崇高与美》一书中，从对人的两种情欲研究入手，提出崇高是与美并列的美学范畴的看法。他认为人有"自我保存"和"社交"两种情欲，社交情欲根源于爱的快感，产生美；自我保存情欲根源于恐惧，当人感到恐惧又感到自我安全并不受到威胁的时候，也产生快感，这种快感就是崇高。

康德早年写的《关于美和崇高的感情的考察》(1764年)，明显地受到柏克上述观点的影响。到他写《判断力批判》的时候，他已把对崇高的研究纳入先验唯心主义的体系。他继承了柏克的关于崇高是克服了痛感后产生的快感的观点，批判了柏克的经验主义倾向，使崇高的研究达到了一个新的水平。

康德认为，崇高与美都属于审美判断，因此对美所作的分析，也同样适用于崇高。但崇高毕竟与美不同，在与美的比较中，康德阐述了崇高的以下特点。

第一，美的对象，其形态是明确的、有限的；而崇高的对象是不受任何形式约束的、没有任何限制。举个例子，我们可以感知花草树木的形态，却无法感知天空和海洋的形态，因为天空和海洋是无边无际的，我们只能去想象它的边际。在康德看来，人的知性是探索有限事物的工具，人的理想是探索无限事物的工具。因此，美所表现的是来自知性的不确定的概念，而崇高所表现的则是来自于理性的不确定的概念。

第二，美所引起的快感是直接的单纯的快感，崇高的快感则是由痛感转化来的间接的快感。"前者（美）直接在自身携带着一种促进生命的感觉，并且因此能够结合着一种活跃的游戏的想象力的魅力刺激；而后者（崇高的情绪）是一种仅能间接产生的愉快；那就是这样的，它经历着一个瞬间的生命力的阻滞，而立刻继之以生命力的更加强烈的喷射，崇高的感觉产生了。它的感动不是游戏，而好像是想象力活动中的严肃。"[1] 我们欣赏花、鹦鹉，直接感到一种愉快，而我们欣赏狂风暴雨的黑夜，则是由于生命力受到威胁而引起的惊叹或崇敬的快感。

第三，也是最重要的区别，美离不开客体的形式，而崇高则只能在主体的心灵中找到。美是由于形式符合了理解力和想象力自由和谐活动的需要，使人产生快感。而崇高是没有形式的、无穷无限的，它超越了理解力所及的范围，发挥最大的想象力也无法使其在头脑中全部再现。面对崇高，理解力和想象力都毫无用处，无论是利用理解力还是想象力，我们都不能抓住对象。这时，我们头脑中的超感官力，也就是康德提出的"理性"观念被唤醒，这种"理性"观念支配想象力以满足它的要求，并把我们的灵魂和感情升华至一个新的理性高度，让我们感觉到，我们可以掌握并征服这个看似不可掌握、不可征服的世界，从而使心灵和情感获得征服的快感。所以，崇高并不存在于客体对象中，而是存在于主体的内

---

[1] （德）康德. 判断力批判（上）[M]. 宗白华译，北京：商务印书馆，1964：83-84.

心之中，它是一种"理性"的概念。归根结底，崇高是人类的崇高，是人类理智的崇高，一个人如果没有一颗理智的心，则在暴风雨中咆哮的海洋面前，他所感受到的只有恐惧，而感受不到一种崇高的情感。

康德还把崇高分为数学的崇高和力学的崇高两种，这一部分理论和文学艺术理论没有多大联系，这里就不再表述了。

（四）对艺术本质特征的理解

艺术活动的本质是人的有意图的筑基于理性之上的自由创造。艺术作品是人的有意图的筑基于理性之上的自由创造的结果，基于对艺术本质的这种理解，康德对艺术与自然、艺术与科学、艺术与手工艺作了区别。

艺术活动与自然活动的区别在于：自然活动没有理性的意念，只是运动中自然产生结果，而艺术活动是有意图的筑基于理性的自由创造。康德举例说，蜜蜂造的蜂窝，不能叫作艺术作品，因为"蜜蜂的劳动不是筑基于真正理性的思虑"，不是有意图的自由创造，而是不自由的自然本能。相反，人们在沼泽地发掘出来的远古人作为工具削制过的木头，虽然很粗糙，但却可以称为艺术作品。因为这块木头是按照人头脑中根据某种意图形成的表象进行创造的结果。康德总结说："人们根本上所称为艺术作品的，总是理解为人的一个创造物，以便把它和自然作用的结果区别开来。"[1]

康德说艺术好像游戏。如果我们对儿童的游戏做一番研究，就会发现游戏有以下特点：

第一，游戏是自由的。现实中的儿童，并不是完全自由的，而在游戏中，想象力为他们自己创造了一个自由的天地，他们可以想象自己是一个国王、英雄，以及随便他们想做的角色，他们制定游戏的规则，并且随时修改，他们并不感到规则的束缚。

第二，儿童在游戏时会拥有两种身份，处于"假想的情景"与"现实的情景"之间，既是"虚拟的"，也是"现实的"。他既是自己在游戏中所扮演的"角色"，也是现实中参与游戏的人，既参与"表演"，又可以欣赏自己和同伴的"表演"，因此会玩得很开心。

---

[1] 伍蠡甫. 西方文论选（上卷）[M]. 上海：译文出版社，1979：562.

第三，游戏的目的只是获得快乐，没有其他特定目的，但是其中蕴含的一些理性的内容，可以对儿童的心理产生潜移默化的作用，并对儿童的心智进行培养。

康德认为，人的本性是自由的，凡是与人的自由本性相一致的东西，都会使人愉快。在真实的世界里，人的自由无法得到满足，因此，人们只能凭借自己的想象来构建一个虚拟的、可以任意支配的世界。游戏与艺术一样，都是人类为追求自由本性而进行的虚拟活动，因而艺术与游戏相似。

康德在阐述了艺术一般的特点之后，把艺术分为机械的艺术和审美的艺术，前者是为了认识，后者是为了快感。根据快感的性质不同，康德又把审美的艺术分为快适的艺术和美的艺术。快适的艺术，如筵席间开心的自由谈话，单纯以享乐为目的；美的艺术给人的快感则是无目的的。康德认为，美的艺术是最能体现艺术本质的艺术，而诗（即文学）是艺术中的最高等级，因为诗不像绘画、雕塑等艺术那样有确定的物质材料构成的形象，作为语言的艺术，它完全诉诸想象力，想象力在诗中有最自由的活力。

（五）总结美的艺术特点

前面提到，康德认为文学艺术属于依存美，而不属于纯粹美。作为依存美的文学艺术，必然涉及概念、利害和目的，但是在这几方面的形式和程度却并不一样。如果这艺术只是以实现某一既定对象的认识为目的，像某些图解概念的画图和戏剧那样，这就是机械的艺术；如果这艺术纯粹为了官能的享乐为目的，如上述的筵席间开心的自由交谈，这就是快适的艺术。对机械的艺术和快适的艺术，康德的评价是不高的，因为它们不能担当由认识向道德的过渡以至达到真善美统一的境界的任务，这一任务只有美的艺术能担当起来。那么，美的艺术有什么特点呢？

1. 美的艺术有目的却又无目的

作为依存美的美的艺术，它涉及利害、概念、目的。康德说，美的艺术是"快乐伴随着诸表象作为认识的样式"。同时他又说美的艺术"直接或间接结合着道德诸观念。"因为美的艺术的"快乐同时是修养并调整着精神达到理念，因而使它能容受许多这样的快感与慰乐"。这就是说，美的艺术的快感是和认识、道德的提升联系在一起的。如果说作为依存美的美的艺术有目的，这就是它的目的。但是这目的不是像机械的艺术为了某个确定概念的认识的那种目的，也不是像快适的艺术单纯为了官能感觉愉快的那种目的,从这种具体目的的意义上说,它没有目的。"美的艺术是一种意境,它只对自身具有合目的性,并且,虽然没有目的,仍然促进着心灵诸力的陶冶,以达到社会性的传达作用。"① 如果说艺术有目的,还有另一层意思,那就是它只对自身具有目的。即它以自己的形式,调动人的理解力和想象力的自由运动,适合人的自由本质的要求,使人获得审美愉快。然而美的艺术是一种意境,它所描绘的"境"是充满人的情和意的"境",它作用于人的反思判断,使人从个别的感性的肯定,上升为普遍的理性的体验,因此,美的艺术能够推进入的各种精神力量的修养,起到社会的交流作用,从而有益于人生,有益于社会。

2. 美的艺术不是自然却类似自然。

自然美是指自然事物自身所引起的审美感受,而艺术美则是对事物进行审美处理后所产生的表象审美感受,所以,即使是自身丑陋的东西,也能成为有美感的艺术品。因为,美的艺术就是一件反映着艺术家审美意向的艺术品。然而"尽管它也是有意图的,却需像似无意图的,这就是说,美的艺术须被看作是自然的,尽管人们知道它是艺术"。康德还说:"自然显得美,如果它同时像似艺术;而艺术只能被称为美的,如果我们意识到它是艺术而它又对我们表现为自然。"②

为什么康德强调自然要像艺术,艺术要像自然才美呢?因为康德认为如果某种自然现象叫人联想到某种巧妙的、有意图的创造,引起了理解力、想象力的自由活跃,因而令人愉快,这种自然现象才显得美;而艺术作为有意图的创造物,如果意图显现出来,露出人工的痕迹,使人看出作者是按某些规则进行创作的,那就束缚理解力、想象力的自由活跃,阻碍审美快感的产生。因此,美的艺术虽然有意图,必须像无意图,好像与自然本身一样,才能获得成功。

总的说来,康德认为美的艺术,从创作上来看,是有意图(审美意图)的、建筑于理性基础上的自由创造;从特征上来看,它不是自然又像似自然;从作用上来看,它以意境作用于人的反思判断,引起理解力和想象力的自由活跃,使人感到愉快,从而陶冶人的心灵,有益于人生和社会。

---

① (德)康德. 判断力批判(上)[M]. 宗白华译,北京:商务印书馆,1964:151.
② (德)康德. 判断力批判(上)[M]. 宗白华译,北京:商务印书馆,1964:152.

(六)持有的审美观念及对审美观念的看法

"观念"德文是"Idee",又译为"理念",是指包含着丰富内容的理性概念。审美观念是康德关于美的艺术的理论的重要范畴。

康德指出,有一些文学艺术作品,尽管人们指不出毛病来,但它没有精神(灵魂),因而好像没有生命。它们缺少的这"精神"指什么呢?"精神(灵魂)在审美的意义里就是那心意赋予对象以生命的原理;这个原理正是使审美者表现出来的快感机能。"[1]

什么是审美观念?康德说:"我所了解的审美观念就是想象力里的那一表象,它生出许多思想而没有任何一特定的思想,即一个概念能和它相切合,因此没有言语能够完全企及它,把它表达出来。"[2]康德又指出,理性观念恰好与审美观念相对立,理性观念(如宇宙、灵魂、自由)是一个概念,没有任何一个直观形象能和它相切合。审美观念是文学艺术家从审美要求出发,运用想象力创造出来的艺术形象,这一艺术形象包含着丰富的思想,但没有任何一种特定思想能够完全和这一艺术形象的意义相切合,这一形象是"说不尽的",又是"说不准的",它只可"意会"、不能"言传",正因为如此,它能引动欣赏者理解力和想象力的自由和谐,而这种理解力和想象力的自由和谐正符合人的心意机能的要求,引起了欣赏者的审美愉快。

康德认为审美观念的这种特点,在文学作品中表现得特别突出。康德所说的审美观念,概括了古今中外所有成功的艺术形象的一个共同特点,在叙事和戏剧作品中就是典型、在抒情作品中就是意境。例如,莎士比亚的《哈姆雷特》、歌德的《浮士德》,包含的思想内容是十分丰富的,抽取任何一种思想,或用任何一个概念都无法准确地概括这部作品形象的意义,就是里边的成功的人物形象也是这样,说不尽,也说不准。优秀的抒情作品同样有这样的特点,我国唐代诗人陈子昂的《登幽州台歌》:"前不见古人,后不见来者,念天地之悠悠,独怆然而涕下。"这种独特深邃的意境,我们只能领悟,而不能准确说出。然而,正因为这些作品有这样的特点,它才有精神才能引动我们的理解力和想象力的活跃,并且这种活跃本身产生着动力,使理解力和想象力向新的层次运动。也就是

---

[1] (德)康德.判断力批判(上)[M].宗白华译,北京:商务印书馆,1964:153.
[2] (德)康德.判断力批判(上)[M].宗白华译,北京:商务印书馆,1964:160.

说，好像这作品本身有生命力似的。因此人们喜欢它，使它具有长久的艺术生命力。

那么，审美观念是怎样形成的呢？康德对艺术创作的心理机制进行分析，来说明这个问题。他认为，创作符合审美观念要求的艺术形象要依靠多种心理功能的综合作用。"美的艺术需要想象力、悟性、精神和鉴赏力。想象力、理解力、理性力、鉴赏力处于一种合目的、自由运动的协调状态，才能创造出符合审美观念要求的艺术形象。"那么，这四者的关系是怎样的呢？"前三种机能通过第四种才能获致它们的结合。"[①] 就是说，艺术创作中的想象力、理解力、理性力的协调跃动，是以审美判断为基础，以审美判断为出发点和归宿的。艺术创作是审美创造活动，离开了艺术家的鉴赏力，其他三种心理功能的活动只能是其他活动，而不可能是艺术创造活动，更谈不到创造出符合审美观念的艺术形象。

但是在这四种心理功能中，想象力是最为活跃的因素，起着最重要的作用。康德认为艺术创作中的想象力是一种审美创造力，这种想象力受人的理性的支配，"它们对于某些超越于经验界限之上的东西至少向往着，并且这样企图接近理性诸概念（即智的诸观念）的表述"[②]。因此，虽然是真的自然给想象力提供素材，但它可以从经验的联想中解放出来，把自然提供的素材改造成优越于自然的东西。

由于想象力是在理性力引导下的活动，而理性力是人对经验现象世界背后的本体世界的追寻能力，对本体世界的把握只能靠内在直观、不能依靠概念，因此"诗人敢于把不可见东西的观念，例如极乐世界、地狱世界，永恒界，创世等来具体化；或把那些在经验界内固然有着事例的东西，如死、嫉妒及恶德，又如爱、荣誉等，由一种想象力的媒介超过了经验的界限——这种想象力在努力达到最伟大的东西里追迹着理性的前奏，即'在完全性里来具体化'，这些东西在自然里是找不到范例的。本质上只是诗的艺术，在它里面审美诸观念的机能才可以全量地表示出来"[③]。

总之，艺术创作活动中的想象力是和理性力联系在一起的。它追寻着理性观念的足迹，把理性观念具体化，理性观念作为概念，没有任何一个直观形象能和

---

① （德）康德. 判断力批判（上）[M]. 宗白华译, 北京：商务印书馆, 1964：166.
② （德）康德. 判断力批判（上）[M]. 宗白华译, 北京：商务印书馆, 1964：160.
③ （德）康德. 判断力批判（上）[M]. 宗白华译, 北京：商务印书馆, 1964：160-161.

它相切合，因而想象力把理性观念具体化，产生的形象，引发欣赏者更丰富的思想和想象，从而符合审美观念的要求。

想象力不但和把握本体界的理性力相联系，同时它也和把握现象界的理解力（又译"知性""悟性"）相联系。就其可感性而言，艺术形象属现象界的形式，而人们对现象界的把握，除了依靠先验的时空能力，还要依靠先验的知性范畴，因此想象力必须与理解力相结合，否则想象力创造出来的形象就不合逻辑，不可理解。然而这种结合不是为一个知性概念作图解，而是要服从审美创造的要求。这样，审美创造活动中想象力和理解力的关系与认识活动中想象力和理解力的关系就很不相同。

悟性，在康德的哲学中，指的是人类理解和处理概念的能力，它负责形成和应用规则以及概念，使我们能够判断和认识事物。康德将悟性视为认识事物的"规则制定者"，它通过将经验内容组织进入先验的概念框架（范畴）中来构建我们的知识世界。这些范畴包括因果律、实体性、必然性等，它们是人类理解经验的基础结构，不依赖于特定的经验内容。在康德的美学理论中，特别是在《判断力批判》里，想象力和悟性之间的关系进一步显现出其复杂性和重要性。康德认为，在审美判断中，想象力和悟性之间的自由游戏是产生美感的根源。这种游戏不依赖于对象的实际概念，而是一种不受特定目的约束的和谐互动。在这种互动中，想象力不仅产生了与众不同的直观形式，还促进了一种不依赖于概念的，而是基于形式的和谐，这与悟性的规则和范畴形成鲜明对比。

总之，在康德看来，艺术创作的四种心理功能中，创造性的想象力起着核心的作用，它以经验的审美判断作为材料，以对超感性经验的理性观念的追求为引导。它从一概念目的的表达出发，但又不受这一概念目的的控制，因此它创造出的艺术形象，可以符合审美观念的要求。

（七）"天才"的三个方面

康德认为符合审美观念要求的艺术形象是成功的美的艺术的形象。而审美观念的形成，取决于判断力、想象力、理性力、知性力之间，特别是想象力和知性力之间能否建立起一种特殊的和谐活跃的关系。然而这种关系是怎样的，作为艺术家本身是不知道的，别人更不能说明，因此不能人为造成。这样"美的艺术必然要看作出自天才的艺术"。

什么是天才？康德说天才是天生的心灵禀赋，通过它自然给艺术制定法规。康德在谈到创造的心意机能时，又指出，"天才就是：一个主体在他的认识诸机能的自由运用里表现着他的天赋才能的典范式的独创性。"[①] 具体说来，康德强调三个方面。

1. 天才的独创性

康德说天才是和模仿的精神完全对立的。所谓"模仿"，是指追随样板、套用公式的写作方法。天才不依靠任何公式和样板规则，他具有天赋的独创性，他创造出的作品是独特的，不同于任何别人的作品，而这种天赋的独创性是天才自己也不能说明的，不能化为公式和原则供别人使用的，天才的独创性具有神秘的特点。因此，康德认为，天才只涉及艺术，不涉及科学。因为科学有公式和原则，牛顿可以把他的科学知识和方法传授给别人，科学并不神秘；而艺术则不能，不论荷马还是魏兰（德国诗人）都无法教会旁人写出他们的那种伟大诗篇。牛顿和学徒之间只有智力程度的差别，而天才诗人和一般诗人之间则有种类上的差别。科学可以学习，一代一代传授，而艺术则"每个人直接受之于天，因而人亡技绝。"

2. 天才的典范性

通常，独创性是天才的作品的一个重要特点，独创性并不意味着可以天马行空、任意而为，而是蕴含了典范性。天才是大自然的骄子，自然通过天才创造的作品，为艺术立法。但这种立法不提供公式原则，而是提供典范。艺术的典范性只存在于具体的艺术形象中，供后来的艺术家体会，给予启示，而不是提供制作的方法，供人仿造。天才的艺术以其艺术形象提供一种无法用概念和法则表示的法则和标准，因此艺术的继承，只能靠天才的典范作为引导，而这种引导能否发生作用，就要看后来者是否也有类似比例的心理机能了。

3. 天才与鉴赏力的结合

康德认为，一个对象的美的表象，本质上只是一个概念的表达；而能否找到最恰当的表达形式，要靠鉴赏力。一个天才艺术家必须找到属于自己独创性典范性的材料、语言，使自己的鉴赏力得到满足，而这种来源于鉴赏力的恰当形式的获得，不是灵感的事业或心意诸能力自由飞腾的结果，而是一缓慢的，甚至是苦心推敲、不断改正的结果。艺术家应在伟大的艺术作品和大自然范本的观摩练习

---

① （德）康德. 判断力批判 上 [M]. 宗白华译，北京：商务印书馆，1964：164.

中提高自己的鉴赏力,并在自己的创作中不断辛勤地试验,努力找到适合思想的表达,又不使心意诸力活动的自由受到损害的形式。也就是说天才应和形成艺术形式的能力——鉴赏力结合,有鉴赏力而无天才,当然谈不到创造天才的作品;有天才而无鉴赏力,天才也就不成其为真正的天才了,极高的鉴赏力是天才的必须具备的条件。

第二节　席勒的《朴素的诗和感伤的诗》

席勒对文学的分类,其历史的分类虽然不尽科学,但揭示了文学类型的发展受历史发展制约的历史事实,这就为人们从历史的高度,在人类心理发展的不同阶段探讨文学艺术的发展规律开拓了道路。而席勒关于风格的分类,第一次对文学的两种基本创作方法做了理论的概括,他指出了单纯的、素朴的诗和感伤的诗的片面性,强调两者的结合,对于使文学沿着正确方向发展有重要的指导意义,因此也被后来的马克思主义文艺理论所吸收。

席勒的理论是有矛盾的,风格的分类与历史的分类有矛盾,对这两种诗的评价与他的人性理论也有矛盾。他认为古代人的人性是和谐完整的,因而古代的诗是素朴的诗,但又并不推崇素朴的诗,相反指出它的片面性,推崇两种诗的结合。造成这些矛盾的原因,是他的唯心主义思想体系和实事求是精神的矛盾。

席勒曾有力地揭露封建制度的黑暗,热烈地歌颂自由,因而被法国国民大会授予荣誉公民的称号。但当法国革命以暴力对付反革命势力的时候,他又反对暴力。在理论上也是如此,他厌恶丑恶黑暗,但又不主张煽动仇恨,不主张召唤行动去扫除黑暗丑恶,他只想通过文学艺术去陶冶人性,从而达到改造社会的目的。正因为如此,他对能激起人们热情的悲剧和揭露黑暗现实的讽刺诗是评价不高的,而对能使人从激情中解脱出来、表现和谐优美人性的喜剧和牧歌格外看重。

席勒的《素朴的诗和感伤的诗》是在歌德的影响下对文艺的发展做历史考察的结果,其中得出的结论反映了文艺发展的历史要求。

一、对"诗"进行分类并指出根据

席勒说:"诗的精神是不朽的,它绝不会从人性中消失。诗的概念不过是意味着给予人性以最完满的表现而已。"① 而现代和古代的人性不同，因而诗的类型也不同。席勒把古代的诗称为素朴的诗，把现代的诗称感伤的诗，从素朴的诗演变为感伤的诗，是人性从和谐演变为分裂的表现。

受文克尔曼影响，席勒认为，在古希腊，人性是完整和谐的，"感觉和理智，接受的能力和主动的能力，在实现它们的功能上还没有互相分离，更没有彼此对抗；他的感觉是印象的必然结果，他的思想是从事物的现实产生的"②。就是说，在古代，人的感觉和思想，外在的接受能力和内在的思维能力是和谐统一的，因而他的感觉和思想是和客观的自然相一致的。这时，人和自然是统一的，人的外在的生活和内在的思想是统一的，人就是自然。因此，模仿自然现实，也就能表现人性。这种模仿外在自然生活的诗就是素朴的诗。而现代，人性的完整和谐消失了。

席勒说，如果人踏上文明的道路，如果艺术开始陶冶他，他感觉的和谐就会消失不见了，他就只能力求达到道德的统一，并且用道德的统一来表现自己。他的感觉和思想的一致，以前在他的感性状态是一个实际，现在只作为一个观念存在着。

在文明状态下，由于人的天性的和谐活动仅仅是一个观念，所以诗人的作用就必然是把现实提高到理想，或者换句话说，表现或显示理想。也就是说，现代社会的人感性和理智已经处于分裂和对立状态，人的外在表现和内心思想追求不再是一回事，感性和理智的和谐已不是现实而只是一种理想，因此诗人要表现"完满的人性"，就不能像古希腊人那样去模仿外在的自然生活，而只能显示自己头脑中的理想。因为人失去了内心思想追求和外在生活的和谐的自然状态，又无比怀恋这种和谐的自然状态，所以诗人在显现自己头脑中的理想自然时，就不能不充满一种感伤的情怀，这就形成了近代的感伤的诗。席勒说："诗人或者就是自然，或者寻求自然。在前一种情况下，他是一个素朴的诗人；在后一种情况下，他是一个感伤的诗人。"③

---

① 古典文艺理论译丛编辑委员会. 古典文艺理论译丛第2册[M]. 北京：人民文学出版社，1961：2.
② 同①.
③ 同①.

二、认为素朴的诗与感伤的诗有所区别

第一,朴素的诗能够反映现实,感伤的诗能够映射理想。素朴的诗表现了诗人对外部世界的感受;感伤的诗表现了作者对客观世界的主观感受,以及由此而引发的思绪。

第二,素朴的诗对现实的描述是客观的,而不是正面批判;而感伤的诗对现实的描写带有强烈的主观色彩,诗人直接提出自己的看法,抒发自己的感受。

第三,素朴的诗给人一种愉悦、纯洁、宁静的感觉,就连悲惨主题的朴素诗也是这样。感伤的诗,在某种程度上使人感觉到严肃、庄重,它需要我们去感知意象,去思考理性的概念,在二者之间徘徊。

三、对"感伤的诗"进行分类

席勒说:"诗人所侧重的是现实还是理想?他是把现实写成引起反感的对象,还是把理想写成令人向往的对象?所以他的表现不是讽刺的,就是哀婉的,在这两种感受方式之中,每个感伤的诗人必居其一。"[1] 感伤的诗人大多对现实有所不满,都在以不同的方式追寻着自己的理想。如果感伤的诗表达了诗人对现实的反感,将诗人的理想寄托于对现实的批评之中,那么它就是讽刺诗;如果感伤的诗以理想比喻现实,以悲恸之情感怀逝去的青春,或者以祈求的心态描绘理想中的现实,那么它就是哀婉诗。

根据讽刺的诗的不同性质,席勒又把讽刺的诗分成惩罚的讽刺诗和嘲笑的讽刺诗(又译凄厉的讽刺诗和嬉戏的讽刺诗)。惩罚的讽刺诗的诗人"或者生活在颓废的时代,亲眼看到了令人可怕的道德败坏情况,或者亲身遭遇到种种不幸,使他的灵魂充满悲痛"[2]。因而他们以冷酷严峻的精神来描述现实,但这种描写必须以崇高的道德理想做基础,以崇高的道德理想批判地描写卑微、庸俗的现实。这种惩罚的讽刺诗不应以物质的得失作为批判现实的根据,更不应为发泄个人的不满进行"报复"和"诽谤"。"如果凄厉的讽刺诗只是适合于高尚的灵魂,那么

---

[1] 朱光潜.西方美学史(下)[M].北京:人民文学出版社,1984:486.
[2] 古典文艺理论译丛编辑委员会.古典文艺理论译丛第2册[M].北京:人民文学出版社,1961:7.

嬉戏的讽刺诗只能由一颗优美的心来完成。"[1]也就是说，嘲笑的讽刺诗应该以诗人的优美人格做基础，通过对讽刺对象的描写，显示诗人优美的心灵，即显现出自由的人性理想。

在席勒看来，惩罚的讽刺诗有如大海波涛汹涌时显示的崇高，而嘲笑的讽刺诗则好像静静溪流显示的优美。这里能明显地看出康德把审美活动分为"美"和"崇高"。这一思想对席勒的影响。席勒认为，惩罚的讽刺诗涉及崇高，嘲笑的讽刺诗涉及优美，前者就是悲剧，后者则是喜剧。

从上述观念出发，席勒对悲剧和喜剧做了比较，表达了更推崇喜剧的思想。他认为悲剧和喜剧有以下几点区别。

第一，悲剧是题材本身起作用，而喜剧的题材无关紧要，喜剧诗人必须以自己的人格力量维持题材的审美性质。

第二，悲剧诗人需要崇高的性格，他要经过紧张的努力才能达到各种各样的伟大；喜剧诗人需要优美的性格，这种优美性格包含一切伟大的形式，并且这些形式是自由自在地从他的本性中流露出来，并不需要特别的努力。

第三，悲剧具有激情的性质，而喜剧则具有理性的性质，它不断压抑热情（欲望、情感）来维护心灵的自由。"喜剧的目的是和人必须力求达到最高目的一致的，这就是使他自己从一切剧烈热情中解放出来，对自己的周围和自己的存在给予明晰和冷静的观察，到处都看到偶然的事件而不看注定的命运，嘲笑种种荒谬的事物，而对人的邪恶既不哭泣也不震怒。"[2]席勒认为，喜剧如果能达到这一目的，那就使一切悲剧成为多余的东西。在一向重视悲剧、轻视喜剧的西方，席勒这种把喜剧摆在悲剧之上的看法是别开生面的，显然是与他把和谐的人性看作为理想人性的观念联系在一起的。

哀婉的诗也可以分为两种：一种是狭义的哀婉诗；另一种是牧歌。前者把自然和理想当作失去的或没有达到的东西来写；后者把自然和理想表现为现实的东西加以欣赏。同样从他的和谐人性理想观念出发，席勒认为牧歌是感伤的诗的最高类型，因为牧歌中完全表现的是理想，"一切现实与理想的对立都已完全消除。"

---

[1] 古典文艺理论译丛编辑委员会.古典文艺理论译丛第2册[M].北京：人民文学出版社，1961：7.

[2] 古典文艺理论译丛编辑委员会.古典文艺理论译丛第2册[M].北京：人民文学出版社，1961：10.

但席勒又指出牧歌的性质也有区别,那种田园牧歌只能使病态的心灵得到治疗,健康的灵魂在其中找不到养料,它不能对渴望行动的人起作用,只有像弥尔顿的《失乐园》那种性质的牧歌,才是"最美的牧歌性的诗"。

四、基于历史和风格的分类

席勒从古代和现代的人性不同,提出了古代的诗是素朴的诗、现代的诗是感伤的诗的看法。这种看法是从他的唯心主义的人性理论中推导出来的,它并不符合文学类型存在的实际情况。于是他不得不在注释中作补充说明:"如果把近代诗拿来和古代诗比较,我们就不仅应该注意到时间的差别,也应该注意到风格的差别。甚至在近时,而且在最近期间,我们也看到多种多样的素朴的诗,虽然不是完全纯粹的;在古代罗马诗人中,甚至在希腊诗人中,也不是没有感伤的诗的,不仅同一个诗人身上,而且也在同一部作品中,也往往发现这两类的诗结合在一起,如在《少年维特之烦恼》中就是这样,正是这种性质的作品才常常使人最受感动。"[①]

这就是说,不论在古代,还是近代,都既有素朴的诗,又有感伤的诗,还有两者结合的诗,而且两者结合的诗效果最好,这就是按风格的分类。这种分类显然是和康德的按历史分类的理由相矛盾的,但他却更符合文学历史的实际情况。文学作为人类审美活动的产物,它既可以产生于根据一定的审美标准对现实的再现中,也可以产生于审美情感支配下对理想的表现里,更可以产生在两者的结合中,这就是现实主义和浪漫主义以及两者的结合,自古以来各民族的文学实践也确实是这样。席勒揭示了这种规律,是对文学理论的重要贡献。

风格的分类和历史的分类,表面是矛盾的;但从席勒写此文的目的来看,又并不矛盾。席勒的目的不只是单纯地总结文学发展不同历史阶段的不同风格的事实,更在于寻找理想的文学风格和创作方法。在席勒看来,诗不过是人性的表现而已,素朴的诗和感伤的诗都是人性发展过程中的产物,又都是表现片面人性的产物。素朴的诗表现人的感性经验,感伤的诗表现人的理性情感,而理想的人性应该是感性和理性的统一,因此诗的理想应该是素朴的诗和感伤的诗的结合。席勒的这种思想,在他和歌德交往以后不断发展。

---

① 古典文艺理论译丛编辑委员会.古典文艺理论译丛第 2 册 [M]. 北京:人民文学出版社,1961:12.

1796年他在给威廉·亨布尔特的信中说："不久以前才开始的这一年给我带来了何等多的现实主义的东西，由于和歌德的不断交往以及我的古代研究工作，我心中有许多的东西得到发展。我突然发现了我的关于现实主义和理想主义的思想的非常令人惊奇的证明，这个证明同时能在我的诗的结构中顺利地给我帮助。"这里他用"现实主义"和"理想主义"取代了"素朴的诗"和"感伤的诗"的概念了，他认为这两者的结合，对于《华伦斯坦》是非常真实的。席勒的歌剧《华伦斯坦》是两种诗结合的产物，因而取得了很大的成功。

第三节　黑格尔的艺术哲学

一、生平及著作

黑格尔（1770—1831年），19世纪德国古典哲学和美学的集大成者，辩证法的大师。黑格尔出生于德国符腾堡公国首府斯图加特城，他的父亲是公国财政部税务局的书记官。1780年起，黑格尔就读于斯图加特的一所文科中学，接受启蒙教育。1788年，黑格尔入图宾根大学学习哲学和神学，他对神学不感兴趣，而致力于哲学。1789年，黑格尔毕业于图宾根大学神学院。1801年，经同学谢林推荐到耶拿大学任教，法国拿破仑入侵耶拿后，黑格尔前往纽伦堡任中学校长。1816年，黑格尔重新回到大学，任纽伦堡大学教授。1818年应普鲁士教育大臣之邀到柏林大学任教，主讲哲学。1829年，黑格尔被推举为柏林大学校长兼政府代表。1831年被授予红鹰勋章，同年11月因霍乱去世。

黑格尔一生著作丰富，他生前出版的主要著作有：《精神现象学》，此书标志着黑格尔从谢林的追随者到独立哲学体系开创者的转变；《逻辑学》（又称《大逻辑》），在这部书中他系统地阐明了他的辩证法思想；《哲学全书》，包括逻辑学、自然哲学和精神哲学三部分，该作是黑格尔整个客观唯心主义哲学体系的系统表达。他的其他著作，如《哲学史讲演录》《历史哲学》《美学》等，都是在他逝世后由他的学生整理出版的。黑格尔的文论思想主要集中在三卷本的《美学》讲演录中。

二、对艺术类型的理解

黑格尔凭借自身对艺术史知识的掌握和高超的艺术鉴赏力,以历史的和逻辑的观点相统一的方法,具体考察了世界艺术的发展史,论述了不同阶段中艺术内容和艺术形式的关系:物质表现形式压倒精神内容;物质表现形式与精神内容契合;精神内容压倒物质表现形式。与这些关系相适应,黑格尔将艺术的类型分为三种:象征型艺术、古典型艺术和浪漫型艺术。黑格尔对艺术发展三阶段的划分,继承了德国艺术史家温克尔曼关于艺术发展三阶段的论点。温克尔曼在其《古代艺术史》中将古代艺术发展过程划分为东方艺术、古希腊艺术、中世纪和近代艺术。黑格尔借鉴这种分类方法,将艺术的类型分为三种,为我们勾勒了一幅人类艺术史发展的蓝图。

(一)对象征型艺术的理解

关于象征,黑格尔是这样界定的:"象征一般是直接呈现于感性观照的一种现成的外在事物,对这种外在事物并不直接就它本身来看,而是就它所暗示的一种较广泛较普遍的意义来看。"[1] 象征以一种人们可以感性观照的现成的外在事物,暗示某种意义,如狮子象征刚强、威严,鸽子象征和平,圆形象征永恒等。但"象征在本质上是双关的或模棱两可的"[2]。以狮子为例,除刚强、威严外,还与凶暴、残忍、勇猛等多种意义相连。

象征本身的暗示性和多义性造成了象征型艺术的模糊性、神秘性和暧昧性。在象征型艺术中,形式和内容的关系仅是一种象征关系,物质不是作为内容的形式来表现内容,而是物质的表现形式压倒精神的内容,用某种符号、某种事物来象征一种朦胧的认识或意蕴。印度、波斯、埃及等东方民族建筑是典型的象征型艺术。如埃及的金字塔,在黑格尔看来,就是由"艺术创造出来"的巨大的象征形象,其中有着很丰富的精神性的东西,金字塔的每一个部分都被赋予象征的意义:塔尖象征日光,塔的庞大结构、塔内的甬道象征人生奥秘,石门象征神界的威严等。

黑格尔认为,象征型艺术最初的艺术类型是艺术前的艺术,在这个时期人类

---

[1] (德)黑格尔.美学(第2卷)[M].朱光潜译,北京:商务印书馆,1979:10.
[2] (德)黑格尔.美学(第2卷)[M].朱光潜译,北京:商务印书馆,1979:12.

的认识有限，找不到合适的感性显现的形象来表达自己的理念，于是就采取了以某种符号或外在事物作为象征的形式。"我们把一般象征型艺术看作意义和表现形式还没有达到完全互相渗透互相契合的一种艺术形式。"①

随着历史的发展，象征型艺术在经历了不自觉的象征、崇高的象征和自觉的象征三个具体阶段后，过渡到完美的艺术类型——古典型艺术。

（二）对古典型艺术的理解

象征型艺术由于理念本身的不确定性、抽象性，造成了形式与内容的分离。到了古典型艺术，理念是具体的，它无须借助于外在形式，而是自己否定自己，规定自己，使自己外现于形象。形式成为理念的感性显现，理念不再外在于形式，而是渗透到形式的全部，形式也不再外在于内容，而是符合内容的要求并充分表现内容，这样内容和形式达到了高度统一。

在黑格尔看来，古典型艺术结束了象征型艺术意义与形象分裂的状态，使二者实现了和谐统一，艺术遂结束了它的前艺术时期，进入了"真正的艺术"时期。黑格尔对于古典型艺术给予了高度的评价，他认为，"古典型艺术是理想的符合本质的表现，是美的国度达到金瓯无缺的情况。没有什么比它更美，现在没有，将来也不会有"②。黑格尔认为古典型艺术是最理想的艺术。人的形象是古典型艺术表现的中心。古典型艺术不借助于外在事物体现精神性的内容，而是以精神性的主体自己来作为表现形式。人的全部构造"显得是精神的处所""是精神的唯一可能的自然存在""精神也只有在肉体里才能被旁人认识到""形成真正的美和艺术的中心和内容的是有关人类的东西"③。用人的形象作为艺术表现的中心，是绝对理念作为艺术内容不断发展的结果，也是艺术成熟的标志之一。

古典型艺术对人的认识已进入自觉的阶段，它所表现的精神内容也从象征主义的抽象模糊发展为具体明确。古典型艺术常通过对人的情感、本能冲动、事迹、遭遇、行动的描绘来和谐地表现精神。古希腊艺术就是理想的古典型艺术，希腊人心目中的神，不是高高在上的，而是具有人的形体，同凡人一样生活，有着凡人的喜怒哀乐，神不是一个抽象、模糊的概念，而是被直接感性化，具体化为一

---

① （德）黑格尔. 美学（第2卷）[M]. 朱光潜译，北京：商务印书馆，1979：148.
② （德）黑格尔. 美学（第2卷）[M]. 朱光潜译，北京：商务印书馆，1979：274.
③ （德）黑格尔. 美学（第2卷）[M]. 朱光潜译，北京：商务印书馆，1979：163-166.

个个栩栩如生的人的形象，如宙斯是正义、道德、权力等理念的具体化，雅典娜则是智慧、和平的化身，他们不仅生活在人们之中，而且改变着人们的生活。古希腊艺术使人的形象成为艺术的中心，从而实现了美的理想。

古典型艺术消除了象征型艺术表现出来的那种物质形式和精神内容不协调的矛盾，使内容与形式构成了一个和谐的整体。古典型艺术以人的形象作为艺术表现的中心，有益于艺术的进一步发展。但由于理念始终处于运动变化之中，随着时代的发展，古典型艺术的这种和谐，又出现了新的分裂，最后导致了它的解体。

（三）对浪漫型艺术的理解

黑格尔所讲的浪漫型艺术，不同于文学史上所说的18世纪末出现的浪漫主义思潮，它的时间跨度从中世纪到黑格尔所处的时代（18世纪末—19世纪初）。绝对理念的发展使艺术的精神内容压倒物质形式，于是内容与形式出现了新的不协调。"精神愈感觉到它的外在现实的形象配不上它，它也就愈不能从这种外在形象中去找到满足，愈不能通过自己与这种形象的统一去达到自己与自己的和解。"[1] 外在现实的形象无法满足精神内容的要求，于是精神内容"退到它自身"，即退回到精神世界，以表现精神的内在生活为主要内容，浪漫型艺术由此产生。

浪漫型艺术有着自身一系列的新特点，首先浪漫型艺术遵循内在主体的原则。在浪漫型艺术中，由于精神退回到自身，直接表现精神的内在内容，展示内心生活，所以表现自我，表现心灵的矛盾和冲突，就成为浪漫型艺术的主题。"浪漫型艺术的真正内容是绝对的内心生活，相应的形式是精神的主体性，亦即主体对自己的独立自由的认识。"[2] 其次，浪漫主义不回避古典主义表现的罪恶、丑陋、怪诞。浪漫型艺术是精神退回自身、与自身和解的产物，这实质上是精神自分裂、自运动的过程。只有通过分裂，精神才能转化为更高层次的统一。故浪漫型艺术表现痛苦、丑恶，甚至死亡乃是出于精神运动的必然。再次，浪漫型艺术有着更高的精神美。浪漫型艺术虽丧失了古典型艺术那种自由生动、静穆和谐的理想美，却获得了更高的精神美，因为古典型艺术还只是"精神在它的直接的感性形象里的美的显现"，而浪漫型艺术则是精神超越了直接的感性显现，达到"自己与自己的融合"。浪漫型艺术以中世纪基督教艺术为开端，经历了以荣誉、爱情和忠

---

[1] （德）黑格尔. 美学（第2卷）[M]. 朱光潜译，北京：商务印书馆，1979：285.
[2] （德）黑格尔. 美学（第2卷）[M]. 朱光潜译，北京：商务印书馆，1979：276.

贞三大主题为中心的"骑士风"阶段，至文艺复兴时期，进入它的第三阶段即近代资本主义的浪漫型艺术。

总之，黑格尔对艺术所作的这种划分，为我们提供了较为系统、清晰的艺术发展简史。他把一部人类艺术史解释为客观的绝对理念、精神在不断外化自己、显示自己的运动中从摸索性形象（象征型）到与形象吻合（古典型），再到返归精神（浪漫型）的历程。在他的理论中，包含着对艺术发展历史与规律的许多天才的猜测和理性的思考。

三、对诗的概括

由于黑格尔把诗看成最高的艺术形式，加之他本身对各种文学作品的深入研究，所以他的诗论部分写得十分精彩。黑格尔所说的诗是广义的诗，也就是文学。黑格尔将诗分为三种，并对各自的特征作了精辟的概括。

首先是史诗。黑格尔认为史诗的根本特征是客观性。史诗是通过对客观世界发生的事迹的忠实描述，来揭示其内在发展规律的，诗人自己并不露面，"其中事态是自生自发的，诗人退到台后去了"①。史诗往往以客观地反映整个民族、时代的精神为主要内容，它常以英雄人物为主人公，通过对他们及其业绩的描写来表现全民族的精神。在强调史诗的客观性的同时，黑格尔并不否定诗人的主体性，认为虽然史诗描述的是客观的东西，"可是在诗里表现出来的毕竟还是他自己的，他按照自己的看法写成了这部作品，把他自己的整个灵魂和精神都放进去了"②。因此，黑格尔所说的史诗客观性，是渗透着作者主体性的客观性。与艺术历史发展的三种类型相适应，黑格尔把史诗的发展分为三个阶段：第一阶段是东方史诗，代表作有印度史诗《摩诃婆罗多》《罗摩衍那》，阿拉伯的抒情叙事英雄歌《哈玛莎》《牟尔拉卡特》等；第二阶段是以《荷马史诗》为代表的希腊罗马古典型史诗；第三阶段是浪漫型史诗，代表作有但丁的《神曲》，塞万提斯的《堂吉诃德》等。

其次是抒情诗。与史诗的客观性相反，抒情诗是对史诗客观性的否定，它以主体性为基本特征。它的"内容是主体（诗人）的内心世界，是观照和感受的心灵，这种心灵并不表现于行动""抒情诗采取主体自我表现作为它的唯一的形式

---

① （德）黑格尔.美学（第3卷下册）[M].朱光潜译，北京：商务印书馆，1981：99.
② （德）黑格尔.美学（第3卷下册）[M].朱光潜译，北京：商务印书馆，1981：113.

和终极的目的"①。抒情诗的主体性特征决定了它描写的内容比之史诗要狭窄。它描写的重点不是必然的对象,而是偶然发生的情感。所以在黑格尔看来,从一首史诗中可以看出一个时代、民族的基本精神,而从一首抒情诗中至多只可以体现其中的一个特殊方面,"只有通过全民族的抒情诗的全部作品,而不是通过某一首抒情诗,才能把全民族的旨趣,观念和目的都表现无遗。"②另外,抒情诗在表现方式上与史诗有较大差异。史诗以客观世界为出发点,它"一般是铺开来描写现实世界及其杂多现象",而让诗人"淹没在客观世界里"③;抒情诗则把客观世界"吸收到他的内心世界里",使之主体化、内心化、情感化,变成诗人思想感情的组成部分。所以,黑格尔认为史诗的写作原则是展开和铺陈,"抒情诗的原则是收敛或浓缩"④。

第三是戏剧体诗。黑格尔对戏剧体诗评价最高,认为戏剧体诗是诗中之冠,因为它既有史诗的客观性因素,又有抒情诗的主观性因素,是适宜于表现人物性格冲突的。黑格尔将戏剧分为悲剧、喜剧和正剧,其中以悲剧理论影响最大,故在下面作详细介绍。

四、形成的悲剧观

黑格尔被公认为是继亚里士多德之后"唯一以既独创又深入的方式探讨悲剧的哲学家"⑤。他的悲剧理论虽在其整个理论中所占篇幅的比重不大,但他的悲剧学说的地位却十分重要。伊恩雷尔·诺克斯曾这样评价黑格尔悲剧学说的地位:"人们如果谈黑格尔的艺术哲学而不去考察他关于悲剧本质的概念,那就几乎等于演《哈姆雷特》这出戏缺了丹麦王子的角色。"⑥

(一)悲剧的冲突及本质

作为一个哲学家,黑格尔的悲剧学说中也处处渗透着他的哲学思想。他以一个哲学家的眼光,在亚里士多德之后对悲剧作出深刻而系统的研究。黑格尔认为

---

① (德)黑格尔.美学(第3卷下册)[M].朱光潜译,北京:商务印书馆,1981:99-100.
② (德)黑格尔.美学(第3卷下册)[M].朱光潜译,北京:商务印书馆,1981:190-191.
③ (德)黑格尔.美学(第3卷下册)[M].朱光潜译,北京:商务印书馆,1981:212.
④ 同③.
⑤ 蒋孔阳.德国古典美学[M].北京:商务印书馆,1980:313.
⑥ 程孟辉.西方悲剧学说史[M].北京:中国人民大学出版社,1994:300.

悲剧最适合表现辩证法，于是在悲剧史上第一个把矛盾冲突学说真正运用于悲剧学说，自觉地把悲剧看成是一种对立统一的辩证过程。他的悲剧学说正是以"冲突说"为基础的。在黑格尔的影响下，悲剧必须表现冲突，成了西方许多悲剧作家恪守的创作原则。

黑格尔对悲剧理论的突出贡献，表现在他明确提出理想的悲剧只能建立在特定的矛盾冲突之上，矛盾是一切运动和生命力的根源。事物正是因为本身的矛盾，所以才有运动和发展。这一理论对悲剧也同样适用。悲剧冲突是悲剧的推动力量，"因为冲突一般都需要解决，作为两个对立面斗争的结果，所以充满冲突的情境特别适宜于用作剧艺的对象，剧艺本是可以把美的最完满最深刻的发展表现出来的"[①]。悲剧的本质就是表现两种对立的普遍伦理力量的冲突及和解。黑格尔运用对立统一的矛盾法则解释悲剧冲突。他把冲突看成戏剧的最高情境，只有当情境显示对立统一、导致冲突的时候，情境才开始现出它的严肃性和重要性。

黑格尔重视由精神方面差异而产生的冲突，认为只有建立在这种冲突基础上的悲剧，才是理想的悲剧。换言之，唯有精神方面的矛盾冲突，才能构成悲剧的原动力。黑格尔指出："形成悲剧动作情节的真正内容意蕴，即决定悲剧人物去追求什么目的的出发点，是在人类意志领域中具有实体性的本身就有理由的一系列的力量：首先是夫妻，父母，儿女，兄弟姊妹之间的亲属爱；其次是国家政治生活，公民的爱国心以及统治者的意志；第三是宗教生活，不过这里指的不是不肯行动的虔诚，也不是人类胸中仿佛根据神旨的判别善恶的意识，而是对现实生活的利益和关系的积极参与和推进。真正的悲剧人物性格就要有这种优良品质。"[②]这一系列力量是存在于人类意志领域中的三种实体性的普遍的伦理力量。

真正的悲剧人物所体现的必是某种合理的精神力量，他的一切行为皆受到这一普遍精神力量的驱使，因而他们的行为是正当的。但普遍的伦理力量进入人物性格时，就会被具体化和特殊化，这样每个人物都代表一种伦理力量，每一个悲剧人物就其性质来说，只是作为一种个别的"普遍力量"出现。这种"个别"的性质决定其在追求"个别性"的目标和性格时必然坚持片面性的立场，冲突双方相持不让，均站在片面的立场上维护自己，破坏对方，从而形成不可避免的矛盾

---

① （德）黑格尔. 美学（第1卷）[M]. 朱光潜译，北京：商务印书馆，1979：260.
② （德）黑格尔. 美学（第1卷）[M]. 朱光潜译，北京：商务印书馆，1997：284.

冲突。如黑格尔所说："双方都在维护伦理理想之中而且就通过实现这种伦理理想而陷入罪过中。"[①]这就是悲剧冲突的必然性，也是悲剧冲突的实质。

（二）悲剧冲突的类型

黑格尔将悲剧冲突分为三种。

第一类，是由单纯的物理或自然的原因，如疾病、车祸、地震等所产生的冲突。这种冲突就其本身来说不是一种理想的戏剧冲突，它只是作为冲突的基础、原因和起点对引起进一步的冲突有作用，悲剧艺术之所以选用它们作题材，正是看中了这一点。以索福克勒斯的悲剧《菲罗克忒忒斯》为例：菲罗克忒忒斯的脚被毒蛇咬伤是单纯的自然原因，但这一自然原因破坏了他生活的和谐，给他带来了被弃荒岛九年的悲惨命运。他对自己所受的不公正的待遇表示愤慨，采取了一系列的行动，从而带来了一系列的冲突后果。正是菲罗克忒忒斯"身体上的灾祸"导致了该剧"进一步冲突的最远原因和出发点"。事实上，如果将自然性的灾祸孤立起来看，不过是一些偶然的事件而已，但一旦将它作为悲剧的题材，普通的自然性灾祸就被赋予了新的内容，成为引起进一步冲突的起点。

第二种是由自然条件所产生的心灵冲突。这里的自然条件是指和自然紧密联系的亲属关系、阶级地位、权利世袭以及人的自然禀赋和脾性等。作为外在的力量，就其本身而言，也并非是构成冲突的必然因素，但当它和人们的追求、愿望相联时，就成为构成心灵冲突的基础。黑格尔将这种冲突具体分为三类。

第一类，由亲属关系所引起的继承权，尤其是"王位继承权"的冲突。过去王位的继承权没有明文规定，王室成员都可继承，因而经常发生亲属之间的王位之争。描写这类冲突的名剧有索福克勒斯的《七将攻打忒拜》、莎士比亚的《麦克白斯》等。

第二类，阶级出身和人应有的权利、欲望和要求构成的冲突。黑格尔对这一冲突的论述反映了他思想的矛盾。黑格尔主张作为一个有独立意识的人，理应有生的权利，有人的自由和自尊，可以凭自己的资禀和才能选择自己的道路。但现实生活中，出身的差别，由于世俗和法律的影响，个人根本没有选择的自由，由此便产生了冲突。农奴何尝不渴望自由的生活，但其出身决定了他们没有自由，被人统治。黑格尔在讨论这种冲突时，为了体现他的艺术理想和人性理想，对这

---

① （德）黑格尔. 美学（第三卷 下册）[M]. 朱光潜译. 北京：商务印书馆，1981：286.

类冲突在艺术中的运用作了种种限制。例如他认为个人想超越阶级的局限，必须在心灵方面具备另一阶级的优点，否则这种要求便是愚蠢的。如果一个仆人有贵族的教养、社会地位和生活方式，他爱上一个公主或贵妇是合理的。然而一个仆人又怎么会有贵族的教养、地位和生活方式呢？黑格尔自己也不得不承认正是由于出身的差别，"人的概念"的体现"仿佛受到一种自然力量的阻碍和危害"[①]。这种冲突的例子在文学史上不乏其例，如席勒的《阴谋与爱情》中平民之女路易丝与宰相之子斐南相爱以悲剧告终，就反映了这种冲突。

第三类，由天生性情造成的主体情欲所形成的冲突。最显著的例子是莎士比亚的《奥赛罗》。奥赛罗因为妒忌、心胸狭窄、多疑而杀死美貌的妻子，酿成他们的爱情悲剧，这种天生的性情，使人们违反了道德和合理的原则，导致了人的心灵冲突。以上的三种冲突都是由人的自然条件所导致心灵的冲突，这些冲突归根到底，只是导致精神分裂与对立的动因和外部条件。黑格尔认为这种自然条件的作用是"形成更进一步的冲突的枢纽"。所谓的"更进一步的冲突"，即是下面所讲的第三种冲突。

第三种冲突是心灵的冲突，这是最本质性的冲突，也是黑格尔认为最理想的冲突。黑格尔所说的心灵冲突是指，"一方面须有一种由人的某种现实行动所引起的困难、障碍和破坏；另一方面须有本身合理的旨趣和力量所受到的伤害"[②]。引起心灵的冲突的根源是人们的行动破坏了某种本身是合理的东西，从而引起心灵的矛盾和心灵差异面的斗争。这种冲突的根源不在于外部自然，而在于作为主体而存在的人的行动之中。黑格尔将这种冲突也分为三类。

第一类，人无意中做错了事，后来认识到那件事在本质上破坏了某种应受尊重的道德力量，即冲突源于"行动发生时的意识与意图和后来对这行动本身的性质的认识之间的矛盾"[③]。如俄狄浦斯无意中犯下了杀父娶母之罪，当他明白真相后，大错已铸成，于是心灵陷于分裂和冲突。

第二类，"意识到的而且由于这种认识和意图才产生出的破坏"[④]。与上面一种冲突的无意识性不同，这一类型的冲突源于人的有意识的行动。反映这类冲突的

---

① （德）黑格尔. 美学（第1卷）[M]. 朱光潜译，北京：商务印书馆，1979：265.
② （德）黑格尔. 美学（第1卷）[M]. 朱光潜译，北京：商务印书馆，1979：271.
③ 程孟辉. 西方悲剧学说史 [M]. 北京：中国人民大学出版社，1994：305.
④ （德）黑格尔. 美学（第1卷）[M]. 朱光潜译，北京：商务印书馆，1979：272.

悲剧有埃斯库罗斯的《俄瑞斯忒斯》（三部曲），剧中的阿耳戈斯国王、特洛伊战争中的希腊联军统帅阿伽门农，为了大军顺利返回希腊，不得不杀死亲生女儿祭神。黑格尔认为这种冲突最能体现心灵的冲突。

第三类，行动本身不引起冲突，但是"由于它所由发生的那些跟它对立矛盾的而且是意识到的关系和情境，它就变成一种引起冲突的行动"[①]。以罗密欧与朱丽叶的爱情悲剧为例，二人相爱本身并不引起他们心灵的冲突，但是隐藏在他们爱情背后的家族世仇，决定了爱情双方必然陷入冲突。

（三）悲剧的结局和效果

悲剧中的任何一方，作为一种伦理的体现者和推动者来说，均有其存在的理由和正确合理的一面，但对于另外一个合理的力量而言却又是片面的、不合理的。任何冲突都会有一个终结，悲剧冲突也是如此。悲剧冲突的解决，要通过代表片面性和特殊性要求的悲剧人物的毁灭，使破坏伦理实体的统一的片面的因素遭到否定，即"把伦理的实体和统一恢复过来"，以显示"永恒的正义"。

在黑格尔看来，悲剧人物性格和行动的矛盾冲突本身并非悲剧的要义所在，悲剧的真正要义在于证明冲突双方的那种代表普遍力量的伦理要求并不意味着真理，而只有将这种片面性否定才能达到真正的伦理理念，即所谓的"永恒的正义"或"永恒的公理"。

黑格尔认为悲剧的结局有两种：一种是冲突双方同归于尽；另一种是冲突的双方有一方实行退让，放弃原先片面性的要求，双方和解，永恒的公理取得了胜利。

能说明第一种情形的典型悲剧是索福克勒斯的悲剧《安提戈涅》。安提戈涅为尽兄妹之情，不顾国王克瑞翁的禁令为其哥哥波吕涅克斯收葬，最后自杀于牢中；克瑞翁从维护国家利益出发，严禁任何人为因争夺王位而死的人收尸，双方陷入无法克服的矛盾，导致悲剧性结局。他们双方既有合理化，又有各执一端的片面性，各自的片面性导致矛盾的激化，安提戈涅毁灭，国王家破人亡，但也正是这种结局，使冲突双方的合理性得到了坚持，实现了永恒正义的胜利。

能说明第二种情形的有埃斯库罗斯的《复仇女神》。俄瑞斯忒斯受太阳神阿

---

① （德）黑格尔.美学（第1卷）[M].朱光潜译，北京：商务印书馆，1979：273.

波罗之命,为替父报仇,杀死母亲。复仇女神代表女权要追究俄瑞斯忒斯的罪责,太阳神阿波罗则代表父权为其辩护,在法官们投票表决的票数正反各半的情况下,雅典娜投了决定性一票使俄瑞斯忒斯得以赦免。复仇女神们也因得到永远受雅典人崇拜而颇感满意,双方的冲突以和解结局。不管悲剧的结局是毁灭性的还是调和性的,其伦理意义是一样的,即抛弃导致冲突的片面性,从而达到新的"和谐"。悲剧通过冲突的展开与"和解"的实现,揭示了永恒正义的胜利,从而给人以胜利的欢愉和满足,这就是悲剧的效果。

黑格尔的悲剧学说是自亚里士多德以来在悲剧史上树立起来的又一座丰碑。他第一个用辩证统一的观点去揭示悲剧的本质。黑格尔悲剧思想以"冲突"为核心,他把悲剧的本质解释为不同伦理力量之间的冲突,以永恒正义的胜利作为悲剧结局。和亚里士多德一样,黑格尔的悲剧学说的基本倾向是乐观的。他通过"永恒正义的胜利"赋予悲剧以乐观主义底蕴。在黑格尔之后许多理论家都明确指出,悲剧不是悲观主义,相反悲剧之中可能蕴含着比喜剧更丰富的乐观主义,悲剧的最终目的应是加强观众对于人类美好事物的信念。

第四节 歌德的艺术经验总结

歌德(1749—1832年)是德国伟大诗人,剧作家,著名美学家。自19世纪中叶以来,西方文学史家把荷马、但丁、莎士比亚和歌德誉为世界四大诗人。

一、生平及美学

歌德生于美因河畔法兰克福的一个中产阶级家庭。1765年到莱比锡大学攻读法律,1771年获法学博士学位。1776年定居魏玛,曾任过这个小公国的大臣、枢密顾问。1794年与席勒结为挚友,二人成为德国狂飙突进运动的伟大旗手。1832年3月22日逝世。歌德一生都处于欧洲历史大变革的年代,封建制度日趋崩溃,资本主义制度在欧美各国逐步确立,科学技术迅速发展,这一切在歌德的作品中都留下了投影。《歌德全集》有143卷,歌德不仅在诗歌、戏剧、小说创作上享誉世界,在文学批评、美学、历史学、造型艺术和自然科学等许多领域,也都有卓越的建树。

歌德在青年时代就接受了荷兰哲学家斯宾诺莎的泛神论思想，在赫尔德的影响下，培养起了对德国民间文学、荷马史诗和莎士比亚创作的强烈爱好。在美学观点和文艺思想上，他受狄德罗和莱辛的影响最深。随着时代和科学的进步，歌德的美学观点和文艺思想，比起启蒙主义美学家来说，具有更多的辩证法因素。在德国古典美学家中，他是最注重实际、反对以抽象的哲学思辨指导创作的突出代表人物。他的深广的文艺修养和科学修养，使他能够从理论和实践的结合上总结历史的经验和回答现实创作中遇到的理论问题。歌德的文学理论很少思辨性，实际是欧洲著名作家、艺术家（包括歌德本人）的艺术经验的结晶。

歌德的美学观点和文艺理论主张，散见于他的大量著作，主要是《歌德谈话录》《诗与真》《歌德的格言和感想集》《说不尽的莎士比亚》《自然的单纯模仿·作风·风格》等。歌德从自己的丰富的艺术实践经验出发提出的文艺理论主张，具有明显的现实主义倾向和唯物主义性质。他的理论贡献是独特的，又是多方面的。

二、从文艺与现实的关系角度谈艺术创作

在文艺与现实的关系问题上，歌德有着辩证而又深刻的理解。他认为一切文学艺术作品都是来自现实生活，诗人正是从现实生活中获得坚实的基础。他说："世界是那样广阔丰富，生活是那样丰富多彩，你不会缺乏作诗的动因。但是写出来的必须全是应景即兴诗。也就是说，现实生活必须提供诗的机缘，又提供诗的材料。一个特殊具体的情境通过诗人的处理，就变成带有普遍性和诗意的东西。我的全部诗都是应景即兴诗，来自现实生活，从现实生活中获得坚实的基础。我一向瞧不起空中楼阁的诗。"[1] 不要说现实生活没有诗意。诗人的本领，正在于他有足够的智慧，能从惯见的平凡事物中见出引人入胜的一个侧面。

歌德这里说的"诗"，泛指一切文学作品。现实生活不仅使作家产生作诗的动机，而且为作家的创作提供丰富的材料。因此，作家必须面向现实生活，研究现实生活，生动地显示出生活的诗意。歌德坚决反对作家脱离现实生活去冥思苦想埋头搞大部头作品，反对作家从抽象的哲学思辨观念出发，他认为这种倾向对德国人是特别有害的。歌德在同爱克尔曼的谈话中，一再劝告爱克曼应从观念中

---

[1] （德）爱克曼. 歌德谈话录[M]. 朱光潜译，北京：人民文学出版社，1978：6-7.

解放出来，深入到现实生活中去，对所描写的每一个别事物，都要做仔细观察，进行深入彻底的研究，去探索和发现生活中的突出的、具有意义的东西。他说："我只劝你坚持不懈，牢牢地抓住现实生活。每一种情况，乃至每一时刻，都有无限的价值，都是整个永恒世界的代表。"①

在歌德的诗歌和谈话中，提到"自然"的地方很多。他所说的"自然"包括人类的社会生活和整个大自然界。他从"泛神论"观点出发，把自然看成一个客观存在并遵循着一定规律运动的整体。他认为对艺术家所提出的最高要求就是："他应该遵守自然，研究自然，模仿自然，并且应该创造出一种毕肖自然的作品。"他认为艺术家只有认识和掌握自然事物的规律，才能获得创作的自由，彰显出大师的本领。但模仿自然并不等于再现自然，它必须超越自然，创造出"第二自然"。

三、从文艺与时代的关系角度谈艺术创作

恩格斯说："歌德在德国文学中的出现是由这个历史结构安排好了的。"② 时代造就了歌德，同时，歌德也十分在意时代的变迁。他经常从"文学"与"时代"的关系出发，对"名家"的著作进行考察，从中归纳出文学史发展的趋势与规律。他把莎士比亚的伟大之处归结于他对文艺复兴这一伟大时期的真实描写。诗人生活在一个值得尊重并且重要的时代，他非常清楚地把这个时代的文化教养，甚至是不良教养也表现给我们看，可以说，假如他不跟着他的时代同处的话，他不会对我们产生那么大的影响。

时代不断地向前发展。歌德说要在世界上划出一个时代，要有两个众所周知的条件：首先要有一副好头脑，其次要继承一份巨大的遗产。没有许多伟大先驱的努力开拓，就不会有各国文学的发展。通过对欧洲文学史的综合比较研究，歌德对不同时代出现的不同创作倾向作了高度的概括。他在同艾克尔曼谈话中说："一切倒退和衰亡的时代都是主观的，与此相反，一切前进上升的时代都有一种客观的倾向。"③ 歌德的这一观点是极为深刻的。所有上升时代的进步作家，他们都是朝气蓬勃的，对人生满怀信心与骄傲，因此，他们勇于向世人展示自己那个

---

① （德）爱克曼. 歌德谈话录[M]. 朱光潜译，北京：人民文学出版社，1978：12.
② （德）恩格斯. 马克思恩格斯全集（第4卷）[M]. 北京：人民出版社，1976：254.
③ 同①.

年代的美丑、崇高与卑下，将社会矛盾揭露出来，勇于展现时代精神；与此形成鲜明对比的是那些代表着退步与衰落的作家，因为他们看不到社会进步的希望，所以不敢面对现实，只好躲藏在艺术的"象牙塔"里，抒发主观思想、情感，这类艺术家很难有积极、进步的思想。

然而歌德并没有停留在对时代的宏观考察上面，他进而结合文学创作的实际，提出了"古典的"和"浪漫的"概念。他说："我想到一个新的说法，用来表明这二者的关系还不算不恰当。我把'古典的'叫作'健康的'，把'浪漫的'叫作'病态的'。"[1]歌德认为，《尼伯龙根之歌》和荷马史诗就属于"古典的"，其特点强壮、新鲜、愉快健康，富有生命力。19世纪初期德国文坛上出现的一些脱离现实、单纯表现自我的悲观厌世消极情绪的作品，就是"浪漫的"，其特点则是病态、软弱。当然，歌德这里并不是说文学不能表达作者的主观思想感情，他所批评的是一种脱离现实的病态的主观的创作倾向。歌德在《说不尽的莎士比亚》一文中，进一步将古典的与浪漫的文学作了比较，如古典的、近代的；纯朴的、感伤的；异教的、基督教的；英雄的、浪漫的；现实的、理想的；等等。歌德认为"古典的""纯朴的""现实的"诗，其基础是真实；而"病态的""伤感的"诗，其往往流于矫揉造作，缺乏真实性。

从古典的和浪漫的诗深化下去，歌德进一步从理论上提出了古典主义，现实主义和浪漫主义的问题。从目前见到的历史文献看，歌德是第一个明确提出和论证"创作方法"概念的美学家。1830年3月21日，他在同爱克尔曼的谈话中说："古典诗和浪漫诗的概念现已传遍全世界，引起许多争执和分歧。这个概念起源于席勒和我两人。我主张诗应采取从客观世界出发的原则，认为只有这种创作方法才可取。但是席勒却用完全主观的方法去写作，认为只有他那种创作方法才是正确的。为了针对我，来为他自己辩护，席勒写了一篇论文，题为《素朴的诗和感伤的诗》。他想向我证明：我违反了自己的意志，实在是浪漫的。说我的《伊菲姬尼亚》由于情感占优势，并不是古典的或符合古代精神的，如某些人所相信的那样。史雷格尔弟兄抓住这个看法把它加以发挥，因此它就在世界传遍了，目前人人都在谈古典主义和浪漫主义，这是五十年前没有人想到的区别。"[2]

---

[1] （德）爱克曼.歌德谈话录[M].朱光潜译，北京：人民文学出版社，1978：185.
[2] （德）爱克曼.歌德谈话录[M].朱光潜译，北京：人民文学出版社，1978：136—221.

歌德这里所说的"古典的"或"古典主义"和 17 世纪法国的古典主义有联系，但又有根本的区别，这里实质上是指现实主义。这种创作方法最基本的特点在于（正如歌德所说的），它采取从客观世界出发的原则，而不是像布瓦洛要求的从"理性"出发。根据当时德国文坛的实际情况，歌德大力提倡现实主义，反对"软弱的、感伤的、病态的"浪漫主义。他对作家们的种种现实主义的探索和努力，都充分加以肯定。他认为由于寻求现实主义的欲望而产生的感觉上的各种错误倾向，总比那些表现为寻找理想主义的个人欲望而产生的错误倾向要好得多。从歌德对莎士比亚创作的论述和他自己的创作实践中可以看出，在创作方法上，他是在探求古典的（现实主义）与浪漫主义的某种程度上的结合。在古典的和浪漫的作品的历史比较中，他认为古代诗篇中占着统治地位的是天命与完成之间的不协调，近代诗篇中则是愿望与完成之间的不协调。歌德的基本思想，是强调创作应从客观现实生活出发，在真实的基础上，表达出某种性格的自由的必然性。接着歌德写了下面一段意味深长的话："如果有什么东西要向莎士比亚学习的话，那么就是这一点，我们必须在他的学校里去学习。我们也许既不该责备也不该抛弃我们的浪漫主义文学，但把它过分地绝对地颂扬，或片面地迷恋着它，这种做法会使它的坚强、壮实、精干的那一面被误解或受到损害的。我们应该企图把那个巨大的、似乎不能结合的矛盾在我们胸中结合起来，尤其因为一个伟大的、独一无二的大师，这位我们极其敬重的、往往说不出理由地推崇得高于一切的大师，已经真正做出这个奇迹了。"[①]

歌德自己的创作，也始终没有与积极的浪漫主义绝缘，他从浪漫主义到古典主义，而追求的则是古典主义（现实主义）与浪漫主义相结合。这种结合又是以莎士比亚的创作为榜样的。他的诗剧《浮士德》就充分表现出了歌德在艺术实践上的这种探求。

四、关于民族文学与世界文学的发展问题

歌德是德意志民族的伟大的儿子，他对德国的统一抱有极大的期望。他相信，唯有祖国统一，个人才能发挥伟大才能，德国的民族文化才能发展；反过来，个人才能的发挥以及民族文化的发展又有助于实现国家统一。他说："德国假如不是

---

① 杨周翰. 莎士比亚评论汇编（上册）[M]. 北京：中国社会科学出版社，1979：305.

通过一种光辉的民族文化平均地流灌到全国各地,它如何能伟大呢?但是这种民族文化不是从各邦政府所在地出发而且由各邦政府支持和培育的吗?试设想自从几百年以来,我们在德国只有维也纳和柏林两个都城,甚或只有一个,我倒想知道,在这种情况下德国文化会像什么样,以及与文化携手并进的普及全国的繁荣富足又会是什么样!"①

歌德总结了古希腊之后欧洲各民族文学形成的经验,以历史发展的观点,论述了民族文学的建立问题。他说:"一个古典性的民族作家是在什么时候和什么地方生长起来的呢?是在这种情况下:他在他的民族历史中碰上了伟大事件及其后果的幸运的有意义的统一;他在他的同胞的思想中抓住了伟大处,在他们的情感中抓住了深刻处,在他们的行动中抓住了坚强和融贯一致处;他自己被民族精神完全渗透了。由于内在的天才、自觉对过去和现在都能同情共鸣;他正逢他的民族处在高度文化中,自己在教养中不会有什么困难;他收集了丰富的材料,前人完成的和未完成的尝试都摆在他眼前,这许多外在的和内在的机缘都融合在一起,使他无须付得高昂的学费,就可以趁他生平最好的时光来思考和安排一部伟大的作品,而且一心一意地把它完成。只有具备这些条件,一个古典性的作家,特别是散文作家,才能形成。"②

在这段论述中,歌德清楚地阐明:民族文学依托于特定的历史民族而形成,民族文学形成的前提条件是民族统一,同时民族文学的形成与民族文化传统密不可分。一位优秀的民族作家,必须从前人和同辈人中吸取精华,只有这样自己才能为民族文化发展贡献力量。莱辛、文克尔曼、康德都对歌德发生过影响;席勒、韩波尔特兄弟和史雷格尔兄弟虽比歌德年轻,但是歌德也从他们身上"获得了说不尽的益处。"

歌德对民族文学与世界文学之间的关系作了更深层次的探讨。"世界文学"这一概念,是在1827年1月31日康德和爱克曼的一次交谈中提出来的。他说:"诗是人类的共同财富。民族文学在现代算不了很大的一回事,世界文学的时代已快来临了。现在每个人都应该出力促使它早日来临。"③1830年3月,歌德在一份提纲里,对"世界文学"作了更深入的阐述。他相信,随着人类交流的加速,这种世界文学必将在不远的将来出现。

---

① (德)爱克曼.歌德谈话录[M].朱光潜译,北京:人民文学出版社,1978:173.
② 同①.
③ 同①.

歌德认为，越是具有民族性的东西，越具有世界性，因而人们也会越喜欢。不同国家的作家要互相借鉴，共同促进人类的发展。在世界文学的发展过程中，那些富有崇高理想和创造性的人往往能更快结交朋友，并建立深厚友谊。全世界到处都有这种人，他们关注世界文学已经打下的基础，并且以此为据，寻找人类真正的发展方向。歌德在强调各国文学的独特性的同时，也极力主张各国文学相互理解、相互传播。任何一个作家，都不应拘守于某一特殊文学，奉为典范，而应该重视外国文学。要以历史的眼光去看待其他民族的文学，碰到作品，只要它还有可取之处，就应当加以吸收。他说："我们的发展要归功于广大世界千丝万缕的影响。从这些影响中，我们吸收我们能够吸收的和对我们有用的那一部分。我有许多东西要归功于古希腊人和法国人。莎士比亚、斯泰恩和哥尔斯密给我的好处更是说不尽的。但是这番话并没有说完我的教养来源，这是说不完的，也没有必要。关键在于要有一颗爱真理的心灵，随时随地碰见真理，就把它吸收进来。"[①]

五、总结的文学创作理论

歌德在艺术实践的基础上形成了自己的创作理论。他在这方面的建树主要有以下几点。

（一）"一般"和"特殊"的艺术之争

歌德在总结自己的文学创作经验时，就清晰地提出并加以证明了"为一般而找特殊"与"在特殊中显出一般"这两种创作路径之间的差异。他认为，一个诗人，是为了一般而寻找特殊，还是为了特殊而发现一般，是有很大区别的。前者可以产生寓意诗，特殊仅仅是一种象征或范例时才具有价值。而后者对诗歌的性质来说，才是最合适的，因为它显示了一种特殊的东西。一个人如果能生动地理解这种特殊性，他就会得到在当下还没有意识到的东西，或者在后来才意识到的东西。

在歌德时代，德国文艺界和理论界特别关心理想与特征的对立。文克尔曼强调要显出"庄严的单纯和静穆的伟大"的"理想的美"，忽视事物的个性特征；希尔特则强调"特性"的原则。歌德在强调掌握和描述"特征"方面，同希尔特是一致的。但他又比希尔特向前跨进了一步，强调在特殊中表现出一般。希尔特

[①]（德）爱克曼.歌德谈话录[M].朱光潜译，北京：人民文学出版社，1978：178.

对于事物的特征所要表现的内容并没有讲清楚。歌德则明确提出了"意蕴"的概念。艺术之所以可以超越自然，就在于它在具体的个别中显现出了"意蕴"的特征。歌德所说的"意蕴""特征"是一事物区别于它事物的本质的规定性。它既是普遍的又是特殊的，是普遍与特殊、一般与个别、理性与感性的统一体。这样在歌德那里，已初步将"特征"说与"理想"说统一起来了。

为一般而找特殊，还是从特殊显出一般，这是文学创作中两种不同的思想路线。为一般而找特殊，实际是从抽象的观念或"理念"出发，进而把这种抽象的一般转化成有形的实体。历史上古典主义者主张从"义理"出发，就是从抽象的"一般"出发，反映在人物创造上，就是从某种性格的平均值（即类型）出发，而忽视人物的个性、特殊性。在歌德看来，客观世界呈现在人们面前的，是具体的、各具特征的事物，而不是抽象的概念。因此艺术家要认识生活、反映自然，就必须从认识和把握具体的、感性的、个别的东西入手，从显示特征开始，才能达到美。从具体的、个别的事物出发，通过个别显示一般，这是为实践所证明了的一条正确的文艺创作的路线。

正是从这样一条创作路线出发，歌德强调指出："我知道这个课题确实是难。但是艺术的真正生命正在于对个别特殊事物的掌握和描述。此外，作家如果满足于一般，任何人都可以照样模仿；但是如果写出个别特殊，旁人就无法模仿，因为没有亲身体验过。你也不用担心个别特殊引不起同情共鸣。每种人物性格，不管多么个别特殊，每一件描绘出来的东西，从顽石到人，都有些普遍性；因此各种现象都经常复现，世间没有任何东西只出现一次。"[1]

在歌德看来，客观世界中的事物，"从顽石到人"，都是个别与一般、特殊与普遍的统一体，事物的普遍性寓于特殊性之中，如果作家在创作中，只是抽象地描写事物的普遍性，那就显不出事物的差别。所描写的人物也就只能是千篇一律、类型化、概念化式的人物。如果作者通过自己的亲身体验，掌握了个别，并通过对个别特殊的描述表现出一般，这样的艺术才能广泛地引起读者的共鸣。因此，文艺创作，只有"到了描述个别特殊这个阶段，人们称作'写作'的工作也就开始了"。歌德一再劝告："诗人应该抓住特殊，如果其中有些健康因素，他就会从这特殊中表现出一般。"

---

[1] （德）爱克曼.歌德谈话录[M].朱光潜译，北京：人民文学出版社，1978：9-10.

（二）创造"显出特征的整体"

歌德认为，作家根据现实生活熔铸而成的个别，应是一个显出特征的、优美的、生气灌注的整体。1772年他在《论德国建筑》一文中，首次提出了"显出特征的整体"这一概念。他认为这种显出特征的艺术才是唯一的真正的艺术，并且以斯特拉斯堡教堂的建筑美为例，说明灌注生气的"显出特征的整体"是理想艺术的最高的美。他说："艺术要通过一种完整体向世界说话。但这种完整体不是他在自然中所能找到的，而是他自己的心智的果实。或者说，是一种丰产的神圣的精神灌注生气的结果。"[1]

整体概念是歌德世界观中的一个重要概念。随着自然科学的进步，特别是生物学的发展，在歌德的时代，有机统一的整体观逐渐取代了机械观。这种整体观强调事物的有机性和完整性，注意事物本身各部分互相依存、相反相成的内在规律。歌德本身是一个伟大的艺术家，他对自然科学也有很深的造诣。他的整体观念含有丰富的内容和辩证法的因素。他说："法国用'composition'来表达自然界的产品，也不恰当。我用一些零件来构成一部机器，对这样一种活动及其结果，我当然可以用'composition'这个词了。"对于一件真正的艺术品，如莫扎特的乐曲《唐·璜》，绝不像一块糕点饼干，用鸡蛋、面粉和糖掺和而成，"它是一件精神创作，其中部分和整体都是从同一精神熔炉中熔铸出来的，是由一种生命气息吹嘘过的"[2]。

最能体现歌德的整体观的是他对艺术描写的对象—人的看法。他认为人是一个整体，一个多方面的内在联系着的能力的统一体。艺术作品必须向人的这个整体说话，必须适应人的这种丰富的统一体，这种"单一的杂多"。在文艺理论发展史上，歌德将艺术的整体概念同现实生活中有生命的个人结合起来，加以论述，这是具有独创性的。

"显出特征的整体"是一个生气灌注的活的整体，它是主观与客观、感性和理性的统一体。歌德多次指出，艺术家所塑造的人物，应是一个活的整体，它虽然来自现实，但又不是在现实中所能找到的，它是艺术家自己心智的果实，是艺术家求助于虚构，用自由大胆的精神创造出来的。他说："伟大的戏剧体诗人如果

---

[1] （德）爱克曼.歌德谈话录[M].朱光潜译，北京：人民文学出版社，1978：136-137.
[2] 同[1].

同时具有创造才能和内在的强烈而高尚的思想情感，并能够把它们渗透到他的全部作品里，就可以使他的剧中所表现的灵魂变成民族的灵魂。"[①] 歌德特别推崇莎士比亚，在他的心目中，哈姆雷特就是莎士比亚笔下诞生的一个显出特征的有生命的整体。歌德根据自己的实践经验，认为作家要创作出反映时代的、显示特征的整体，就必须面向现实世界，投身于发展的时代洪流，不断地实践，不断地创造。在《浮士德》中，歌德通过主人公的口说道："我要跳身进时代的奔波，我要跳身进事变的车轮！苦痛，欢乐，失败，成功，我都不同；男儿的事业原本要昼夜不停。"

此外，歌德十分强调艺术家对自然科学的学习，他以自己的体会说明："如果我没有在自然科学方面的辛勤努力，我就不会学会认识人的本来面目。在自然科学以外的任何一个领域里，一个人都不能像在自然科学里那样仔细观察和思维，那样洞察感觉和知解力的错误以及人物性格的弱点和优点。一切都是多少具有弹性、摇摆不定的，一切都是可以这样或那样处理的，但是自然从来不开玩笑，她总是严肃的、认真的，她总是正确的；而缺点和错误总是属于人的。自然对无能的人是鄙视的；她对有能力的、真实的、纯粹的人才屈服，才泄露她的秘密。"

1827年10月18日，黑格尔与歌德在魏玛会面。其间，歌德进一步阐明，在研究自然时，人们所探求的是无限的、永恒的真理。一个人如果在观察和处理题材时抱着不老实的态度，他就会被真理抛弃掉。那种使头脚倒置的唯心主义辩证法的毛病，也只有从研究自然中才能得到有效的治疗。歌德的这些见解，对我们今天的作家来讲，也是有借鉴意义的。

（三）作家创作风格

在启蒙运动中，欧洲艺术家最关心的问题之一就是创作风格。布封有一篇名为"论风格"的著名演讲。歌德根据自己的创作实践对布丰"风格即人"这一观点进行了深入的探讨，对影响风格的主观和客观因素进行了较为详细的论述。他说"法国人在风格上显出法国人的一般性格。他们生性好社交，所以一向把听众牢记在心里。他们力求明白清楚，以便说服读者；力求饶有风趣，以便取悦读者。"他说：总的来说，一个作家的风格是他的内心生活的准确标志。所以一个人，如果想写出规范的风格，他首先就要思维清晰；如果想写出雄伟的风格，他也首先就要有雄伟的人格。

---

① （德）爱克曼. 歌德谈话录[M]. 朱光潜译，北京：人民文学出版社，1978：128.

世界上没有相同的两个人，每个人都有自己不同的特点。每一个人都必须按照他自己的方式去思考。在实践中形成的艺术风格，是作家创作个性的具体体现，歌德不仅研究了风格的主观因素，并且注意研究了艺术风格的客观因素。在《自然的单纯模仿·作风·风格》一文中，他具体划分了艺术的各种表现方式：自然的单纯模仿，偏重于单纯的客观性；作风，偏重于单纯的主观性；风格则是以其客观性为基础，达到主观性与客观性的统一。他认为这是艺术的最高境界。他说："通过对自然的模仿，通过竭力赋予它以共同语言，通过对于对象的正确而深入的研究，艺术终于达到了一个目的地。在这时，它以一种与日俱增的精密性领会了事物的性质及其存在方式；最后，它以对于依次呈现的形象的一览无遗地观察，就能够把各种具有不同特点的形体结合起来加以融会贯通的模仿。于是，这样一来，就产生了风格，这是艺术所能企及的最高境界，艺术可以同人类最崇高的努力相衡的境界。"[①]

歌德对模仿、作风、风格的定义为：单纯的模仿以宁静的存在和物我交融作为基础，作风是用灵巧而精力充沛的气质去挖掘现象；风格则奠基于最深刻的知识原则上面，奠基在事物的本性上面，而这种事物的本性应该是我们可以在看得见、触得到的形体中认识到的。

歌德注意从艺术描写对象本身的性质及其存在方式的角度，来论述风格形成的基础，这是一种独创性的见解，比较布封的观点，显然是前进了一步。

仅从上面谈的几个方面，即可见到歌德对文艺理论的发展所作出的重大贡献。但不可否认，他的思想中存在着两重性，对此恩格斯在批判卡尔·格律恩的论文中已作了科学的分析。恩格斯指出："在他的心中经常进行着天才诗人和法兰克福市议员的谨慎的儿子、可敬的魏玛的枢密顾问之间的斗争；前者厌恶周围环境的鄙俗气，而后者却不得不对这种鄙俗气妥协、迁就。因此，歌德有时非常伟大，有时极为渺小；有时是叛逆的、爱嘲笑的、鄙视世界的天才，有时则是谨小慎微、事事知足、胸襟狭隘的庸人。"[②] 歌德的唯心史观和他的泛神论观点，也同样在他的美学思想和文艺理论主张中留下了印迹。

---

① （德）歌德. 文学风格论[M]. 王元化译，上海：上海译文出版社，1982：23.
② （德）恩格斯. 马克思恩格斯全集（第4卷）[M]. 北京：人民出版社，1972：256-257.

第五章　浪漫主义的文艺理论

欧洲的浪漫主义运动是法国大革命、欧洲民主运动和民族解放运动高涨时期的产物。它反映了资产阶级上升时期对个性解放的要求,是其在政治上对封建领主和基督教会联合统治的反抗,也是文艺上对法国新古典主义的反抗。本章节内容为浪漫主义的文艺理论,分为四部分内容,依次是浪漫主义概说、德国浪漫主义、英国浪漫主义、法国浪漫主义。

第一节　浪漫主义概说

一、社会背景

启蒙运动在政治上为法国大革命作了思想准备,在文艺上也为欧洲各国浪漫主义运动作了思想准备。在启蒙运动的影响下,欧洲日益壮大起来的资产阶级与没落的封建贵族地主开展了持久的斗争,这一斗争从最早的尼德兰革命到英国资产阶级革命,再到1789年法国资产阶级革命达到高潮。

18世纪晚期至19世纪30年代,受法国大革命的影响,欧洲出现了一场轰轰烈烈的资产阶级民主革命运动,这场革命运动重创了欧洲的封建势力,确立了资产阶级的统治地位。但是,普鲁士、俄国、奥地利组成了"神圣同盟",遭受重创的欧洲封建主义势力又卷土重来,向刚稳定下来的资产阶级政权发起了进攻。在此期间,社会发生了巨大的变化,在激烈的斗争局势下,新生资产阶级政权为了维护自己的利益,不得不采取武力手段,但这也带来了诸多负面影响。特别是法国雅各宾专政时期的暴力措施所造成的红色恐怖,给人们留下了难以抚平的心理创伤。封建贵族阶级江河日下,面对复杂的社会现实,无能为力的小资产阶级特别是知识分子,也对革命后的社会现实深感失望。启蒙运动所宣扬的自由、平等、博爱的"理性王国"被残酷的社会现实击得粉碎。整个社会笼罩在这种动乱、疲惫和幻灭中,积极奋斗的革命激情逐渐消减,人们开始更加清醒地看待革命,看待革命可能的成果。同时,早期资本主义生产方式的残酷、资产阶级野蛮压迫工人阶级造成的悲惨境况、资本主义生产方式固有矛盾的暴露,特别是1825年英国第一次经济危机的爆发,使得整个社会重新审视资本主义的可能现实。席卷欧洲的浪漫主义运动,正是当时社会各阶层对法国大革命的后果以及启蒙思想家提出的"理性王国"普遍感到失望的一种反映。

二、文化背景

这个时期的文化,一方面继承了启蒙运动的人文主义理想,继续高扬理性,宣传平等自由的人文思想,强调人的天性独立自主等等;另一方面,在经历了法国大革命的陶冶之后,社会上的精神思潮也有了不同于启蒙运动的新现象,人们开始对资本主义、对启蒙运动的"理性王国"表示怀疑。革命的血淋淋的暴力杀戮,早期资本主义生产方式的残酷性,以及道德堕落、贪污腐化,使得人们对现实的幻灭感愈加强烈,整个社会的精神文化从对外界的关注逐渐转向对内心自我的审视。

这一时期的唯心论,是浪漫主义运动产生的哲学依据。德国浪漫主义文艺运动的兴起,与当时盛行的古典哲学以及空想社会主义思想有密不可分的关系。德国古典哲学实际上也是浪漫主义运动,只不过仅限于哲学领域,在文学艺术方面为浪漫主义运动的发展打下了坚实的理论基础。康德的审美理念对欧洲产生了深远的影响,其核心思想是艺术无功利。

在此期间,"自我哲学"也产生了深远的影响。自我哲学强调以自我为中心,世界的本源即为"自我",强调"我"的生成,强调人的天赋、灵感和主观能动性,将客观精神升华到派生物质世界的地位,强调人的自在自为、绝对和自由。

上述哲学观点是近代资产阶级为适应自由竞争的需要而提出的个性解放和个性自由的诉求。它在提升人类的尊严意识、唤醒国家意识的同时,也推动着人们对于美、悲剧、崇高、创作自由等美学范畴的关注与探讨,这对浪漫主义文学的发展也有积极的推动作用;但是,这些观点也传播了宗教、神秘主义,认为"自我"是至高无上的,这对浪漫主义文艺也起到一定的负面作用。

与此同时，欧洲各地广泛流行的空想社会主义思潮，促使浪漫主义作家控诉私有制的弊端，并对劳动人民表示同情。浪漫主义作家幻想着一个没有剥削和压迫的自由、平等的社会，这对浪漫主义运动起到一定的积极作用。

资本主义制度的建立，并没有进入启蒙运动思想家们所宣扬的理性王国，社会上充满了剥削、压迫、奴役和不平等。法国的圣西门、傅立叶，英国的欧文等早期空想社会主义者，企图利用道德感化的方式来改变人的精神，以建立人人平等、个个幸福的社会乌托邦。资本主义制度确立以后，生产力获得了高速发展，工业革命使得机器生产代替了手工劳动，大规模的机器生产的工厂和庞大的城市开始形成，社会关系也日趋简单化为一种赤裸裸的金钱关系，社会道德失范，人心堕落。一些思想者厌倦资本主义的城市文明，向往田园牧歌式的乡村生活，卢梭"回归自然"的理论在当时便引起了强烈的反响。体现封建宫廷文化规范的古典主义，这一时期还有一定的影响力，作为与新兴资本主义文化思想对立的封建宫廷意识形态而存在。另外，与启蒙运动思想不同的是，在对待中世纪的态度上，浪漫主义者已不再像启蒙运动者那样激进和狂热，甚至有许多人对中世纪具有怀恋之情，因为人的理性并没有让人进入幸福的精神王国，上帝的天国又重新具有新的吸引力。非理性的潜流此时也暗暗成长起来，尤其表现在文学上。

三、文学背景

"浪漫主义"这个术语起源于"浪漫传奇"，它是从中世纪拉丁文发展而来的，即在中世纪欧洲流行的那些骑士传奇、英雄史诗和抒情诗。此后，浪漫主义运动将这些充满幻想的、具有传奇色彩的文学主题与文体形式奉为经典。18世纪，启蒙运动的文学家们开始突破古典主义的条条框框，反对对希腊和罗马的盲目模仿，从而催生出卢梭《新哀绿丝》这样一部崇尚情感与个性解放的著作。18世纪末英国兴起感伤诗歌与小说，为农村破产唱挽歌，诅咒城市腐化的习俗，歌颂大自然的优美风景。

18世纪末19世纪初期是欧洲文学的重要转型期，由文艺复兴建立起来的古典主义经过200多年的兴盛后逐渐衰落，而浪漫主义文学则以灿烂的姿态出现，并形成一股席卷整个欧的文学浪潮。这一时期涌现了一系列具有浪漫色彩的文学作品，它们是自文艺复兴以来欧洲文学的另一个高潮。

在浪漫主义出现之前，德国兴起了一场轰轰烈烈的狂飙突进运动，它是对法国启蒙运动的继承与发扬，是对卢梭"回归自然"的回应，与英国的感伤主义相融合。在这一时期，歌德创作了许多富有浪漫色彩的小说，如《威廉·迈斯特的漫游时代》《少年维特之烦恼》等。所以，德国是第一个出现浪漫主义文学的国家。诺瓦利斯作为德国早期浪漫主义文学的代表作家，其作品呈现出一种向中世纪回归的强烈神秘感。他的代表作《夜的颂歌》对人生进行了否定，赞美了黑暗与死亡。施莱格尔兄弟、蒂克等人也是早期浪漫派（或称"耶拿派"）的重要代表。后期的浪漫派作家重视民歌和童话，阿尔尼姆与布伦塔诺合编了民歌集《儿童们的奇异号角》，格林兄弟搜集和编写了童话集《儿童与家庭童话集》和《德国传说》。后期的重要作家还有霍夫曼和察米索，前者有《谢拉皮翁兄弟》短篇小说集等，后者有童话体小说《彼得·史雷米尔奇异的故事》。

在浪漫主义时期，浪漫主义文学成就最高的一个国家是英国。柯勒律治、华兹华斯和骚塞等作家是早期最具代表性的浪漫主义作家，他们属于"湖畔派"诗人。他们的诗歌都歌颂了宗法式的田园风光，追忆了中世纪"淳朴"，否定了城市文明，认为其是丑恶的。济慈、拜伦、雪莱等文学作家都对真实的人生充满了希望，具有鲜明的资产阶级的民主主义倾向。瓦尔特·司各特是欧洲历史小说的创始人，其诗歌创作富有浪漫主义的色彩。

法国浪漫主义受到英国、德国浪漫文学的影响，在1820年前后才得以成形。法国的浪漫主义具有强烈的政治性，这是因为在革命末期，出现了非常强烈的复辟与反复辟斗争。斯太尔女士与夏多布里昂是法国早期浪漫主义文学的代表作家。《阿达拉》是夏多布里昂所著的中篇小说，它的出现标志着法国浪漫主义文学的诞生，因此它是一部非常重要的文学作品。19世纪20年代中叶，大仲马、雨果、戈蒂耶等作家在世界文学舞台上崭露头角。1830年，雨果的悲剧《欧那尼》演出成功，这意味着法国浪漫主义运动取得胜利。19世纪30年代，法国民主主义文学不像英美民主主义文学那样出现衰落，而是得以继续发展，并且法国文学出现了现实主义和浪漫主义并存的局面，19世纪三四十年代，有大量的浪漫主义文学作品问世，这些作品都是由缪塞、乔治·桑、雨果、大仲马等浪漫派作家创作。雨果的代表作《巴黎圣母院》《悲惨世界》，大仲马的代表作《基督山伯爵》《三个火枪手》，都是在这个时期问世的。

四、文论综述

浪漫主义作为一种创作方式，注重从主体的心灵深处来反映客观现实，通常表达了作者对理想世界的热切追求。在刻画人物形象时，多采用华丽的语言、天马行空的想象、夸张的手法。浪漫主义的创作趋向源远流长，在人类文艺还停留在口头创作阶段的时候，有些作品就已经或多或少地被赋予了浪漫的色彩，因此浪漫主义的出现可以追溯到更早时期。但是，当时的浪漫主义还没有成为一种潮流，也没有被人自觉地当作一种创作方法。直到18世纪后期到19世纪前叶，欧洲才兴起了一股浪漫主义文学思潮，它在文化、艺术等各方面都得到了充分的体现。

浪漫主义文学思潮具有一定的复杂性，它在不同国家呈现出不同的发展趋势，这是因为各个国家政治、文化的发展状况不同。浪漫主义理论家虽然在具体的文艺主张上有所不同。但在基本的理论倾向上还可以发现一些大致相同的理论特征。

浪漫主义者大都强调自我，强调主体性，在美学观念上受康德的"艺术无功利性"思想的影响，认为文学应该表达自我内心的情感和感受，表现出人的强烈感情，以对内心感受的表现去代替对外在世界的客观再现。主体性、重情主义和表现理论是浪漫主义者的基本观念。

浪漫主义者都强调天才和作家的主观创造性，反对一切清规戒律，强调艺术的无功利性和独立地位，对古典主义的陈腐教条不屑一顾。

浪漫主义者爱好民歌民谣，对中世纪民间文学推崇备至，他们的作品常常以中世纪的城堡作为背景，歌颂中世纪骑士精神和游吟诗人的生活。

海涅在评述德国浪漫主义时曾说："它（浪漫主义）不是别的，就是中世纪文艺的复活，这种文艺表现在中世纪的短歌、绘画和建筑物里，表现在艺术和生活之中。这种文艺来自基督教，它是一朵从基督的鲜血里萌生出来的苦难之花。"[1] 浪漫主义对中世纪的怀念，可以看作是对启蒙运动失望的表现。

浪漫主义运动在19世纪初期首先在德英两国展开。英国华兹华斯和柯勒律治在1798年合写的《抒情歌谣集》和1800年华兹华斯为歌集写的理论性的《序言》，被认为是英国浪漫主义产生的标志。在德国，1786年费希特在耶拿大学开设讲座，吸引了施莱格尔兄弟、诺瓦利斯、蒂克等人，他们在1791年一起创办

---

[1] （德）海涅.论浪漫派[M].张玉书译，北京：人民文学出版社，1983：11.

了《雅典娜神殿》杂志，由施莱格尔兄弟两人主编，形成了浪漫主义小组，被称为耶拿派浪漫主义或早期浪漫主义。1805年以后，阿尔尼姆、布伦塔诺等人又在海德堡形成了一个浪漫主义中心，被称为海德堡浪漫主义或后期浪漫主义。法国浪漫主义的出现则稍后些，1827年雨果发表剧本《克伦威尔》及其序言，批判了古典主义的"三一律"原则，标志着法国浪漫主义理论纲领的形成。

各国浪漫主义都有自己的理论主张和理论家，如英国的雪莱、济慈，法国的夏多布里昂等人的浪漫主义理论都卓有成就。

雪莱（1792—1822年）是一位充满浪漫主义和英雄色彩的早逝的诗歌天才。他出身于富裕的地主家庭，从小就表现出强烈的反抗精神。小学时代曾公开反对教师体罚学生，大学时代因论文《无神论的必要性》而被牛津大学开除，并曾到爱尔兰参加反对英国统治的斗争。雪莱在哲学上受柏拉图客观唯心主义的影响，曾翻译过柏拉图的《饮宴篇》和《伊安篇》，柏拉图的神赐迷狂说对其影响很大。1822年，雪莱在渡海时因遇风暴船沉而不幸溺死。雪莱的作品主要有诗歌《西风颂》《伊斯兰的起义》，诗剧《解放了的普罗米修斯》，五幕悲剧《钦契一家》等。他的主要理论著作《诗辩》，是和皮诃克论战的产物。雪莱驳斥了皮诃克《诗的四个阶段》中的诗歌消亡理论，强调诗并没有走向没落，而是仍在随着社会的发展而发展。在《诗辩》中，雪莱分析了诗的创作方法，为诗人辩护，认为诗人对社会发展有着巨大的作用，是人类文明的创造者，是"没有得到社会承认的立法者""诗人们……不仅创造了语言、音乐、舞蹈、建筑、雕塑和绘画，他们也是法律的制定者，文明社会的创立者，人生百艺的发明者，他们更是导师，使得所谓宗教，这种对灵界神物只有一知半解的东西，多少接近于美与真"[1]。他还强调诗人的想象力和诗的表现力，说"一般说来，诗可以解作想象的表现，自有人类便有诗"[2]。想象所行的是一种中和之道。与推理相比，想象是尊重事物之间的相同，而推理是尊重事物之间的相异。诗以语言为媒介，更能直接地表现出我们的内心活动和激情，表现出普遍的人性，体现出时代精神和民族意志。另外，雪莱对诗的快感、诗人的灵感等问题，也有独到的见解。

济慈（1795—1821年）和雪莱一样，也是一位短命的诗人，出身于伦敦的一

---

[1] 缪灵珠美学译文集（第三卷）[M]. 北京：中国人民大学出版社，1998年：137.
[2] 缪灵珠美学译文集（第三卷）[M]. 北京：中国人民大学出版社，1998年：135.

个车马店主的家庭。他一生穷困潦倒,对现实强烈不满,曾加入以亨特为首的激进民主集团,1821年2月因患肺结核在意大利逝世,年仅26岁。在文艺上,济慈厌倦现实的丑恶,向往自然景物和古代希腊的艺术。其理论思想散见于他的《书信集》中。他反对诗歌的教化作用,反对诗歌中的说教推理,反对诗歌具有明显的意图,认为诗歌只能感而得之,不能思而得之,强调诗的感受性和无目的性。在1819年的《希腊古瓮颂》里,济慈说:"美即是真,真即是美",主张诗歌应是真与美的结合。他强调感受,对社会思想不信任,只相信个人心灵感受的孤独心境,这可能与他的贫病交加的人生处境有关。在《书信集》中,济慈还主张诗歌创作心态的自然,反对矫揉造作,追求一种含蓄、恬静的美学风格。

夏多布里昂(1768—1848年)是19世纪上半期法国浪漫主义的代表作家和理论家。他出身于一个没落贵族的家庭,波旁王朝复辟时期曾任高官,后流亡伦敦,专事写作,直到去世。他的主要理论著作是1800年写的《基督教的真谛》,从诗意的角度为基督教精神辩护。夏多布里昂的文艺理论思想较多地受到基督教神学的影响,宣称所谓"基督教诗意",认为基督教是最富有诗意,最富有人性,最有利于自由、艺术和文学的。在此基础上,他要求以基督教的精神去衡量一切文学作品,诗歌创作应该体现基督教的神幽诗意。

第二节 德国浪漫主义

一、弗·施莱格尔及其浪漫主义文论

(一)生平及著作

弗·施莱格尔(1772—1829年),德国早期浪漫派的精神领袖和重要理论家。是奥·威·施莱格尔的弟弟,但因其成就比他哥哥大,所以一般提到施莱格尔兄弟时,首先主要提到的是弟弟——弗·施莱格尔。

施莱格尔出身于汉诺威的一个牧师家庭,早年受到启蒙思想的影响,同情过1789年法国大革命,后转向法国贵族,曾在耶拿大学任教。1798年,他与哥哥一起在耶拿共同创办了《雅典娜神殿》杂志,并以他们为核心形成了一个文学流

派，文学史上称为"早期浪漫派"，或称"耶拿浪漫派"。他在文学创作方面虽没有太大的成就，但在文学批评方面不但是浪漫运动的开路先锋，而且影响深远。1808年转信天主教，鼓吹将浪漫主义概念与基督教思想结合起来。1809年开始在奥地利首相府担任外交职务。主要著作有《论希腊喜剧的美学价值》《论歌德的迈斯特》《批评片断》《断片》《关于诗的谈话》等。

（二）对浪漫主义的推崇和界定

弗·施莱格尔的最大贡献在于对浪漫主义的推崇和界定上。他说："浪漫主义的诗是包罗万象的进步的诗。它的使命不仅在于把一切独特的诗的样式重新合并在一起，使诗同哲学和雄辩术沟通起来。它力求而且应该把诗和散文、天才和批评、人为的诗和自然的诗时而掺杂起来、时而融和起来。它应当赋予诗以生命力和社会精神，赋予生命和社会以诗的性质。它应当把机智变成诗，用严肃的具有认识作用的内容充实艺术，并且给予它以幽默灵感"[①]。他所谓"包罗万象"是指浪漫主义的诗包括一切文学形式，并超越于具体特定的样式。而所谓"进步"，则指其"不断前进"，他认为只有浪漫主义的诗像史诗那样能够成为整个周围世界的镜子，成为时代的反映，而且这种诗能够赋予整个社会和生命以诗的性质。这种诗与诗意的生活，如"哲学中的机智、生活中的交际、友谊和爱情"等，在本质上是一回事。

他经常使用"感伤"一词，将感伤，乃至奇异、怪诞和自白，看成浪漫主义诗歌的特征。其基本动机是反抗平庸，反对那些缺乏生气的庸俗、呆板和惰性，故对待尘世常常是采取一种反讽，甚至玩世不恭的态度。他将诗看成再现永恒的、永远重大的、普遍美的事物，同时又表现出人心中的神性，包含了诗人透辟的观察和理解。在《关于莎士比亚的早期著作补记》中，弗·施莱格尔对浪漫主义文学进行了阐释。他认为浪漫主义作品在表现个性方面有着独特的格调，"特殊和个性的事物也只能用特殊的方法和格调，按照主观的看法，来理解和表现的。因此个性的艺术和格调似乎是拆不开的伙伴。所谓格调，就艺术来说，是一种精神的主观方向和意识的个性状态，它表现在某些原来应该理想化的作品中"[②]。他还

[①] （德）弗·施莱格尔.断片[M].古典文艺理论译丛.北京：人民文学出版社，1961：53.
[②] 古典文艺理论译丛委员会.古典文艺理论译丛（第9册）[M].北京：人民文学出版社，1964：95.

认为浪漫主义作品是高格调的、个性化的作品，高尚而不庸俗，既不同于死板的学究式的古典主义作品，也不同于浅薄的、颓废感伤的作品。

他理想中的浪漫主义戏剧对象就是"某种以人类和命运相互糅合而形成的现象，它把最宏伟的意蕴与最大的统一性结合起来。个别成分之间的关联可以有两种方式成为一个绝对的整体"。弗·施莱格尔把莎士比亚解释为浪漫主义文学的代表，用莎士比亚同古典主义抗衡。

弗·施莱格尔还以古希腊喜剧为材料，较为深入地探讨了喜剧问题。他认为喜剧的功能是使人快乐，快乐本身是善的，同时也最感性地包含着一种较高的、人类自身的直接享受。它是人类固有的、自然的、初始的状态。他所谓的快乐，主要是指古希腊的早期喜剧，即阿里斯托芬时代喜剧中所表现、感发起来的快乐。这种快乐将最轻松、最快乐的东西、粗俗的东西与神性的东西结合起来，其中包含着伟大的真理。

二、奥·威·施莱格尔及其浪漫主义文论

（一）生平及著作

奥古斯特·威廉·施莱格尔（1767—1845年），弗·施莱格尔的哥哥，耶拿浪漫派初期的领袖人物。1787年起在哥廷根大学学习语言文学，师从抒情诗人毕格尔，1796年前往耶拿，开始为《季节女神》杂志撰稿，1798年开始任耶拿大学教授，与弟弟共同创办和主编《雅典娜神殿》杂志，1804年开始任斯太尔夫人的秘书和文学顾问，直到1813年。他曾陪同斯太尔夫人遍游欧洲各国，并把德国浪漫主义传到法国。1813—1814年任瑞典王储的新闻秘书。1818年起任波恩大学教授，并创办梵文印刷厂，开创梵文研究。他曾以优美的德语韵文翻译但丁、莎士比亚、彼特拉克、阿里奥斯托等人的作品。他的主要文艺理论思想体现在《关于美的文学和艺术的讲演》和《关于戏剧艺术和文学讲演》等著作中。

（二）认为艺术没有直接的物质目的

奥·威·施莱格尔受康德美学的影响，主张艺术作品是没有直接的物质功利目的的。他说："一座房屋是用来在里面住人的。但是，在这个意义上，一幅画或一首诗又有什么用处呢？一点用处也没有。许多人一向善意对待艺术，但是如果

从效用方面来推荐它，那就未免方枘圆凿了。这等于把它极度贬低并把事情完全搞颠倒了。勿宁说，不愿意有用，才是美的艺术的本质。"①说艺术没有直接的物质目的，是有道理的。但同时，艺术作品作为精神产品，有着精神目的，愉悦心灵、寓教于乐，正是艺术的目的。可惜奥·威·施莱格尔为了反对艺术的功利性，没有提到这一点。同时，奥·威·施莱格尔在重视人性的共同点的前提下，看到了其分裂离异的个别性，要求在文学作品的创作中显示出人的个性，在文学批评中尊重人的个性，进而反对因袭，尊重独创。这就与古典主义者强调对古人的摹仿有着明显的不同。

（三）对艺术理论的区分

奥·威·施莱格尔将艺术理论区别为"技巧的艺术理论"和"哲学的艺术理论"。"关于技巧的艺术理论要说明的是怎样才能完成一件艺术品，而关于哲学的艺术理论要说明的是创作什么作品。"②他重视技巧性的理论，因为它具体、实用，而轻视哲学性理论。他认为："一种卓越的技巧性理论毫无疑问比一种毫无用处的哲学性理论更受宠爱，从技巧性理论中人们学而有所得，而毫无用处的所谓哲理食而无味。"③康德主义者的哲学的艺术理论被奥·威·施莱格尔看成大而无当的屠龙术。这种技巧性理论的存在是"因为艺术成果不应只作为精神世界的草图存在，而应出现在表象世界中作为作品公之于世"④。这样说当然并不意味着技巧是万能的。一方面技巧理论成熟后会自动回归哲学理论，另一方面技巧问题不能作机械规定，否则那些作品就会没有生气，备受限制，"不是能够使人的情感得到激发、升华的创造性艺术作品"⑤。而有精神价值的作品"生气勃勃，令人回肠荡气，回味无穷"⑥。

在内容和技巧之间，奥·威·施莱格尔反对古典主义过分注重形式技巧的雕琢，而更注重作品的思想内容。他在论述戏剧问题的时候说："究竟是什么东西使一个剧本富有诗意？……一件艺术作品如果要有诗意的内容，就必须反映思想意

---

① 欧美古典作家论现实主义和浪漫主义（二）[M]. 北京：中国社会科学出版社，1981：360.
② 蒋孔阳. 十九世纪西方美学名著选（德国卷）[M]. 上海：复旦大学出版社，1990：304.
③ 蒋孔阳. 十九世纪西方美学名著选（德国卷）[M]. 上海：复旦大学出版社，1990：305.
④ 同③.
⑤ 蒋孔阳. 十九世纪西方美学名著选（德国卷）[M]. 上海：复旦大学出版社，1990：306.
⑥ 同⑤.

识……没有这种思想意识，戏剧就完全没有诗意。"① 总之，没有技巧，作品不能形成整体；过分拘泥于技巧，则会使作品缺乏生气。

在《关于美的文学和艺术的讲座》中，奥·威·施莱格尔还阐释了艺术史和艺术理论的关系。他一方面承认"艺术史不可缺少艺术原理"，每一个别的艺术现象只有通过理论才能获得它的真正地位，理论是具体艺术现象地位的前提。但同时，"理论也不可无艺术史而独立存在""理论的产生从根本上说是以艺术的事实为前提的""历史对于理论来说是永恒的法典，理论始终致力于使这部法典日臻完善地公之于世"②。

三、海涅及其浪漫主义文论

（一）生平及著作

海涅（1797—1856年），德国著名诗人、散文家和政论家，1797年12月13日出生于杜塞尔多夫的一个犹太商人的家庭。青年时期即爱好写诗，在波恩大学时曾听过奥·威·施莱格尔的文学讲演，受过浪漫主义文学的熏陶。早期的诗歌风格清新柔美、质朴自然，富有民歌韵致。1843年结识马克思，在马克思的影响下思想比较激进，写出政治诗《时代诗歌》，其中《西里西亚纺织工人之歌》最为有名。1848年德国资产阶级失败后，他又转向消极，甚至乞灵于宗教。他的诗歌代表作是《德国——一个冬天的童话》，主要理论批评著作有《论浪漫派》和《论德国宗教和哲学的历史》等。其中《论浪漫派》写于19世纪30年代其在巴黎流亡期间，向法国人介绍了德国文化特别是浪漫派文学。这主要是针对斯太尔夫人1809—1810年所写的《德意志论》对德国浪漫主义的美化而写的，他认为斯太尔夫人用德国的浪漫主义反对法国的现实主义是错误的。

（二）对浪漫主义的看法

海涅反对德国文学继承中世纪的浪漫主义。在他看来，中世纪的浪漫主义"艺术表现的，或者不如说暗示的，乃是无限的事物，尽是些虚幻的关系，他们仰仗

---

① （德）奥·威·施莱格尔. 戏剧性与其他[M]. 因生译, 古典文艺理论译丛（第11册），北京：人民文学出版社 1966：236.
② 蒋孔阳. 十九世纪西方美学名著选（德国卷）[M]. 上海：复旦大学出版社，1990：308-309.

的是一套传统的象征手法，或者进而仰仗譬喻，基督自己就试图以各式各样的比喻来阐明他的唯灵论思想，因而中世纪艺术品里充满了神秘的、谜样的、奇异的和虚夸的成分；幻想费了九牛二虎之力，想用感性的图像，来表现纯粹精神之物，它凭空想出荒唐透顶的愚行"①。艺术是生活的镜子，中世纪的天主教已经销声匿迹了，因而以它为基础的艺术也就枯萎褪色了。中世纪艺术已经没有了现实的土壤，也就没有继承的必要。

海涅还认为耶拿派的浪漫主义一味地缅怀中世纪，无视德国现实，是注定没有出路的。在此基础上，海涅称耶拿派是"专制主义的刽子手""基督的鲜血里萌生出来的苦难之花"，是"中世纪文艺的复活"②。

在《论浪漫派》中，海涅对歌德与席勒进行了比较，他认为应该将这两位天才的艺术家的长处发扬光大，汲取他们两人的长处，才是德国文学的发展方向。在歌德和席勒之间，海涅更倾向于席勒。他说："席勒为伟大的革命思想而写作，他摧毁了精神上的巴士底狱，建造着自由的庙堂。"③相比之下，他对歌德则有微词："歌德也歌颂过一些伟大的解放战争的史实，但是，他是作为艺术家在歌唱。"④他认为歌德的"杰作点缀了我们亲爱的祖国，犹如美丽的塑像点缀一座花园，可是它们毕竟只是塑像。""歌德的作品不会激起人们的行动，不比席勒的作品。"⑤作为革命家的海涅对于作为革命家的席勒无疑给予了很高的评价。同时，他又坚决反对抬高席勒来压制歌德："再没有比贬低歌德以抬高席勒更愚蠢的事了。"⑥另外，他还对施莱格尔兄弟作了辛辣的嘲讽。

---

① （德）海涅.论浪漫派[M].张玉书译，北京：人民文学出版社，1979：14.
② （德）海涅.论浪漫派[M].张玉书译，北京：人民文学出版社，1979：5.
③ （德）海涅.论浪漫派[M].张玉书译，北京：人民文学出版社，1979：47.
④ （德）海涅.论浪漫派[M].张玉书译，北京：人民文学出版社，1979：48.
⑤ （德）海涅.论浪漫派[M].张玉书译，北京：人民文学出版社，1979：50.
⑥ 同⑤.

第三节 英国浪漫主义

一、华兹华斯及其浪漫主义文论

（一）生平及著作

华兹华斯（1770—1850年）出身于一个律师家庭，毕业于剑桥大学。早年曾受到法国启蒙运动思想家的影响，对法国大革命表示同情，但在雅各宾派专政后持消极保守的态度。1795年与柯勒律治邂逅，1798年二人共同出版了诗集《抒情歌谣集》。1800年诗集再版时，华兹华斯作序直接叙述了自己独到新颖的诗论。1815年，华兹华斯抽掉柯勒律治的诗，将自己的诗作单独成集，又加写了一篇序言。《抒情歌谣集》在英国文学史上开创了浪漫主义的新时代，而华兹华斯宣言式的序言，就成为英国诗歌史上的里程碑，对垄断诗坛的古典诗歌给予了毁灭性的打击。英国从此进入浪漫主义时代，以华兹华斯为代表的"湖畔派"诗人就成了英国第一代浪漫派诗人；华兹华斯的崇拜者甚至把随之而来的整个时代称为华兹华斯时代。而华兹华斯的这两篇序言，成了文论史上的名篇。晚年，华兹华斯的思想走向保守，无甚作品。

总体上说，华兹华斯的思想受感伤主义影响较浓，而且热衷于唯情论和回归自然的思想。主要文论思想包括《〈抒情歌谣集〉序言》《〈抒情歌谣集〉1815年版序言》《论哀歌》《〈抒情歌谣集〉附录》及书信。

（二）华兹华斯的"诗论"

华兹华斯首先对诗的本质问题提出了自己的见解，突出强调了诗对情感的表现。他认为：诗是一切知识的精华，它是整个科学面部上的强烈的表情；诗是一切知识的起源和终结——它像人的心灵一样不朽。同时，他更推崇诗对情感的表现，认为诗是强烈情感的自然流露，他提出诗"起源于在平静中回忆起来的情感。诗人沉思这种情感直到一种反应使平静逐渐消逝，就有一种与诗人所沉思的情感相似的情感逐渐发生，确实存在于诗人的心中"，诗人"通常都由于现实事件所激起的热情而作诗"①。他认为动作和情节的重要性都是由情感赋予的,而不是相反。对情感的重视和强调,是浪漫主义的重要特征之一,与古典主义以理性为准则,漠视情感表现有着根本的区别。华兹华斯将摹仿看成是对情感的摹仿,是情感表现的结果。他认为:实际生活中的人们处于热情的实际紧压之下,而诗人只是在自己心中创造了或自以为创造了这些热情的影子,诗人希望把自己的情感接近所描写的人们的情感。并在此基础上强调好诗的合情合理。

华兹华斯由此还强调了想象问题,认为诗歌中的情感和想象是相辅相成的。在英国,对想象力的重视从艾迪生就开始了。华兹华斯站在浪漫主义立场上,将想象抬到了相当的高度。他认为想象是把一些额外的特性加诸对象,或者从对象中抽出它固有的一些特性。这就使对象作为一个新的存在,反作用于执行这个程序的头脑。同时,想象力可以调整对象的形态,使他更合乎审美的理想,使日常的东西在不平常的状态下呈现在心灵面前。从中体现出诗人的创造力,把众多合为单一,把单一化为众多。当然有时候,华兹华斯也过分地将想象神秘化了。

华兹华斯还提倡用日常的语言写平常事。他主张诗应该"自始至终竭力采用人们真正使用的语言来加以叙述或描写"②。这主要是指那些基层的、过着"微贱的田园生活"的人,他们的语言是质朴、自然的,与美妙的大自然息息相通,很少受到社会上虚荣心的影响。这些语言是民间化、日常化的。他同时强调,韵文的语言与散文的语言并无本质的区别,诗的语言应该散文化、口语化。他反对古典主义的那种雕琢语言的态度,在作品所反映的形象方面,华兹华斯主张要写日常的生活事件。"我通常都选择微贱的田园生活作题材,因为在这种生活里人们心中主要的热情找着了更好的土壤。而且他们表达情感和思想都很单纯而不矫揉造作。"③他这样说虽然有消极遁世、回归田园的原因,但根本上还是表现了他对下层人民尤其是农民的深切同情。他的有关诗篇如《迈克尔》《露西·葛雷》《水平的母亲》《毁了的村舍》等,便是深切地同情下层人民的佳作,深深地感动着读者,与描写上层社会和宫廷社会的古典主义作品形成鲜明对比。同时也表明作者对资本主义社会发展导致日益严重的道德败坏、人欲横流的现实的不满,在一

---

① 伍蠡甫,胡经之.西方文艺理论名著选编(中卷)[M].北京:北京大学出版社,1986:54.
② (英)华兹华斯.《〈抒情歌谣集〉序言》(1800)[M].曹葆华译,古典文艺理论译丛(第1册),北京:人民文学出版社,1963:2—3.
③ 同②.

定程度上说也是继承和发展了启蒙主义者卢梭等人所提倡的"平民化"和"返回自然"的观点。

二、柯勒律治及其浪漫主义文论

（一）生平及著作

柯勒律治（1772—1834年），出身于牧师家庭，英国著名的"湖畔派"诗人，文学批评家，他是牧师的第13个儿子，少年时代酷爱哲学和神学。父亲死后，他在10岁时被送进基督教医院的慈善学校，生活使他变得孤独而好遐想，青年时代曾幻想去美洲原始森林建立"平等社会"。

柯勒律治对法国大革命开始时持欢迎和同情态度，曾写过《巴士底的陷落》，对大革命进行热情的讴歌，后来又为热月党人辩护。雅各宾派专政后，他转而对革命采取敌视的态度。他曾在德国学习康德和谢林哲学，深受施莱格尔兄弟的影响。后思想日趋保守和神秘。在诗歌创作上，曾与华兹华斯共同出版《抒情歌谣集》，其作品比华兹华斯更富浪漫气息，他的主要理论批评著作有《文学生涯》《莎士比亚评论集》《批评杂文集》等。在一个时期内，柯勒律治被抬到英国文学批评史上至高无上的地位。

（二）对艺术与现实的关系阐释

柯勒律治对艺术与现实的关系进行了阐释。他试图将传统摹仿说和表现说融合起来，认为艺术是人与自然之间的中介，将人的思想情感注入物质媒介之中。"作为音乐、绘画、雕刻和建筑总称的艺术，是人与自然之间的媒介物和协调者。因此，这是一种使自然具有人的属性的力量，是把人的思想情感注入一切事物（即他所注意的对象）的力量，颜色、形状、动作、声音是他所结合的成分，它在一个道德观念的模子里把它们压印成统一体。"[1]他认为艺术把人与自然加以协调，既表现人的心灵又摹仿自然，使人的心灵与自然协调一致，并借助物质媒介的帮助，实现人与自然的统一。

不过，柯勒律治更侧重于人的因素。一方面艺术离不开人的心灵，艺术是人类所独有的，艺术的素材出自人的心灵，艺术作品是为了心灵而产生的。人的情

---

[1] 蒋孔阳，朱立元.西方美学通史（第五卷）[M].上海：上海文艺出版社，1999：594.

感和思想能够借助于艺术而得以表现，并给心灵带来愉快。另一方面，艺术又是自然的摹仿者。这种摹仿应该是摹仿自然事物内在的东西，而不是刻意追求与所摹仿的事物在外表上的相似。这种内在的东西通过感性形象，凭借象征自然的精神与人相沟通，是自然与人情的统一。同时，为了准确地摹仿自然，艺术家还要跳出自然，把握自然的内在精神，并且使之与人的精神相契合。同时，艺术家可以从自己的角度选择视角，以求在似与不似之间摹仿对象，使描写物与对象异中有同、同中有异，实现对象与心态的契合。

（三）对诗歌问题的探讨

柯勒律治作为一个诗人，在对艺术理论的探讨中对诗歌问题给予了高度的关注。他将诗歌与科学加以比较，认为诗歌的"直接目的是乐趣而不是真理"，同时这种乐趣是以作品为整体而获得的。"如果是给一首符合诗的标准的诗下定义，我的答复是：它必须是一个整体，它的各部分相互支持、彼此说明；所有这些部分都按其应有的比例与格律的安排所要达到的目的和它那众所周知影响相谐和，并且支持它们。"[1]他突出地强调作品的娱乐作用，在浪漫主义时代有着特殊的意义。而他强调作品有机整体的看法，则是对亚里士多德以来观点的继承。

柯勒律治还对诗歌的格律进行了阐述和强调，他认为格律是加强了兴奋状态，并由兴奋时所产生的自然语言相伴随。在诗歌创作中，格律总是受意志制约，是一种自主的行动。这样，他就提出格律中包含着情感和意志、自发的冲动与自主的意图之间的相互渗透和相互统一。格律的具体功能在于增强通常的感觉和注意力的活泼性和易感性，藉以激起读者的好奇心和兴奋。格律是诗的正当形式，诗如果不具格律，就是不完全的、有缺欠的。这样过于强调格律对于诗的重要性，在当时是非常必要的，但如果我们今天以格律严格地要求一切诗歌，又显得过于苛求了。

（四）对想象问题的深入研究

柯勒律治对想象问题进行了深入的研究，提出了颇具影响力的观点，并且将其运用于对莎士比亚的评论中，从而把对想象问题的研究大大地推进了一步。想象问题的讨论由来已久，古希腊的阿波罗尼乌斯认为想象高于摹仿，但古希腊学

---

[1] 刘若端.十九世纪英国诗人论诗[M].北京：人民文学出版社，1984：61.

者一般不太重视想象；中世纪到文艺复兴也有人研究想象，但不系统；古典主义者虽认为艺术离不开想象，却将想象与理智相对立。而维柯则对想象进行了系统研究。到浪漫主义时期，想象获得了崇高的地位。

柯勒律治认为，创作应当以想象为灵魂，灵魂无所不在，它存在于万物之中，把一切形成一个优美而智慧的整体。柯勒律治还将想象与幻想作了严格的区分，认为幻想是一种低级的心理能力，只涉及固定的和有限的事物，只是摆脱了时空秩序的回忆，从现成的材料中获取素材，而这些现成材料又是由联想规律产生的，而想象则是人类的高级心意能力，是人类知觉和活力的原动力，充满着创造活力，使固定的、没有生命的事物充满生机。想象在意志和理解力的推动下创造别有意味的整体，使对立面相调和统一，并且将艺术家自己的激情乃至整个生命赋予对象，并与对象融为一体。莎士比亚之所以伟大，就在于他具有卓越的想象力，赋予所表现的对象以尊严、热情和生命。在《李尔王》中，想象的特征表现得尤为出色。

（五）艺术的天才问题

柯勒律治还高度重视艺术的天才问题。他认为诗是由诗的天才对诗人心中的形象、思想、情感一面加以支持，一面加以改变而成的。他还认为艺术天才应当以良知为躯体，以幻想为服饰，以行动为生命，以想象为灵魂，善于巧妙地把自己心中的形象、思想和感情表现出来，创造出一个优美的整体。

天才的具体特点包括：首先，天才应当具有独到的见解，把司空见惯的事物表达出新意来，通过未泯的童心给人以喜出望外的新奇；其次，天才必须具有一种整合能力，通过一种主导的思想情感去贯串一系列的思想，形成统一的艺术形象，使有意识的与无意识的、外部的和内部的东西在作品中得以协调；第三，为了充分发挥天才的能力，艺术家常常选择那些与自己兴趣和背景有相当距离的对象加以描写，以使情感得到充分的表现；第四，天才善于将自己精神中有人性、有智慧的生命力转移到作品中，使所描写的对象具有激情和尊严；第五，诗人同时是哲学家，天才的诗歌中具有一定的思想深度和活力；第六，天才的获得需要天赋和后天勤奋的结合。莎士比亚精湛的艺术成就，是他刻苦钻研，以广博、谙熟的知识与真情实感相结合的结果。

第四节　法国浪漫主义

一、斯太尔夫人及其浪漫主义文论

（一）生平及著作

斯太尔夫人（1766—1817年），原名安妮·路易·日耳曼尼·纳克尔，出身于金融巨头的家庭，祖上是爱尔兰血统，20岁时嫁给瑞典驻巴黎公使斯太尔男爵。她15岁开始写作，崇拜卢梭，尤其推崇卢梭的感情至上主义，1788年出版《论卢梭著作及书信集》。喜爱交际，善于谈吐，热情充沛，思想活跃，常在自己的沙龙接待社会名流。1792年雅各宾派专政后逃往瑞士和英国。1795年她返回巴黎，重开沙龙，成为政界的一个中心。斯太尔夫人曾是拿破仑的崇拜者，后因失望而生怨恨，呼吁自由，反对独裁，曾在1803年和1810年两度被拿破仑逐出巴黎和法国。1817年，她在巴黎逝世。曾著有《苔尔芬》《柯丽娜》等，但影响不大。

作为法国浪漫主义运动的先驱，她的两部文论著作，1800年出版的《论文学》，全名为《论文学与社会机制的关系》，和1810年出版的《论德意志》，对法国的浪漫主义运动产生了重要影响，并且成为实证主义文论的先声。后来，她又专门出版了《论北方文学》一书。她的代表作《论文学》，一方面受到卢梭的唯情论影响，另一方面又将孟德斯鸠《论法的精神》关于气候对人的精神的影响运用到文学研究中，并且受到了狄德罗关于文学艺术与社会风尚相互制约的观点的影响。她的《论文学》开篇就说："我的本旨在于考察宗教、风尚和法律对文学的影响以及文学对宗教、风尚和法律的影响。"[①]

（二）关于民族性格与文学的讨论

斯太尔夫人谈到了民族性格与文学的关系。她在《论文学》第十一章《北方文学》中，讨论了自然环境和社会环境决定文学的思想，提出了南方文学与北方文学的区别，而自己则更偏向于北方文学，她以荷马为南方文学的鼻祖，莪相为北方文学的鼻祖，贬抑希腊文学而推崇北方文学。莪相本是公元3世纪苏格兰行

---

① （法）斯太尔夫人.论文学[M].徐继曾译，北京：人民文学出版社，1986：12.

吟诗人，18世纪的作家麦克菲森假托我相写作，使之名声大噪。

斯太尔夫人认为北方文学优于南方文学。她将希腊、罗马、意大利、西班牙和法国文学归入南方文学，将英国、德国、丹麦和瑞典文学归入北方文学。北方文学具有忧郁的特点，忧郁与哲学相协调，其想象也近乎狂野，喜爱海滨、风啸和灌木荒原，反映了厌倦现实，渴望理想的浪漫情怀。她认为南方文学与北方文学的差异首先是由气候造成的。南方有清新的空气，茂密的树林和清澈的溪流，这种生动活泼的自然可以激起独特的情怀，其温暖明朗的气候使诗人沉湎于快乐之中。而北方的气候则表现为阴冷和凄风苦雨，故激情荡漾，兴趣更为广泛，思想更为专注。而恶劣的气候却可以使北方人具有自由民族的精神，"由于土壤晓薄和天气阴沉而产生的心灵的某种自豪感以及生活乐趣的缺乏，使他们不能忍受奴役"[①]。鉴于当时希腊人处于土耳其人的奴役之下，斯太尔夫人就认为希腊人易于奴役。她批评希腊人缺乏道德哲学，其文学无以表达更为深切的感受，如埃斯库罗斯的悲剧就避开了道德结论。这种责备反映出斯太尔夫人鲜明的个性和大胆泼辣的浪漫主义作风。北方文学中"民族和时代的普遍精神比作家个人性格留下更多的痕迹"。

斯太尔夫人实际上将南方文学与北方文学分别看成古典诗与浪漫诗的同义词。古典诗指古代的诗，浪漫诗是指由骑士传说产生的诗。她将它们移用在基督教兴起前后的两个时代，态度鲜明地褒扬浪漫诗而贬抑古典诗。法国诗富于古典色彩，不能赢得观众，而英国诗是土生土长的浪漫诗，深受各界欢迎。她还认为北方的浪漫诗从古希腊的文化中汲取了有益的营养，同时体现了自己的独创精神，情感复杂而强烈，哲理深刻，既具有伟大的气魄，又具有真正的诗的灵感，其最高成就便是英国文学和德国文学。英国文学如莎士比亚的作品，德国文学如席勒和歌德的作品，都具有一流的美。

在《论德意志》第二卷第11章中，斯太尔夫人还就古典诗与浪漫的诗作了系统区分，她指出，"浪漫的"一词，最初是指中世纪的行吟诗人为骑士精神和基督教教义所作的诗歌，反映了骑士传统，以冲突为特征，是新近传入德国的。而古典的则指古代的诗，表现了古代的趣味，它以单纯为特征。尽管斯太尔夫人抨击古典诗，指责布瓦洛为文学带来了学究气，不利于艺术的崇高的活力，但她

---

① （法）斯太尔夫人. 论文学[M]. 徐继曾译，北京：人民文学出版社，1986：148.

对古典主义的趣味和法则还是有所认同和继承的。而"浪漫主义文学是唯一还有可能充实完善的文学，因为它生根于我们自己的土壤，是唯一可以生长和不断更新的文学；它表现我们自己的宗教；它引起我们对我们历史的回忆；它的根源是老而不古"①。斯太尔夫人竭力主张创新，重感情贵想象，有力地推动了浪漫主义运动的发展。

斯太尔夫人还将法国文学和德国文学分别作为南方文学和北方文学的代表进行比较评述。她认为作为北方文学代表的德国文学更具个性特点和创造精神。德国人对事物的评鉴没有固定的趣味、标准，相对显得自由、独立，评论作家作品时，不拘泥于一般的规律和固定的程式。而作家则常常显示出自己的主导作用，造就自己的读者，形成自己的读者群。"作家支配评判者，不接受评判者的法律。"法国人中有着更多的富于思想修养者，读者对作家要求很高，读者的趣味支配着作家。法国大部分作品的旨趣受着流行趣味左右。法国作家的作品文笔清新开朗，德国的作品则讲究深厚隽永。法国人讲究构思的精巧，德国人则追求思想的深刻。

二、司汤达及其浪漫主义文论

（一）生平及著作

司汤达（1783—1842年），法国批判现实主义作家，本名马里·亨利·贝尔，出身于中产阶级家庭，与父亲关系相当紧张。自幼崇拜卢梭。1801年和1806年，他两度供职于拿破仑的军队，崇拜拿破仑一世的英雄主义，曾随军去过意大利和莫斯科，目睹了莫斯科的大火。

在思想上，司汤达深受法国百科全书派思想的影响，不满于宫廷、贵族与教会的统治，蔑视上流社会的风俗、习尚。他曾预言，1880年以后，人们将大多读他的作品，而不再问津当时风靡一时的夏多布里昂，所以他是为未来而写作的。后来的事实说明，他的预言灵验了。他的主要作品有《红与黑》和《巴马修道院》等，主要文论著作有《拉辛与莎士比亚》等。在《拉辛与莎士比亚》中，他竭力抨击古典主义的清规戒律，鼓吹浪漫主义精神。他认为时代改变了，人也随之改变了，文学势必也应该随之改变，一个浪漫主义的时代也随之到来。

---

① 伍蠡甫，胡经之.西方文艺理论名著选编（中卷）[M].北京：北京大学出版社，1986：41.

（二）反对古典主义的教条成规

司汤达把拉辛视为古典主义的代表，而视莎士比亚为浪漫主义的楷模。他针对当时舆论和观众对莎士比亚戏剧的偏见，以及法兰西学院院士奥瑞对浪漫主义的攻击，写出了系列反击论文。他将时代变革与文学发展密切联系起来，要求踢开古典主义的教条成规。他说："关于拉辛和莎士比亚的全部争论，归结起来就是：遵照地点整一律和时间整一律，是不是就能创作出使19世纪观众深感兴趣，使他们流泪、激动，或者说，是不是就能给这些观众提供戏剧的愉快。"他认为遵守"地点整一律"和"时间整一律"，是法国戏剧的一种根深蒂固、很难摆脱的习惯，它使作品缺乏感情，不能使19世纪的观众流泪、激动。把阴谋事件和人民革命运动限制在36小时之内，是不合情合理，不符合生活真实的。作为一个作家，司汤达保留了对"三一律"中"情节整一律"的偏爱，而反对地点整一律和时间整一律。他认为法国人作为古典主义的始作俑者，唯我独尊，盲目排外。他感到40岁以上的人受成见约束，很难转变，要把希望寄托在年轻人身上。

（三）文学必须表现时代精神

司汤达对浪漫主义的解释，关键在于文学必须表现时代精神。他提出一切时代的伟大作家都曾是浪漫主义者。"浪漫主义是为人民提供文学作品的艺术。这种作品符合当前人民的习惯和信仰，所以它们可能给人民以最大的愉快。古典主义恰好相反。古典主义提供的文学是给他们的祖先以最大的愉快的。"[①]他认为浪漫主义作品符合当下的要求，而古典主义作品则是那些固守先人的教条戒律，取悦于祖先的作家作品。符合当下的要求，必然不拘泥于先人的教条戒律。"这种浪漫主义，也可以说就是戏剧时间经过几个月、情节发生在不同地点、用散文体写的这样一种悲剧。"[②]一般认为，他推崇浪漫主义，目的在于摧毁古典主义，因而在19世纪浪漫主义反对古典主义的运动中起到了重要作用，同时他的文学理想与浪漫主义又不完全相同。

从某种程度上说，司汤达要倡导的实际上是现实主义的理想。他所提出的细节的真实和反映时代精神，都是后来现实主义的原则。所以从浪漫主义与古典主

---

① （法）司汤达．拉辛与莎士比亚[M]．王道乾译，上海：上海译文出版社，1979：26．
② （法）司汤达．拉辛与莎士比亚[M]．王道乾译，上海：上海译文出版社，1979：65．

义斗争的角度，司汤达站在浪漫主义一边，为浪漫主义辩护；而从司汤达自己的文学理想看，《拉辛与莎士比亚》实际上是现实主义的宣言书和纲领性文献。

三、雨果及其浪漫主义文论

（一）生平及著作

维克多·雨果（1802—1885年）是法国浪漫主义运动的后期领袖，著名诗人、小说家、戏剧家和文论家。父亲是拿破仑手下的军官，不得志，波旁王朝复辟后，给其恢复了当年拿破仑弟弟授予他的将军头衔，母亲是虔诚的保皇派。雨果早期的抱负是要当夏多布里昂，当时的诗歌大都歌颂保皇主义和天主教，辱骂革命。1826年，雨果与维尼、缪塞、大仲马等另组浪漫派第二文社，明确反对古典主义，1827年发表《〈克伦威尔〉序言》，这是他为自己第一部戏剧《克伦威尔》所写的序言。戏剧不成功，序言却很成功，它使雨果一举成为浪漫主义运动的中坚。1830年，雨果的戏剧《欧那尼》上演，受到保守派攻击，但得到了戈蒂耶、巴尔扎克等同行的支持，从此浪漫主义戏剧在法国繁荣昌盛。他的小说《悲惨世界》出版后很快传遍欧洲。1841年，雨果当选为法兰西学院院士。这一时期，雨果的政治态度曾一度保守。1848年大革命使他开始激进，1851年，拿破仑第三政变，他参加了共和党人起义，失败后流亡19年。

雨果的文学作品除了上面提到的外，还有诗歌《惩罚集》《凶年集》，长篇小说《巴黎圣母院》《海上劳工》《笑面人》《九三年》等，理论著作则还有《〈短曲与民谣集〉序》《莎士比亚论》《论司各特》等。

（二）关于文学创作中的对照原则

雨果在《〈克伦威尔〉序》中，阐释了文学创作中的对照原则，这一原则同时贯穿在他的其他理论著作和创作实践中。他认为"万物中的一切并非都是合乎人情的美""丑就在美的旁边，畸形靠近着优美，丑怪藏在崇高的背后，美与恶并存，光明与黑暗相共"[①]。在现实生活中，在人生中，都存在着美丑的对立。"滑稽丑怪作为崇高优美的配角和对照，要算是大自然给予艺术的最丰富的源

[①] （法）雨果. 雨果论文学[M]. 柳鸣九译，上海：上海译文出版社，1980：30.

泉。"①"这两种典型交织在戏剧中就如同交织在生活中和造物中一样。因为真正的诗，完整的诗，都是处于对立面的和谐统一之中。"②在雨果看来，单一的美会给人以单调重复之感，很难形成对照和有变化。而丑和滑稽作为一种陪衬，使优美和崇高显得更美，给人以鲜明深刻而强烈的印象。

雨果将文学的发展分成三个历史时期，第一个时期是抒情短歌时期，抒情短歌歌唱永恒，人物是伟人，如亚当、该隐，特征是淳朴；第二个时期是史诗时期，史诗赞颂历史，人物是巨人，如阿喀琉斯，特征是单纯；第三个时期是戏剧时期，戏剧描绘人生，人物是凡人，如哈姆雷特、麦克白斯、奥赛罗，特征是真实。这种概括未必准确，但强调文学应真实地描写人的生活，写出丰富、真实的凡人，必须运用对照原则。莎士比亚就为我们提供了成功的范例。"莎士比亚的对照，是一种普遍的对照；无时不有，无处不有；这是一种普遍存在的对照，生与死、冷与热、公正与偏倚、天使与魔鬼、天与地、花与雷电、音乐与和声、灵与肉、伟大与渺小、大洋与狭隘、浪花与涎沫、风暴与口哨、自我与非我、客观与主观、怪事与奇迹、典型与怪物、灵魂与阴影。""正是以这种现存的不明显的冲突，这种永无止境的反复，这种永远存在的正反，这种最为基本的对照，这种永恒而普遍的矛盾，伦勃朗构成他的明暗，比拉奈斯构成他的曲线。"③事实证明，文学和其他艺术作品都是充满对照的。如果放弃对照原则，作品就会显得片面、不真实、不鲜明。即使作家自身，作为活生生的凡人，也不会是纯粹、单一的抽象物。雨果的这种对照原则主要是针对古典主义单纯的类型化的特征提出的。雨果自己认为他的思想，来源于善恶、美丑并存的人生观。但在形象塑造中，雨果过于通过夸张的手法，使对照鲜明，有时显得不够自然。

（三）文学要服务于人民的精神生活

雨果还强调文学要服务于人民的精神生活，他首先认为天才的作家是属于人民的。"天才的作家如果不属于人民，那末又属于谁呢？他们是属于你的，人民，他们是你的儿子，也是你的父亲；你生育他们，而他们教导你。"④而作家是

---

① （法）雨果.雨果论文学[M].柳鸣九译，上海：上海译文出版社，1980：35.
② （法）雨果.雨果论文学[M].柳鸣九译，上海：上海译文出版社，1980：45.
③ （法）雨果.雨果论文学[M].柳鸣九译，上海：上海译文出版社，1980：156.
④ （法）雨果.雨果论文学[M].柳鸣九译，上海：上海译文出版社，1980：182.

从精神角度给人以帮助,为人类的生活服务。"人类的心灵需要理想甚于需要物质。人有了物质才能生存,人有了理想才谈得上生活。你要了解生存与生活的不同吗?动物生存,而人则生活。"[1]雨果认为,他所处的时代,过于追求物质,便产生了堕落。因此,作家要在灵魂中再燃起理想,满足灵魂所渴求的东西,成为人民的启蒙导师。这是医治时弊,维护人类精神健康的重要途径。他反对"为艺术而艺术"的思想,主张"我们坚持创作社会的诗、人类的诗、为人民的诗,这种诗赞成善而反对恶,表白公众的愤怒,辱骂暴君,使坏蛋绝望,使不自由的人解放,使灵魂前进,使黑暗退缩"[2]。

---

[1] (法)雨果. 雨果论文学[M]. 柳鸣九译,上海:上海译文出版社,1980:169.
[2] (法)雨果. 雨果论文学[M]. 柳鸣九译,上海:上海译文出版社,1980:186.

参考文献

[1] 张隆溪.二十世纪西方文论述评 增订版[M].成都：四川人民出版社，2023.

[2] 段吉方.西方文论反思与中国当代文论研究[M].北京：中国社会科学出版社，2023.

[3] 王新.伍蠡甫文艺美学思想研究[M].北京：中国社会科学出版社，2022.

[4] 高建平.现代学术经典精读 西方文论经典精读[M].北京：高等教育出版社，2022.

[5] 程明社.西方文论 第1版[M].长春：吉林大学出版社，2021.

[6] 王岳川.20世纪西方文论[M].北京：中国人民大学出版社，2021.

[7] 凌晨光.当代形态的文学艺术理论与批评 文艺美学研究丛书 第4辑[M].北京：人民出版社，2021.

[8] 李应志，邝明艳.西方文论史[M].重庆：西南师范大学出版社，2020.

[9] 孙绍振.与西方文论的平等对话和争鸣.[M].济南：山东文艺出版社，2019.

[10] 卢敏.西方文论思辨教程[M].武汉：武汉大学出版社，2018.

[11] 张国臣.论文艺复兴时期西方文化的转型[J].许昌学院学报，2023，42（01）：76-82.

[12] 郭佩佩."诗言志"与英国浪漫主义表现说[J].名作欣赏，2022，（33）：158-160.

[13] 王韵秋.论西方文艺知识场域与实践场域的分裂[J].温州大学学报（社会科学版），2022，35（03）：97-105.

[14] 周尧.文学研究对象及其关系视角下西方文论的和谐观[J].文艺评论，2021，（03）：22-30.

[15] 季水河.马克思主义以前的西方文艺理想论[J].衡阳师范学院学报，2021，42（02）：1-8..

[16] 孙绍振. 从西方文论的独白到中西文论对话 [J]. 海峡人文学刊, 2021, 1 (01): 2-7.

[17] 段吉方. "西方"如何作为方法——反思当代西方文论的知识论维度与方法论立场 [J]. 学术研究, 2021, (01): 157-164+178.

[18] 高建平. 20世纪西方文论的缘起、发展和转型 [J]. 学术研究, 2020, (07): 145-151+178.

[19] 凌乐祥. 从"文学理论"到"理论": 西方文论的历史蜕变及其启示 [J]. 阜阳师范学院学报（社会科学版）, 2020, (01): 68-72.

[20] 陈月儿. 奇点——论莱辛《拉奥孔》绽放之起点 [J]. 智库时代, 2018, (27): 273-274.

[21] 于瑞. 中西文论比较视域中的"文学性"问题研究 [D]. 南昌: 江西师范大学, 2021.

[22] 杭浩宇. 西方文论的自然观研究 [D]. 哈尔滨: 黑龙江大学, 2021.

[23] 王晓婷. 礼物诗学: 西方文论中的礼物话语 [D]. 兰州: 兰州大学, 2018.

[24] 王新. 伍蠡甫文艺美学思想研究 [D]. 郑州: 河南大学, 2018.

[25] 张榆. 西方文论中古今之争问题研究 [D]. 哈尔滨: 黑龙江大学, 2015.

[26] 张悦. 审美现代性视域中的英国浪漫主义文论研究 [D]. 哈尔滨: 黑龙江大学, 2015.

[27] 曲宁. 西方文论史中的有机整体论研究 [D]. 长春: 吉林大学, 2014.

[28] 高粉粉. 从西方文论的发展演变看"诗言志""诗缘情"的理论价值 [D]. 延安: 延安大学, 2014.

[29] 胡磊. 西方文学文本理论研究 [D]. 温州: 温州大学, 2014.

[30] 王国建. 西方文论中"艺术天才"观念的历史变迁 [D]. 延安: 延安大学, 2012.